Paul M. Belt

Geschichten aus Nian

Selinqua Baruka

Verlagsauflage 1

Lektorat:	Cornelia Schrudde, Kreuztal
Grafische Innengestaltung:	Astrid Eckstein
Umschlaggestaltung:	Hunter Verlag
Umschlagfotografie:	pixabay
Satz & Layout:	Hunter Verlag

Verlag: Hunter Verlag, Kiel, Deliusstr.
Printed in Germany
ISBN: 978-3-947086-66-5

Bibliografische Information der Deutschen Nationalbibliothek:

Die Deutsche Nationalbibliothek verzeichnet diese Publikation in der Deutschen Nationalbibliografie; detaillierte bibliografische Daten sind im Internet über http://dnb.d-nb.de abrufbar.

Die Reihe:

»Geschichten aus Nian«

Band 1:
Lindenreiter

Band 2:
Landwandlerin

Band 3:
Atalan

Band 4:
Erzbrenner

Band 5:
Der Keysor

Band 6:
Selinqua Baruka

Band 7:
Licht

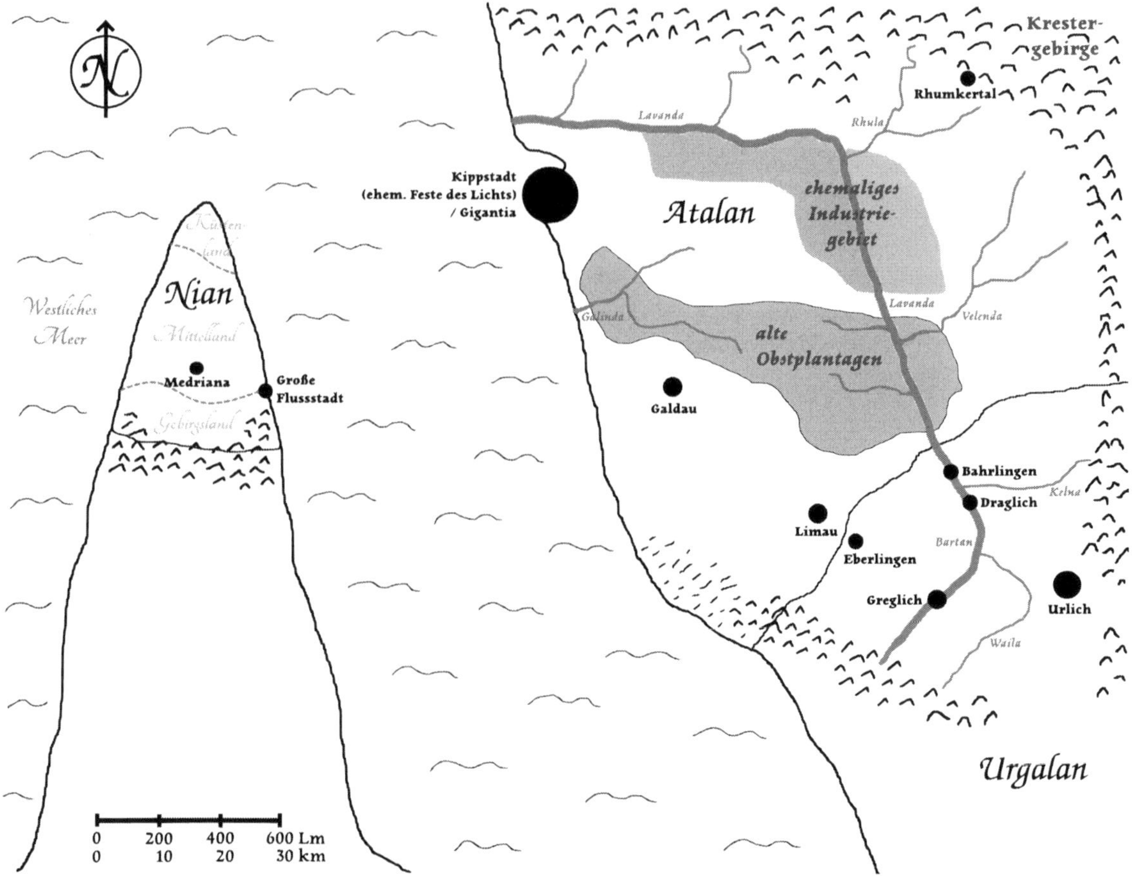
Krester-
gebirge
Rhumkertal
Lavanda
Rhula
Kippstadt
(ehem. Feste des Lichts)
/ Gigantia
Atalan
ehemaliges
Industrie-
gebiet
Lavanda
Velenda
Galinda
alte
Obstplantagen
Galdau
Bahrlingen
Kelna
Draglich
Limau
Eberlingen
Bartan
Greglich
Urlich
Waila
Urgalan
Westliches
Meer
Nian
Küsten-
land
Mittelland
Medriana
Große
Flussstadt
Gebirgsland
0 200 400 600 Lm
0 10 20 30 km

Allen Wesen unserer Welt
die Leid, Unterdrückung
oder Diskriminierung erdulden
ob Pflanze, Tier, Mensch
oder andere Existenzformen
sowie allen, die Mitgefühl
und Hoffnung in sich tragen
und nicht zu träumen aufhören
Mögen sie alle Trost erfahren

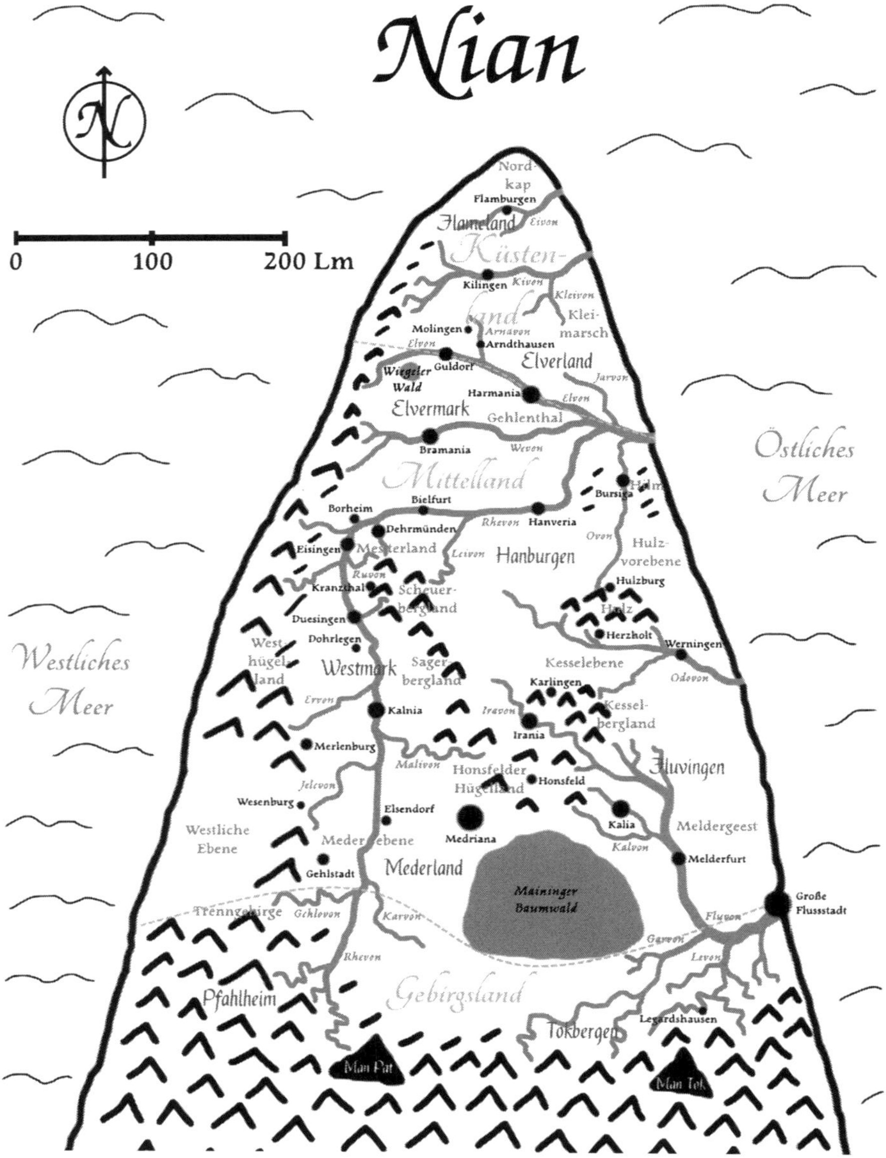
Nian
N
0
100
200 Lm
Nord-kap
Flamburgen
Flameland
Eivon
Küsten-land
Kilingen
Kivon
Kleivon
Klei-marsch
Molingen
Arnavon
Arndthausen
Elvon
Guldorf
Wiegeler Wald
Elverland
Jarvon
Harmania
Elvon
Elvermark
Gehlenthal
Bramania
Wevon
Östliches Meer
Mittelland
Bursiga
Borheim
Bielfurt
Hanveria
Dehrmünden
Rhevon
Ovon
Hulz-vorebene
Eisingen
Mesterland
Leivon
Hanburgen
Ruvon
Kranzthal
Scheuer-bergland
Hulzburg
Hulz
Duesingen
Herzholt
Werningen
Dohrlegen
West-hügel-land
Westmark
Sager-bergland
Kesselebene
Odovon
Westliches Meer
Karlingen
Ervon
Kalnia
Iravon
Irania
Kessel-bergland
Merlenburg
Iluvingen
Malivon
Honsfelder Hügelland
Honsfeld
Jelcvon
Wesenburg
Elsendorf
Medriana
Kalia
Meldergeest
Westliche Ebene
Mederebene
Kalvon
Melderfurt
Gehlstadt
Mederland
Maininger Baumwald
Große Flussstadt
Trenngebirge
Gchlovon
Karvon
Flyvon
Garvon
Levon
Rheven
Gebirgsland
Pfahlheim
Legardshausen
Tokbergen
Man Pat
Man Tok

Das Feuer in dir ist, was du bist
Rase und zürne
dann wird es Lande zerstören
und Leben vernichten
Gestalte und erschaffe
so wird es Hindernisse schmelzen
und Seelen zusammenschweißen

(Ben Ranolok, Brenner und Schüler aus Dehrmünden)

Selinqua Baruka

Unerwartetes Wiedersehen

„Heftig, wie viel Mühe so ein Einsiedlerleben erfordert“, dachte Daniel, während er die Axt zum wiederholten Male auf den Fichtenstamm niedersausen ließ, den er am Morgen mit seinem Freund aus dem dünnen Wald am Gebirgsrand herbeigeschafft hatte. Er wischte sich den Schweiß von der Stirn, um anschließend innezuhalten. Zwar hatte er bereits unzählige Bäume auf diese Weise zerkleinert, sagte nun aber trotzdem zu sich selbst: „Täuscht mich gerade meine Erinnerung oder kommt mir das hier irgendwie bekannt vor?“

Knapp zwei Jahre lebten Martin, der ehemalige urgalanische Kämpfer, und er nun schon hier in Rhumkertal am Rande des Krestergebirges im nördlichen Atalan. Niemals hatte er sich bei seiner Ankunft vorstellen können, sich dort tatsächlich einmal heimisch fühlen zu können. Jeder Tag war mit erheblicher Plackerei verbunden, jede Gelegenheit zum Entspannen war rar, Komfort gab es kaum und am Abend schmerzten ihm nicht selten alle Muskeln. Allerdings hatte er in den vergangenen Monaten kräftige Gliedmaßen und einen gestählten Körper bekommen. Dass er einmal so durchtrainiert sein würde, hätte er sich ebenfalls nicht träumen lassen.

Martin erschien in der Tür des alten Hauses, welches sie gemeinsam bewohnten. Er grinste, als er Daniels nachdenkliche Miene sah. „Na, Bursche, immer noch unzufrieden mit deinem neuen Lebensglück?“

Daniel schnaubte. Nicht wegen Martins Sarkasmus, den war er inzwischen gewohnt. Nur „Bursche“ war er schon lange nicht mehr von ihm genannt worden. Bevor er aber etwas erwidern konnte, trat der Urgalane schon auf ihn zu und ergänzte: „Hey, mach nicht so ein Gesicht! Ich foppe dich doch nur. Aber mal im Ernst: Nachdem wir hier so viel Arbeit reingesteckt haben, wirst du doch wohl zugeben müssen, dass wir die Hütte fein hergerichtet haben, oder? Und verhungern oder verdursten werden wir auch nicht!“

Daniel setzte ein weiteres Mal zu einer Antwort an. Diesmal allerdings war es nicht Martin, der ihn unterbrach: Ein merkwürdiges Geräusch erklang in der Ferne. Auch der ehemalige Kämpfer schien etwas zu hören, beide spitzen die Ohren. Dies war eindeutig das Röhren eines Motors, dessen Drehzahl sich laufend änderte.

„Hat jemand eine Kettensäge gefunden und fällt Bäume?“, murmelte Daniel.

„Quatsch“, brummte Martin. „Horch doch, es kommt von Süden und nicht vom Wald her. Außerdem wird es ständig lauter.“

In der Tat schwoll das Motorgeräusch allmählich zu einem ohrenbetäubenden Dröhnen und Jaulen an. Es musste sich um ein Fahrzeug handeln, welches sich über die seit langem von großen Ästen und Trümmern übersäte Hauptstraße durch den Ort quälte.

„So, wie sich das anhört, hält der Motor nicht mehr lange durch“, meinte Daniel nun. „Klingt wie ’ne 350er Enduro. Wer mag das fertiggebracht haben, so ’ne olle Möhre wieder flottzumachen?“

„Gleich wissen wir es“, erwiderte Martin und spurtete los. Jemand, der so viel Lärm machte, kam nicht, um ihnen etwas Böses zu tun. Entweder war es ein durchgeknalltes Bandenmitglied aus dem westlich gelegenen Kippstadt, das sich hierher verirrt hatte, oder jemand wusste von ihrer Anwesenheit hier. Und da es sich im zweiten Fall eigentlich nur um eine Person handeln konnte, war der Urgalane höchst interessiert daran, herauszufinden, wer sie da besuchen kam.

Das Röhren ging ohne Vorwarnung in ein hässliches, sägendes Kratzen über. Ein paar Sekunden später herrschte Stille. Daniel, der ebenfalls losgerannt war, stieß im Laufen hervor: „Jetzt ist die Gurke im Eimer. Da wird sich nichts mehr rühren."

Martin änderte den Kurs und lief nun direkt auf den Ort des letzten Motorgeräusches zu. Daniel rannte hinter ihm her. Im Zickzack führte der Trampelpfad zwischen Mauertrümmern, rostigen Überbleibseln von Maschinen, umgefallenen Zäunen und Baumstümpfen durch ein Gelände hindurch, das wohl früher einmal die Gärten von Häusern gebildet hatte. Als die beiden Männer die zentrale Ortsstraße erreichten, blieben sie wie angewurzelt stehen.

Neben dem qualmenden Wrack einer Geländemaschine stand eine Person in Lederjacke und Jeans, die sich gerade einen Sturzhelm vom Kopf gerissen und mit einem lauten Schrei auf den Boden geschleudert hatte. „So eine elende …", setzte sie an, als sie die beiden Bewohner des Ortes aus dem Augenwinkel bemerkte und herumfuhr. Nun, wo Martin und Daniel ihr Gesicht sehen konnten, wussten sie sofort, um wen es sich handelte: Die energische Besucherin war niemand anders als Mariana.

Bevor sie hier angekommen waren, hatte die kluge und listige Frau ihnen maßgeblich dabei geholfen, nach dem Überbringen einer brisanten Nachricht aus dem Nachbarland Urgalan zu entkommen. Zwar betrachtete der dortige Machthaber Atalan als Provinz, jedoch hatte er die militärische Stärke, die für eine flächendeckende Besetzung notwendig gewesen wäre, bei dem Versuch eingebüßt, auch das jenseits des Meeres gelegene Nian zu unterwerfen. Demzufolge waren weite Teile Atalans sozusagen

Niemandsland. In vielen Bereichen herrschte das Recht des Stärkeren. Da war es durchaus von Nutzen, wenn man die nötige Erfahrung, das Wissen und die Kleidung hatte, um als Geheimagentin des urgalanischen Hofes, als sogenannte Karnola, durchzugehen. Und all dieses hatte die hochgewachsene, schlanke Frau allemal, die sich nun mit einer Mischung aus Ärger, Erleichterung und Sorge den beiden Männern näherte.

„Deine Kleidung ist nicht vorschriftsmäßig", rief Martin trocken. „Wenn du mit der Maschine stürzt, könntest du dir das Knie aufscheuern!"

Mariana hielt kurz inne. Ihr Gesicht zeigt kurz Verblüffung, die sich dann in gespielte Empörung verwandelte. „Was glaubst du urgalanischer Pfeifenkopp wohl, was mir gerade passiert ist, hä?", brüllte sie mit in die Hüften gestemmten Armen zurück. Danach fing sie an zu strahlen, rannte los und fiel erst Martin, dann Daniel in die Arme. „Ein Glück, ihr seid am Leben und es scheint euch gut zu gehen!" Mit einem Griff an Daniels Schulter fügte sie hinzu: „Und du hast wohl ein bisschen Sport gemacht, was?"

„Bäääh", erwiderte der Angesprochene grinsend. „Mensch, Mariana! Was führt dich denn so unvermittelt hierher?"

„Ich würde gern mit euch plaudern und auf ein Tässchen Tee zu euch hereinkommen, wo immer ihr euch auch niedergelassen habt", sagte die Atalanin spöttisch. „Leider bleibt uns dafür keine Zeit. Ich komme nämlich nicht zum Spaß her, sondern um euch zu warnen. Fünfzehn Minuten hinter mir ist ein Trupp urgalanischer Kämpfer. Sie haben erfahren, dass ihr hier seid. Als ich davon Wind bekam, war es schon fast zu spät und ich musste mich beeilen. Da wurde ich ein wenig unvorsichtig und jetzt jagen sie nicht nur euch, sondern auch mich."

„Eine Viertelstunde?" Martin wurde blass. „Los, renn, Daniel! Schnapp dir das Nötigste, und dann ab ins Gebirge!"

„Damit rechnen sie", entgegnete Mariana. „Wir müssen nach Süden verschwinden, darauf werden sie nicht sofort kommen, sondern zuerst die Häuser und Hänge absuchen. Und jetzt: keine Fragen mehr, los! Sonst werden wir gegrillt!"

Nachdem sie einen Tragsack vom Wrack geschnallt und aufgesetzt hatte, hastete die Atalanin zusammen mit den beiden Männern den Weg entlang, den diese gekommen waren. Daniels Gedanken rasten. Mariana hatte recht, unterhalten konnten sie sich später. Nun galt es, das Wichtigste zusammenzuraffen und dann quer durch den Ort in eine Richtung zu fliehen, in der man sie nicht vermuten würde. „So ein Mist", schoss es ihm im Laufen durch den Kopf. „Jahrelange Keulerei für ein Zuhause, und dann muss man wieder abhauen!"

Zehn Minuten später eilten drei Menschen mit Tragsäcken auf dem Rücken durch den verlassenen Ort hindurch nach Süden. Das Krestergebirge zog sich von Rhumkertal aus in diese Richtung bis hin zur urgalanischen Grenze. Dahinter lag unwegsames und karges Gelände, Mariana musste also etwas anderes mit ihnen vorhaben als es zu übersteigen. Martin und Daniel kannten das vor ihnen liegende Gebiet einige Kilometer weit vom Jagen, aber dem jungen Atalanen tat es trotzdem leid, dass sie die defekte Enduro hatten zurücklassen müssen. „Schade, deine Maschine hätte uns jetzt geholfen“, keuchte er Mariana zu.

„Hätte sie nicht“, knurrte Martin. „Erstens hätte man uns in zehn Kilometern Umkreis gehört und wir hätten den Vorteil dieses ungewöhnlichen Fluchtwegs verloren. Zweitens kriegen mich keine zehn Pferde noch einmal auf so eine Orkusmaschine, das weißt du doch!“

Trotz der großen Anstrengung musste Daniel kichern. „Mit dir dickem Bär darauf wären wir auch keine zwanzig Meter weit vorangekommen!“

„Warte nur, Bursche, bis wir ankommen, dann zeig ich dir was von wegen dicker Bär!“, rief Martin halb drohend, halb belustigt. Irgendwie tat es jedes Mal wieder gut zu bemerken, dass Daniels Humor sich im Laufe der letzten Monate von dem eines verantwortungslosen Meutenmitglieds zu dem eines echten Kerls gewandelt hatte.

Lautes Motorengeräusch wurde hinter ihnen hörbar. Niemand von ihnen wandte sich um. Die drei wussten auch so, was nun folgte: Die Einheit würde absitzen und unter lautem Gebrüll ausschwärmen, um ihnen den Garaus zu machen. Immerhin hatten es die Armeefahrzeuge noch schwerer gehabt als vorhin Marianas Geländemotorrad, die zerstörte Straße entlangzufahren. Das hatte vermutlich für die entscheidenden Minuten gesorgt. So schnell wie möglich liefen die drei Fliehenden weiter am Gebirgsrand entlang. Martin wusste genau, dass sie vor Einbruch der Dunkelheit nicht haltmachen durften, wenn ihre Flucht gelingen sollte.

Eine Einladung

Mit müdem, aber auch überraschtem und frohem Blick sah Dila sich um. Gerade war sie aus einer Art Ohnmacht erwacht. An dieses Phänomen konnte sie sich noch gut erinnern: Damals auf ihrer Klärungswanderung war sie nach der Heilung des toten Sees ebenfalls für eine lange Zeit bewusstlos gewesen. Schwach fühlte sie sich, ebenso wie die anderen Wandlerinnen, die neben ihr langsam zu sich kamen. Aber – wie kraftvoll und schön sah im Gegensatz dazu das Land aus! Von der Flussaue des Rhevons bis zum Horizont erblühte die Mederebene in altem Glanz – alles war grün, so weit das Auge reichte. Ein paar Wolken und ein leichter Geruch nach Rauch, das war alles, was von den entsetzlichen Feuersbrünsten übriggeblieben zu sein schien.

„Oooaach ... was ist geschehen?“, hörte sie Jeles Stimme sagen. Auch Uma, die ältere Dame aus dem Küstenland, und Leja, das junge Mädchen, bewegten sich. Alle drei sahen mitgenommen aus. Hatten sie etwa eine ganze Nacht lang hier gelegen?

Mit einem kurzen Blick zur Seite vergewisserte sich die Erste Wandlerin, dass auch die beiden Gleiter noch vor Ort waren. In der Tat lagen das Mädchen Lia und der ältere Junge Solt in einiger Entfernung im Gras der Flussaue und begannen ebenfalls, sich wieder zu rühren.

„Liebe Wandlerinnen, es ist passiert, was passieren sollte“, sagte Dila zu den Ihren. „Bitte lasst uns noch einmal in die Verbindung gehen, um uns nunmehr selbst zu wandeln.“

„Selbst wandeln?“, fragte Uma zittrig und erschöpft. „Davon habe ich noch nichts gehört!“

„Die Kastanien am toten See nannten es so. Man geht in Verbindung mit der Erde, damit die Große Mutter die verbrauchte Kraft ersetzen kann. Normalerweise ist das nicht nötig, aber nach dem, was vor ein paar Langzeiten durch uns geschehen durfte, bin ich mir sicher, dass es uns jetzt guttun wird."

Alle Wandlerinnen reichten sich die Hände, wie sie es auch vor der Heilung der Mederebene getan hatten. Dann dankten sie der Großen Mutter und spürten, wie die Kraft der Erde ihre Wirbelsäule emporkroch und ihre Lebensgeister aufs Neue weckte. Dila bat darum, in Verbindung zu bleiben und einen gemeinsamen Blick auf die Ebene zu tun.

– orange –

Atmend, lebendig, gesund ... Ja, sie war wieder so, wie Dila sie vor dem furchtbaren Kanonenbeschuss in Erinnerung hatte. Sie teilte ihr inneres Lächeln mit ihren Klangefährtinnen, und diese lächelten zurück. „Es ist getan", sagte sie.

„So ist es", erwiderten die anderen im Chor.

Dila löste die Verbindung und begab sich auf den kurzen Weg zu den Gleitern. Beide hatten sich mit geschlossenen Augen in eine sitzende Position begeben und schienen ebenfalls die Energie von der Großen Mutter zurückzuerhalten. Noch bevor Dila sie erreichte, standen Lia und Solt auf, berührten sich noch einmal an den Händen und öffneten dann lächelnd die Augen.

„Ihr seid wahrlich Menschen des Wassers und habt ein Wunder bewirkt“, begann Dila mit sanfter Stimme. „Es war eine große Freude, diese Heilung mit euch durchzuführen und zu erleben!“

„Auch ihr seid Wundertäter der Erde“, erwiderte Lia anerkennend. „Ohne euch wäre zwar das Feuer gelöscht, jedoch der Schmerz des Landes nicht gelindert worden.“

Die beiden Ersten ihrer Klans sahen sich einige Kurzzeiten lang tief in die Augen. Große Wärme und Herzlichkeit lag in ihren Blicken. Die anderen Wandlerinnen näherten sich nun ebenfalls und blieben neben ihnen stehen. Dila sagte liebevoll: „Eure Farbe ist Blau, so wie unsere Orange. Es ist klar, dass wir uns so gut verstehen.“

„Das ist mir auch aufgefallen“, erwiderte Lia ebenso sanft. „Ich wusste übrigens bis vor kurzem nicht, dass es vier Wandlerinnen in Nian gibt, geschweige denn, dass diese deinen gesamten Klan bilden.“

„Da ergeht es dir nicht anders als mir“, erwiderte die Wandlerin. „Nur – woher weißt du, dass wir alle sind?“

„Hast du es vorhin nicht gespürt?“

„Doch ... irgendwie schon. Aber woran hast du es gemerkt?“

„Zum einen waren wir verbunden, wie du weißt. Und zum anderen hatte ich ein ebensolches Erlebnis wie gestern ihr vier, als ich Solt traf. Wir sind damit wohl der kleinste Klan in ganz Nian“, sagte die Erste Gleiterin schmunzelnd.

„Wirklich? Konntest du verstehen, was die Große Mutter euch sagte?“

„Nicht genau ... irgendetwas mit ‚igala‘ oder so ähnlich. Jedenfalls waren es andere Worte als bei euch, wenn auch vergleichbare.“

Solt meinte nun: „Ja, gestern klang es am Ende eher wie ‚atala‘ – das ist wirklich geheimnisvoll.“

Leja war neugierig und fragte: „Wenn ihr nur zu zweit seid, habt ihr denn trotzdem auch einen Ersten oder eine Erste?“

Solt übernahm die Antwort. „Formell ist Lia die Erste. Aber das sehen wir zum Glück nicht so eng. Sie weiß allerdings schon viel länger als ich, was sie ist. Um ehrlich zu sein, ist mir das erst klar, seitdem Lia mich am Frühlingsbeginn aufgesucht hat. Allerdings habe ich schon vorher gespürt, dass jemand kommen würde, der mir erklären konnte, was ich mich seit vielen Zyklen fragte.“

Nun beteiligten sich auch die beiden anderen Frauen an der Unterhaltung. Es war später Vormittag geworden, die Sonne stieg höher und ließ die Flussaue, den Rhevon und die gesamte Umgebung in ihrem schönsten Licht erstrahlen. Dila genoss den Anblick des gesunden Grüns und der intakten Natur. Dann jedoch erinnerte sie sich daran, dass sie hier nicht ewig bleiben konnten. Irgendwann mussten alle etwas essen und einen Platz für die nächste Nacht finden. Sie selbst war alt genug, überall zu bleiben, aber Leja sollte wohl besser schnell wieder nach Hause zurückgebracht werden. Als Dila das Thema ansprach, erklärte sich Lia sofort bereit, die junge Wandlerin mit zur Flussstadt zu nehmen. „Ich muss ja fast in dieselbe Richtung“, meinte sie lächelnd.

Gerade wollte Dila etwas erwidern, als etwas Unerwartetes passierte. Ein Schatten zog über die kleine Gruppe hinweg und verdunkelte kurz die Sonne, direkt danach folgte ein weiterer. Ein Blick nach oben bestätigte ihre Vermutung: Ein Trupp von vier Reitern senkte sich auf Lindenblättern zur Flussaue hinab und landete ein halbes Mittelmaß neben ihnen. Die Personen, welche nun von den Blättern stiegen und sich den Wandlern und Gleitern näherten, trugen jedoch keine typische Reiterkleidung. Irgendetwas an ihren Jacken und Hosen kam Dila aber bekannt vor. Zuerst fiel ihr nicht ein, was es war, dann aber begriff sie, dass die Männer Uniformen trugen, die sie zuletzt in einem Schulbuch gesehen hatte. Dies mussten hochrangige Soldaten des Keysors sein! Da war es auch nicht überraschend, auf welchen Blättern sie ritten. Die Erste Wandlerin seufzte innerlich. Dies würde den Verlauf der Dinge in Nian sicherlich nicht vereinfachen. Was aber konnten die vier nur von ihnen wollen?

Der Anführer der Gruppe hob an zu sprechen. „Guten Tag allerseits. Mein Name ist Zan Retolak,

Erster Jelnor des Keysors, und dies sind drei meiner Larneks. Mir wurde mitgeteilt, dass ich hier die Mitglieder zweier besonderer Klans treffen werde. Gehe ich recht in der Annahme, dass es sich bei Ihnen um diese Personen handelt?“

Dila übernahm die Antwort: „So ist es.“ Normalerweise hätte sie sich detaillierter geäußert, aber etwas in ihr empfand tiefes Misstrauen gegen diese Männer. Was für ein merkwürdiger Kontrast – sie ritten auf Blättern wie ehrwürdige Reiter, die die Natur verehrten, waren aber zugleich auch Soldaten des Mannes, der mit allergrößter Wahrscheinlichkeit befohlen hatte, das Land in Brand zu setzen.

„Dürfte ich bitte erfahren, welche von Ihnen die jeweiligen Ersten ihres Klans sind?“, fuhr der Jelnor fort.

„Mein Name ist Dila Jalobak, Erste des Klans der Wandlerinnen“, erwiderte Dila.

„Und ich bin Lia vom Geblüt der Trogler, Erste Gleiterin“, ergänzte das Mädchen aus dem Gebirgsland.

Überraschenderweise verbeugten sich die vier Soldaten nun tief – zuerst vor Dila, dann vor Lia. „Erste“, begann der Jelnor erneut, „so sind Sie beide die Adressaten der Botschaften, die zu übergeben mir befohlen wurde.“ Mit diesen Worten zog er zwei versiegelte Schriftrollen aus seiner Uniform und überreichte ihnen jeweils eine davon. Anschließend sah er sich um und fragte: „Sie können mir nicht zufällig sagen, was hier geschehen ist?“ Als jedoch die Angesprochenen mit einer Antwort zögerten, siegte seine Dienstbeflissenheit über seine Neugier. „Im Namen des Keysors, leben Sie wohl“, schmetterte er zackig und verneigte sich dann abermals mit seinen Männern. Dann machten die Soldaten kehrt, um wieder auf die Blätter zu steigen und davonzureiten.

Dila war wie vom Donner gerührt. Was hatte das denn nun wieder zu bedeuten? Woher wussten der Keysor und seine Offiziere von ihrem Aufenthaltsort? Irgendetwas stimmte hier nicht. An sich konnte niemand außer ihnen selbst wissen, wo sie sich gerade befanden. „Wie haben die uns bloß gefunden? Lia, hat einer von euch beiden mit dem Keysor oder seinen Leuten gesprochen?“, fragte sie aus ihrem ersten Impuls heraus.

„Nein“, erwiderte die offensichtlich ebenso verwunderte Gleiterin. „Das ist merkwürdig. Irgendjemand, vielleicht er selbst, muss eine Verbindung zu den Dingen haben, die über das hinausgeht, wozu Laubreiter normalerweise fähig sind.“

„Wollt ihr denn gar nicht nachsehen, was darauf steht?“, unterbrach Jele schmunzelnd den Gedankenfluss der beiden Jüngeren. „Vielleicht klärt sich dann ja einiges!“

Lia nickte. Sie und die Erste Wandlerin öffneten ihre Rollen und lasen die darauf geschriebenen Nachrichten. Stirnrunzelnd sahen beide zugleich wieder auf, ihre Blicke zeugten jedoch von noch mehr Verwirrung als vorher.

„Eine Einladung zum Reiterthing?“, wunderte sich die Gleiterin. „So etwas gab es doch noch nie für Menschen, die keine hohen Laubreiter sind! Steht bei dir dasselbe?“

„Allerdings“, sagte Dila. „Und wir sollen vollzählig erscheinen.“

Nachdenklich berieten sich die sechs, wie man mit diesem Ansinnen umgehen sollte. Die Sonne stand bereits am höchsten Punkt, als Dilas Magenknurren unüberhörbar wurde. Auch Leja hatte großen Hunger, denn sie fragte: „Mögt ihr denn gar nichts essen?“

Rasch wurde ein Plan geschmiedet, wie weiter vorgegangen werden sollte. Zuerst würden sie sich alle in den nächsten Ort begeben, dort würde Dila mit dem Geld ihres Vaters in einem Gasthaus für etwas zu essen sorgen. Später würde Lia wie besprochen die kleine Leja in die Flussstadt bringen, während Solt Uma wieder zu ihrem Zuhause nach Harmania im Küstenland befördern würde. Die anderen beiden Wandlerinnen hatten hingegen beschlossen, mit dem Zug zu fahren. „Dann braucht ihr nicht nochmal unseretwegen quer durch Nian zu rasen“, sagte Dila lächelnd zu den Gleitern. „Auch wenn das eine echt tolle Erfahrung war!“

„Es war bestimmt nicht das letzte Mal“, sinnierte Lia. „Gut denn– wollen wir aufbrechen? Ich möchte allerdings ungern mit dem Gleitbrett in ein großes Dorf oder gar eine Stadt einschweben. So viel entstehender Rummel liegt mir nicht. Lasst mich aber gerade mal nachsehen, in welche Richtung wir gehen müssen."

„Dort entlang", schaltete sich Solt ein und zeigte mit der Hand nach Norden. „Der nächste größere Ort liegt etwa zehn Langmaße entfernt. Ich habe ihn beim letzten Glitt überflogen. Hoffentlich ist er noch so weit intakt, dass man dort einkehren kann."

„Das ist dann wahrscheinlich Elsendorf", sagte Jele. „Nach dem, was man bei uns zuhause in Kämmlingen hörte, wurde dort hart gekämpft. Hoffen wir also das Beste. In jedem Fall gibt es da einen Bahnhof."

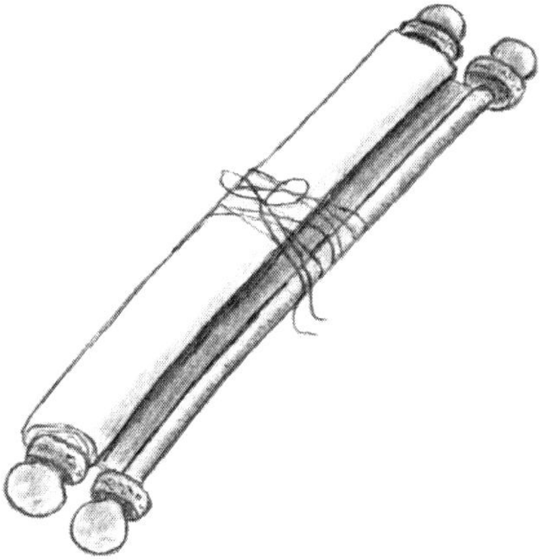

Reinigung

Die Hauptloge der Jeslerreiter zu Elsendorf sollte in neuem Glanz erstrahlen. Seit Tagen brachten die Lekure, Intare und Ragnore des Klans die Glasflächen, die Fassade und das Dach des gewaltigen Bauwerks auf Vordermann. In jedem Zyklus kurz vor dem Thing erwartete der Erste dies von den Seinen. Normalerweise schritt Rengat Jorn Belawak zur Zeit der Reinigung regelmäßig mit strengem Blick an der Außenmauer entlang, um den Fortschritt zu besehen. In diesem Zyklus war jedoch alles ein wenig anders.

Der Jesler war ein ganz besonderer Baum. Sein Wuchs war merkwürdig verschlungen und knotig, er hatte kleine violette Blüten und ungewöhnlich geformte Blätter, die – auch wenn die Ginkgoreiter dem niemals zugestimmt hätten – denen des Ginkgos ähnlich sahen, allerdings im Gegensatz zu jenen dreifach gefingert waren. Im Herbst war er einer der ersten Bäume, der sein Laub abwarf. Das aber war nicht der Grund dafür, weshalb in Nian nur eine einzige Loge dieses Baumes mit verhältnismäßig geringer Mitgliederzahl existierte. Es gab im ganzen Land nämlich nur sehr wenige Exemplare des Jeslers, und diese wuchsen allesamt in der Mederebene, genauer gesagt, im Vorland von Elsendorf. Alle Versuche, den Baum anderswo heimisch zu machen, waren gescheitert. Als nun am Vortag die Geschosse niedergegangen waren und die Ebene in Flammen gestanden hatte, war infolgedessen kein Reiterklan im Lande so in Panik gewesen wie die sonst so stolzen und gefassten Jeslerreiter. Wenn die Feuerwalzen das Wuchsgebiet ihres Baumes erreicht hätten, dann wäre zusammen mit dem letzten Jesler auch der gesamte Klan gestorben und Nian hätte nur noch dreißig Reiterklans gehabt – etwas Derartiges hatte es seit der Katastrophe mit den Kastanienreitern nicht mehr gegeben. Glücklicherweise war etwas so Folgenschweres dieses Mal nicht passiert, die Flammen waren auf wundersame Weise gelöscht worden, bevor sie die Hauptloge erreicht hatten.

Ruß und Schmutz der vielen Großbrände hatten aber an den frisch gereinigten Gebäudeteilen neue Spuren hinterlassen, die sich in der Kürze der Zeit nicht vollständig entfernen ließen. Und so war der Erste Rengat – korrekterweise müsste man sagen: der einzige Rengat der Loge – in diesem Zyklus nachsichtig, unter anderem auch deswegen, weil ihnen allen der Schock vom Vortag immer noch in den Knochen steckte. „Macht noch den Schmutz dort am Vordach weg, dann sollte es dieses Mal genügen!", rief er Mern, dem leitenden Lekur des Dachreinigungstrupps, zu.

Ächzend wischte sich der Angesprochene den Schweiß von der Stirn und tauchte den Schrubber mit dem Tuch abermals in die Reinigungsflüssigkeit ein. So eine Plackerei hatte er während seiner Zeit als Reiter noch nicht erlebt, auch nicht als Ragnor. „Rengat, wir tun was wir können, aber wir haben dieses Mal wirklich die dreifache Arbeit!", erwiderte er mit dem angemessenen Respekt, wenn auch leicht genervt. Schon zwei Monde später würde das Gebäude wieder aussehen wie vorher. Musste man da gerade in dieser schwierigen Zeit ein Aufheben davon machen, als ob der Keysor einen Besuch angekündigt hätte?

„Ich weiß, Lekur! Ich bin auch durchaus zufrieden! Nur sollten wir den Ersten bei seiner Abreise zum Thing nicht unbedingt mit diesen frischen Taubenexkrementen konfrontieren, oder?"

Ärgerlich stemmte Mern den freien Arm in die Hüfte. Gerade eben hatte er dort gereinigt, schon hatten sich diese Viecher da wieder verewigt. Ein bisschen musste er allerdings grinsen. Der Rengat war wirklich wortgewandt – kaum jemand hätte es angesichts der derzeitigen Anspannung geschafft, Vogelschiet so gewählt zu beschreiben. Nun, diese Arbeit würde er einen seiner Intare erledigen lassen. Langsam trottete er auf die andere Dachseite, um die Anordnung des Rengats zu delegieren.

Mit Sorgenfalten im Gesicht begab sich Jorn wieder auf seinen Weg um das Logengebäude herum. Gut, fürs Erste war der Klan gerettet. Aber wenn der neue Keysor weiterhin eine solch widersprüchliche Politik betreiben würde wie in den letzten Wochen, dann würde es womöglich nicht lange bis zur nächsten Katastrophe dauern. Zuerst waren es die Kämpfe nahe der Stadt gewesen, die in der Luft und auf dem Boden ausgefochten worden waren. Gerade noch rechtzeitig waren die Lindenreiter ihnen beigesprungen, um zumindest die Angreifer aus dem Westen von der Hauptloge und den Bäumen fernzuhalten. Danach hatten die Ulmenreiter die Stadt besetzt, glücklicherweise war ihr Respekt vor den Jeslerreitern groß genug gewesen, ihre Loge in Ruhe zu lassen. Dann schließlich war der Kanonenbeschuss durch die neu gebildete Keysorische Armee erfolgt, der dem Klan fast den Garaus gemacht hatte. Was hatte sich der Keysor bloß dabei gedacht? Sollte das ein Denkzettel für die Ulmenreiter gewesen sein? Aber dann hätte er doch hinterher seine Forderungen nicht bedingungslos zurückgezogen ... Dieser Mann war ihm ein Rätsel. Als Erster der Lindenreiter hatte man wenigstens noch etwas mit ihm anfangen können, aber als Keysor ...

So in Gedanken versunken hätte der Rengat beinahe nicht bemerkt, dass sich von Medriana her fünf Blätter der Hauptloge näherten. Erst im letzten Moment erspähte er die kleine Gruppe, die von seinem Ersten angeführt wurde. Standesgemäß trug er sein silberviolett gewirktes Gewand, das bei der Landung leicht im Wind flatterte.

Jorn hatte keine Zeit mehr, die Ankunft des Ersten auf herkömmliche Weise dem Empfangskomitee mitzuteilen. Daher musste er nun zu einem eigentlich veralteten Mittel greifen: Er blies kräftig in eine vor vielen Zyklen eigens dazu angefertigte Signalpfeife aus Jeslerholz. Ihr durchdringender Klang war bis ins Innere der Loge hinein zu hören. Binnen weniger Kurzzeiten eilten einige Lekure und Intare heraus und begaben sich schnellen Schrittes zur angrenzenden Logenwiese, um den bereits gelandeten Ersten doch noch würdig in Empfang zu nehmen. Alle verneigten sich in einigen Schritten Abstand tief vor ihm. Dies tat auch der Rengat, als sich ihm der Erste anschließend näherte. „Nun, Rengat, Sie sind schwer beschäftigt, wie?“, begann dieser. „Wenigstens kann sich das Ergebnis einigermaßen sehen lassen!“

„Verzeihen Sie, Erster“, erwiderte Jorn ergeben. „In der Tat ist die Reinigung in diesem Zyklus erwartungsgemäß eine besonders anspruchsvolle Aufgabe gewesen.“

„Das verstehe ich“, entgegnete der Erste leutselig. „Sie haben sie wundervoll koordiniert, auch alle anderen haben ihr Bestes gegeben. Bitte richten Sie meinen Dank nachher allen Mitwirkenden aus. Nun aber müsste ich Sie in meinen Räumlichkeiten sprechen.“

Der Rengat folgte dem Ersten durch eine Seitentür in den Amtsbereich der Hauptloge und dann in dessen Dienstwohnung. Im Vergleich zu derjenigen anderer Klan-Erster war diese ziemlich klein und verhältnismäßig schlicht eingerichtet. Der Klan war nicht übermäßig wohlhabend; auch wenn der Jesler von vielen Nianianern als besonders erlauchter Baum angesehen wurde, so war doch der Wirkungsbereich des Klans ebenso begrenzt wie das Wuchsgebiet des Baumes, so dass über die herkömmlichen Rittabgaben und Sammlungen nur wenig Geld in die Kassen strömte. Das aber hatte den Ersten noch nie gestört, er war sowieso der Meinung, dass wahre Schönheit und Majestät im Herzen wohnten. Mit nachdenklichem Gesicht setzte er sich auf einen bequemen Sessel an einem klassischen Rundtisch, bot seinem Rengat den gegenüberliegenden Platz an und ließ nun alle Förmlichkeit fallen. „Mein lieber Jorn, in diesem Zyklus sind noch weitere Dinge anders als bloß unsere Reinigung. Diese spontane Zusammenkunft in Medriana hat sich als regelrechte Werbeveranstaltung für das neue politische System entpuppt. Und man darf mit Fug und Recht von einem neuen System sprechen: Wenn ich mich recht an die Krönungszeremonie erinnere, gaben das Volk und seine Vertreter dem Keysor das Mandat für eine Übergangszeit bis zum Ende der Krise. Es sieht aber überhaupt nicht danach aus, als würde ihn das noch interessieren: Die Bedrohung aus dem Westen ist abgewendet und es wurde praktisch sofort Frieden geschlossen, aber er ist mit Hochdruck dabei, in allen wichtigen Ämtern Vasallen zu installieren und seine Macht zu festigen."

„Hast du etwas anderes erwartet, Girn?", entgegnete Jorn nun ebenso frei. Er war seit Zyklen mit seinem Ersten befreundet, trotzdem musste man anderen gegenüber natürlich die Form wahren. „Er hat sich bereits vorher ‚Ältester' nennen lassen und sich somit offiziell über alle anderen Ersten gestellt. Dann hat er die Gelegenheit beim Schopfe ergriffen, die die Besetzung der Mederebene ihm bot. Nun ist er dort angekommen, wo er vermutlich schon lange hinwollte, und wird das Feld nicht mehr freiwillig räumen."

Bedrückt nickte Girn. „Recht hast du. Er ist betrunken von seiner neuen Macht, das war heute deutlich zu spüren. Nun möchte er auf dem Thing erscheinen, selbst wenn er nicht mehr der Erste der Lindenreiter ist. Was er da wohl vorhaben mag? Mir wird die ganze Sache allmählich unheimlich." Seine Miene trübte sich noch mehr ein, als er fortfuhr: „Die Sache mit dem bedingungslosen Friedensschluss ging mir etwas zu schnell. Ich möchte nicht einmal mehr ausschließen, dass er etwas mit dem Angriff zu tun hatte."

Auch der Rengat legte nun die Stirn in Falten. „Du meinst, er könnte die Kämpfe inszeniert und dann sogar die mögliche Vernichtung der Ebene in Kauf genommen haben, nur um Keysor zu werden?"

„*Nur* ist gut", erwiderte der Erste. „Er hat jetzt die Alleinherrschaft über Nian inne und kann schalten und walten, wie er will. Er hat schon in seiner Zeit als Erster genug Anhänger um sich versammelt, um eine schlagkräftige Armee aufstellen zu können, die zugleich als Leibgarde eingesetzt werden kann und die über genügend Waffen verfügt, jeden Widerstand im Keim zu ersticken. Wer außer seinen Gefolgsleuten hat jetzt noch Kanonen? Es würde mich nicht wundern, wenn schon bald auf den Straßen Soldaten mit Handfeuerwaffen herumliefen. Niemand kann mehr wagen, sich gegen ihn zu stellen. Und genau das ist es, was mir große Sorgen macht, wenn ich an das Thing denke."

Jorn schluckte. Wenn sein Erster Recht hatte – und das hatte er in solchen Dingen meistens –, dann hatte es dieser Mann tatsächlich geschafft, das gesamte Land zu täuschen. Und nun war es bereits zu spät, dem Lauf der Dinge Einhalt zu gebieten ...

„Was, fürchtest du, wird denn auf dem Thing passieren?“, fragte er.

Girn beugte sich zu ihm hinüber, seine Stimme wurde noch leiser. Denn was er nun sagte, war so ungeheuerlich, dass sein Rengat es nicht einmal gewagt hätte, daran zu denken. Er flüsterte förmlich: „Was immer er vorhat, dieser Mann wird vor nichts haltmachen. Nach dem, was ich heute mitbekommen habe, gibt es eigentlich nur zwei Möglichkeiten. Entweder will er das Reiterwesen abschaffen und sämtliche Klanstrukturen zerschlagen, um ungestört agieren zu können, oder er plant etwas noch Ungeheuerlicheres: Er könnte auf die Idee gekommen sein, sich zum Turnok aufzuschwingen.“

Der Rengat prallte zurück, als wäre er soeben vom Blitz getroffen worden. Sein Gesicht verlor jegliche Farbe und er riss entsetzt die Augen auf. Das konnte unmöglich sein. Niemand würde es wagen, in diese barbarische Vorzeit zurückzukehren! Selbst zur Zeit der vorherigen Keysore hatte es keinen Turnok mehr gegeben. Dieser sogenannte Hohepriester war in grauer Vorzeit zugleich geistiges Oberhaupt und gnadenloser Unterdrücker des Landes gewesen. Selbst die spätere keysorische Schreckensherrschaft wurde von der unsäglichen, unbeschreiblichen Brutalität und Erbarmungslosigkeit dieser Zeitperiode in den Schatten gestellt. Noch immer lernte man in den oberen Graden der Schule etwas von den Begebenheiten aus jener Zeit und ihren früheren Folgen. Selbst wenn die Geschichten von damals in den Ohren der zurzeit lebenden Nianianer wie Gruslingsmären klangen, so lag angeblich große Wahrheit darin: Der Turnok, zugleich oberster Bruk und Alleinherrscher, sollte die absolute und unangefochtene Gewalt sowohl über die materielle wie auch über die geistige Wirklichkeit innegehabt haben, weil er seine Macht angeblich vom Ursprung der Welt selbst bezogen hatte. Es wurde gesagt, niemandem sei es möglich gewesen, seinem Blick und seiner Kontrolle zu entgehen; er habe die Fähigkeit gehabt, Verstand und Körper jedes Menschen durch eine bestimmte Form alter Magie für sich zu vereinnahmen. Etwas Derartiges war selbst für einen hohen Reiter, der aufgrund von Überlieferungen durchaus etwas von geistigen Kräften verstand, nicht vorstellbar. Jeder Nianianer konnte dankbar dafür sein, dass so etwas zumindest in diesen Tagen nicht mehr existierte.

Jorn versuchte zu sprechen, aber das Wort blieb ihm im Hals stecken. Erst nachdem er sich laut und vernehmlich geräuspert hatte, krächzte es aus ihm heraus: „Hast du ... *Turnok* gesagt?“

Der Erste der Jeslerreiter musste dies zu seinem größten Leidwesen bejahen. „Nenne mir einen anderen Grund, weshalb er sich auf dem Thing angekündigt haben sollte.“

„Aber Girn! Überlege, was das bedeuten würde! Wieviele Dekazyklen in die Vorzivilisation zurück würde das Nian wohl werfen? Außerdem – wir haben ihn doch in der Vergangenheit einige Male getroffen, du sogar öfter als ich. Hat er außer seiner Reitfähigkeit irgendetwas, na ja, Magisches gezeigt? Hat er wie ein Vorzeitbruk in der Alten Sprache geredet und Dinge geschehen lassen? Ich meine, wenn er so etwas könnte, wozu brauchte er dann Kanonen, um Nian brennen zu lassen?"

Es entstand eine längere Pause. Dann erwiderte Girn: „Ich kann es dir auch nicht sagen. Ich durchschaue seine Pläne einfach nicht. Aber dass es ihm von Anfang an um mehr ging, als für die Lindenreiter einen Krieg zu gewinnen, das wissen wir bereits. Und spätestens auf dem Thing, so fürchte ich, werden wir erfahren, was er vielleicht sonst noch im Sinn hat."

Der immer noch wachsbleiche Rengat wollte gerade noch etwas erwidern, als es unerwartet heftig an der Tür der Dienstwohnung klopfte. Die Falten auf der Stirn des Ersten wurden tiefer, bevor er „Ja, bitte" rief. Die Tür öffnete sich und herein kam ein im Gesicht puterroter, nach Luft schnappender Lekur, der es kaum schaffte, sich angemessen zu verbeugen. Er japste: „Erster ... Rengat ... Mein Erster, sechs höchst ungewöhnliche Besucher sind an der Loge eingetroffen. Sie behaupten, dass es sich bei ihnen um zwei vollständige Klans inklusive ihrer Ersten handele, jedoch nicht um Reiter. Ich glaubte ihnen nicht, bis eine der Besucherinnen eine beeindruckende Fähigkeit vorführte, von der ich bis zu diesem

Zeitpunkt nur entfernt etwas gehört hatte. Daraufhin erschien es mir ratsam, Sie hinzuzuziehen."

Der Erste schüttelte den Kopf. Hatten sie nicht gerade eben von Magie gesprochen? Anscheinend hatte die Zeit der großen Überraschungen gerade erst begonnen. „Danke, Lekur", sagte er, bat seinen Rengat, ihm zu folgen und verließ dann seine Gemächer, um sich die Ankömmlinge anzusehen.

Freundschaft

„Seien Sie gegrüßt, Erster“, sagte Dila und verbeugte sich tief vor Girn, der vor wenigen Kurzzeiten durch das Doppelportal der Hauptloge zu den Reisenden hinausgetreten war. Ihre vier Begleiterinnen und Solt taten es ihr nach. Sie hatten einen Marsch hinter sich, der für Dila nur ein Spaziergang gewesen war; für Uma dagegen hätte er eine unübliche Distanz zu Fuß bedeutet. Deshalb hatte sich Lia dazu entschlossen, ein Gleitbrett aus dem Wasser des Rhevons zu bilden und ein Kleidungsstück daraufzulegen. Dies hatte der älteren Dame erlaubt, sich auf dem Brett niederzulassen und neben den anderen herzugleiten. Auf dem letzten Langmaß hatte dann auch Leja darum gebeten, mit Uma mitreisen zu dürfen. Solt und Lia hatten sich in ihrer Konzentration abgewechselt, so dass das Brett mit den beiden Menschen darauf die Gruppe bis zum ersten Gebäude Elsendorfs, der Hauptloge der Jeslerreiter, hatte begleiten können. Dies war ihnen soeben zugutegekommen: Als der vor der Loge angesprochene Lekur an den Worten Dilas gezweifelt hatte, hatte Lia das Brett schmelzen lassen und daraus ein überdimensionales Jeslerblatt geformt. Der zunächst wie gelähmt dastehende Reiter war daraufhin wie von Sinnen in die Loge gestürmt, um seinen Ersten zu holen.

Girn erwiderte die Begrüßung und sagte: „Habe ich richtig gehört, dass Sie eine Klanerste sind?“

„Richtig. Mein Name ist Dila Jalobak, Erste des Klans der Wandlerinnen. Dies sind die Meinen.“ Sie wies auf Uma, Jele und Leja.

Nun trat das Mädchen aus dem Gebirgsland vor. „Und ich bin Lia vom Geblüt der Trogler, die Erste der Gleiter. Ihr Lekur wurde soeben Zeuge von der Erschaffung des kleinen Geschenks, welches wir Ihnen überbringen.“

Girn zog die Augenbrauen hoch, als er das Jeslerblatt aus Eis sah. Er musste sehr aufpassen, dass ihm nicht die Kinnlade herunterfiel. So etwas geschah einem Ersten äußerst selten. „Dies haben Sie ... erschaffen?“

„Ja“, erwiderte Lia und ließ das Eisblatt langsam auf den Ersten zuschweben. „Leider wird es seine Form nicht halten, wenn wir weiterreisen. Betrachten Sie bitte die Schöpfung als Geschenk, nicht das Material.“

Girn lächelte. Diese Einstellung zu den Dingen gefiel ihm. So sagte er: „Ich habe bereits viel über die Fähigkeiten einer jungen Person aus dem Gebirgsland gehört, die eine Gleiterin genannt wird. Wie ich sehe, waren diese Berichte nicht übertrieben. Nun, wenn Sie beide wirklich die Ersten Ihrer Klans sind, dann möchte ich nun gern noch etwas nachholen.“ Daraufhin verneigte er sich erst vor Dila, dann vor Lia. Die in einiger Entfernung auf dem Boden und auf dem Logendach stehenden anderen Jeslerreiter hatten staunend die Unterhaltung verfolgt und taten sogleich dasselbe.

Dila ergriff nun wieder das Wort. „Erster, wir sind nur auf der Durchreise. Nach der Heilung der Ebene haben wir eine Nacht ohne Nahrung im Freien verbracht und sind nun ziemlich hungrig. Wir wollten eigentlich nur fragen, ob Sie ein Gasthaus kennen, in welches …"

Weiter kam sie nicht. Der Erste wandte sich um und rief dem am nächsten stehenden Lekur zu: „Bitte stellen Sie mit Ihren Intaren und Ragnoren die Arbeit am Gebäude ein und bewirten Sie unsere Ehrengäste!" Nachdem der Lekur mit den Seinen im Laufschritt in die Loge geeilt war, sah Girn erneut Dila an. In seinem Blick waren große Ehrfurcht, Dankbarkeit und gewaltiger Respekt vereint. „Habe ich das eben richtig verstanden, Sie haben mit den Ihren die Ebene *geheilt*?"

„Das ist das, was Wandler tun. Gleiter sind Menschen des Wassers, sie können damit zum Beispiel Feuer löschen. Wir dagegen heilen das Land und die Pflanzen."

„Dann sind wir Ihnen zu allertiefstem Dank verpflichtet! Sie sind dafür verantwortlich, dass unser Klan weiterexistieren kann! Wenn die Feuersbrünste dieses Gebiet erreicht hätten, gäbe es vermutlich bald keine Jesler mehr. Nur einen einzigen Sämling konnten wir gestern Vormittag nach dem Beschuss unter

Einsatz des Lebens aus dem Boden holen und in Sicherheit bringen. Das hastige Ausgraben jedoch hat ihm geschadet." Der Erste machte eine Pause, bevor er eine leise Bitte formulierte: „Wenn Sie in der Lage sind, einen ganzen Landstrich zu heilen – bedeutet das, Sie könnten womöglich auch einem etwas schwächlichen Baum wieder ins Leben zurückhelfen?"

Dila lächelte. Sie musste an ihr Erlebnis bei den Eschenreitern in Karlingen vor zwei Zyklen denken. „Ich glaube, da ließe sich etwas machen."

„Dann folgen Sie mir bitte. Zuerst aber erhalten Sie alle etwas zu essen."

Nach einer reichhaltigen Mahlzeit im Speiseraum des Amtsbereichs fühlten sich die sechs Reisenden gleich viel besser. Vor allem Leja hatte ihr Lächeln wiedergefunden. Ihre unbekümmerte Art gefiel Girn so gut, dass sie fast Narrenfreiheit hatte und sich alles in der Loge ansehen durfte. Nachdem sie eine Weile durch die Flure gelaufen war, kam sie zurück und fragte den Ersten, der sich gerade zu den Wandlerinnen und Gleitern gesetzt hatte: „Sagen Sie bitte, was haben denn Ihre Reiter vorhin auf dem Dach gemacht?"

Girn wurde ernst. „Sie haben es gesäubert. Das ist das, was sie in jedem Zyklus kurz vor dem Thing tun. Diesmal aber ist es besonders wichtig."

„Besonders wichtig? Meinen Sie, weil die Brände so viel Schmutz gemacht haben? Also, so richtig sauber ist es ja nicht geworden", sagte Leja keck.

Der Erste beugte sich zu ihr hinüber und sagte so leise, dass es auch die anderen Wandlerinnen und Gleiter gerade noch hören konnten: „Es kam dieses Mal nicht darauf an, das Dach perfekt sauber zu machen. Es war aber sehr wohl wichtig, die Reinigung durchzuführen. Meine Reiterinnen und Reiter brauchen unbedingt ein Stück Normalität in diesen schweren Zeiten." Mit lauterer Stimme fuhr er fort: „Ich hoffe, allen hat das Essen gemundet! Erste Wandlerin, zwei meiner Lekure haben inzwischen den Sämling wieder vor das Gebäude gebracht. Vielleicht könnten Sie sich ihn nun einmal ansehen?"

Alle Gäste bedankten sich für die großzügige Einladung. Dann verließen sie gemeinsam die Loge durch die Seitentür, um sich vor das Hauptportal zu begeben. Dort stand, auf einer rollenden Plattform, ein Behälter von der Größe eines kleinen Autos. Und darin befand sich ein knapp übermannshoher Jeslersämling. Seine ersten Blätter hingen allerdings herunter. In einiger Entfernung standen fast alle zurzeit anwesenden Klanmitglieder und warteten gespannt, was passieren würde. Auch der Rengat war dabei. Alle verneigten sich vor den drei eintreffenden Ersten.

Dila schnupperte an der Erde im Behälter und fasste dann mit dem Finger hinein. Sie fühlte sich lehmig an und wirkte nicht, als wäre sie wirklich nahrhaft für Pflanzen. Verwundert schaute Dila Girn an. Dieser verstand und sagte: „Der Jesler ist anders als andere Bäume. Er gedeiht in dieser Art Boden am besten. Bitte berücksichtigen Sie dies."

„Kein Problem", erwiderte Dila. „Ich werde sowieso zuerst erspüren, was die kleine Pflanze braucht." Mit diesen Worten legte sie die Hände flach auf die Erde im Behälter, schloss die Augen und ließ ihr innewohnendes Licht auf den Sämling leuchten.

– rot –

Abgetrennt, unvollständig, verkümmernd. Dila verstand. Die Wurzeln waren tatsächlich beschädigt worden. Nun konnte der kleine Baum nicht mehr genug Nahrung und Wasser aufnehmen. Aber der Erste hatte recht, die Beschaffenheit des Bodens passte zu der Pflanze, denn die Erde schimmerte orange in ihrer Wahrnehmung. Die Wandlerin dankte der Großen Mutter. Vor ihrem inneren Auge ließ sie eine kleine gluckernde Quelle entstehen, die einen dünnen Wasserstrom durch ihre Hände fließen ließ. Dann formte sie einen Gedanken in sich …

– orange –

Sie spürte, wie sich die Erde im Behälter bewegte. Nach ein paar Kurzzeiten sammelte Dila ihr Licht in sich und ging mit der Aufmerksamkeit wieder nach außen. Als sie die Augen öffnete, sah sie, dass der junge Baum nun etwa ein Kurzmaß höher war als vorher, auch hatte er seine wenigen Blätter ausgebreitet und der Sonne entgegengereckt. Lächelnd bemerkte sie, dass ein paar Wurzelspitzen aus dem Boden ragten. Es war genau die richtige Menge Kraft durch ihren Körper geflossen.

Verblüfft hatten alle Zuschauer mitbekommen, was mit dem Bäumchen geschehen war. Einige der Reiter tuschelten miteinander, andere sahen stumm und mit ehrfurchtsvollem Blick auf die Pflanze und die Wandlerin, die sich nun zu Girn umwandte und sagte: „Sie können ihn nun wieder einpflanzen lassen, am besten an seiner alten Stelle. Es geht ihm gut, er freut sich darauf, sich gen Himmel auszustrecken und viele Blätter und Früchte zu tragen."

Nicht nur der Erste Jeslerreiter lächelte nun zurück. Auch Uma, Jele, Leja, Lia und Solt hatten Glück und Freude in ihren Gesichtern. Jele seufzte. Das Wandeln war einfach jedes Mal etwas Erhebendes, Festliches, Liebevolles! Girn ging zu seinem Rengat und bat ihn, die Pflanzung baldmöglichst vornehmen zu lassen. Dann kam er zurück und sagte mit sanfter Stimme, aber dennoch so laut, dass es alle hören konnten, zu Dila: „Was Sie heute für uns getan haben, ist wertvoller als alles, was man mit Geld kaufen kann. Sie haben soeben nicht nur einen Baum geheilt, sondern einen ganzen Klan! Unsere Bäume sind alt, kräftige Sämlinge entstehen nur selten und jede lebende Jungpflanze bedeutet, dass wir weiterexistieren dürfen. Dank sei der Großen Mutter und Ihnen allen!"

„Gern geschehen, im Namen aller Wandlerinnen!" Strahlend schüttelte Dila die Hand des Ersten.

Nun trat Lia näher heran und sagte: „Vielleicht kann ich auch noch etwas für den Kleinen tun." Girns Blick wanderte zu ihr, während sie in ihr Inneres ging und leise sang: *„Danke für eure Form, die ihr für den Ersten und mich gebildet habt. Würdet ihr auch bei dem jungen Baum verweilen mögen, statt zurück zum Fluss zu streben?"*

Das Eis in der Form eines Jeslerblatts antwortete mit einer kleinen Melodie: *„gern, gleiterin, wir freuen uns, teil dieses jungen lebens werden zu dürfen"*

Ein Gedanke Lias reichte und das Eisblatt schwebte langsam auf den kleinen Jesler zu. Als es sich über dem Behälterrand befand, begann es zu schmelzen. Nach und nach tropfte das entstehende Wasser auf die Erde, bis diese gut durchfeuchtet und das gesamte Eis verschwunden war. Der staunend danebenstehende Girn begann mit einem Mal zu frieren. Auch die Reiter in der Nähe fröstelten.

„Warum ist es hier auf einmal so kalt?", wurde Lia vom Ersten gefragt.

„Die Energie für den Schmelzvorgang fließt nicht durch mich, sie kommt aus der Umgebung", erwiderte die Angesprochene.

„Ah, dann wird der Wind die kalte Luft bald davongeweht haben." Girn atmete auf. „Jeslersämlinge vertragen plötzliche Kälte nicht gut. Wir decken sie bei Wintereinbruch meist ab."

Lia wunderte sich darüber, dass der Erste plötzlich so seltsam sprach. Auch Solt und die Wandlerinnen hatten seine veränderte Stimme bemerkt und blickten ihn an. Dann sahen sie es alle: Tränen der Rührung standen in Girns Augen. Stockend begann er erneut zu sprechen: „Haben Sie alle großen Dank für die Wunder, die Sie für uns geschehen lassen haben! Damit meine ich vor allem die Heilung der Ebene, aber auch das, was sich soeben zutrug! Sie sind das Beste, was diesem Land passieren konnte!“ Dann reichte er Lia eine und Dila die andere Hand, die die beiden gern ergriffen, und ergänzte: „Bitte betrachten Sie sich und die Ihren von nun an als Freunde der Jeslerreiter.“

Planänderung

Auch die Gleiter und Wandlerinnen hatten längst feuchte Augen. Wortlos und freudig sahen ihre beiden Ersten Girn an. Eine Weile standen sie nur so da, bis Dila mit einem Mal auffiel, dass es bereits später Nachmittag geworden war. Für die Älteren von ihnen war dies kein Problem, aber was war mit der jüngsten Wandlerin? Erschrocken fuhr Dila zu ihr herum und rief: „Leja! Du musst doch bestimmt längst zu Hause sein! Du warst letzte Nacht schon unerwartet fort und wirst vermutlich bereits mit Sorge gesucht, oder?“

„Nein“, sagte das Mädchen für alle vollkommen unerwartet. „Lia, du brauchst mich jetzt auch nicht mehr bis nach Hause zu bringen. Setze mich auf dem Weg zum Gebirgsland bitte am nordöstlichen Rand des Maininger Baumwaldes ab, und zwar in Anslingen in der Nähe von Kalia. Dort werde ich meine Eltern treffen.“

„Bitte?“, wunderte sich Lia. „Woher willst du das denn wissen? Du hast doch mit niemandem gesprochen, seit ich dich geholt habe?“

Leja schmunzelte und nahm die anderen fünf Reisenden ein wenig beiseite. Dann flüsterte sie: „Mein Vater und meine Mutter sind Brukas, sie haben mich der Großen Mutter anvertraut. Oder glaubt ihr, andere Eltern hätten mich einfach so allein losziehen lassen, mit knapp neun Zyklen?“ Sie kicherte. „Vor meiner Abreise sagten sie zu mir, wenn ich nicht bis spätestens zum Nachmittag des Folgetages wieder zurückgekehrt sei, dann solle ich sie dort bei einer Freundin treffen. Sie wurden von ihrem inneren Licht dorthin gerufen und sind überzeugt, dass sie dort in der Nähe viele andere der Ihren treffen werden.“

Dila schaute verdattert in das Gesicht des jungen Mädchens und wisperte zurück: „Deine Eltern sind *Brukas*? Und dennoch bist du eine Wandlerin? Das ist ja eine Kombination! Wenn ich daran denke, was für Reaktionen bei Reitern ausgelöst wurden, als sie dachten, ich sei eine Bruka ...“

„Deswegen spreche ich ja auch so leise!“, erwiderte die Kleine.

Nun schaltete sich Jele nach längerer Zeit wieder ein. „Das ist ja toll! Ich habe auch von Brukas gehört, die bei uns nebenan im Gebiet Obertau leben sollen. Sie müssen wirklich großes Vertrauen haben, dich allein reisen zu lassen!“

Uma hatte ebenfalls seit längerem nichts mehr gesagt. Nun aber meinte sie mit ihrer leicht rauen Stimme: „Ich würde das Thema gern weiter vertiefen, aber ich glaube, das wäre unhöflich gegenüber unseren Gastgebern.“

Rasch drehte Dila sich um und kehrte zum Ersten Jeslerreiter zurück. „Verzeihen Sie bitte, Erster, wir mussten nur den Verbleib meines jüngsten Klanmitgliedes klären.“

„Aber nicht doch!“, sagte Girn lächelnd. „Auch ich lege Klanfremden natürlich nicht alle internen Dinge offen. Ich verstehe Sie gut! – Gibt es denn Schwierigkeiten, sie zu ihren Eltern zu bringen?“

„Das nicht. Sie müssen nur wissen, dass wir alle nach der Heilung des Landes fast einen ganzen Tag lang bewusstlos gewesen sind und daher nicht pünktlich dorthin gelangen konnten, wohin wir eigentlich wollten.“

Der Erste horchte auf. „Sie waren einen Tag lang *bewusstlos*? Vielleicht sollten Sie sich ein paar Tage ausruhen, bevor Sie weitere Strapazen auf sich nehmen!“ Nachdenklich schritt er auf und ab. Nach einer Weile meinte er: „Sehen Sie, wir haben nur eine kleine Hauptloge. Es gibt nicht einmal Dienstzimmer für Lekure. In meinem Gemach und in dem des Rengats können wir zusammen höchstens vier Leute beherbergen. Vielleicht haben aber die Weidenreiter auf der flussnahen Seite Elsendorfs in ihrer Loge noch Möglichkeiten. Ich werde gleich einmal nachfragen.“

„Sie meinen, wir könnten bei Ihnen und den Weidenreitern übernachten? Und Sie möchten persönlich dort hinreiten und unseretwegen um einen Gefallen bitten?“ Dila war freudig erstaunt.

„Das ist gar nicht notwendig.“ Girn grinste. „Wir haben einen Teleskriptor in unserer Vorhalle.“

Eine knappe Langzeit später waren die beiden Gleiter bereits auf dem Weg. Ein Bach, der genug

Wasser für die Erschaffung zweier Gleitbretter geliefert hatte, ergoss sich weiter westlich in den Rhevon. Dieser durchzog in der Nähe von Elsendorf die Mederebene, mehrere Brücken führten hier über den großen Fluss hinüber. Etwas weiter südlich wuchsen Weiden am Ufer. Normalerweise war es in Nian nicht zulässig, dass Bäume nahe an Flüssen standen, damit die Schifffahrt nicht behindert wurde. Da der Rhevon aber am oberen Mittellauf nur von Ortskundigen befahren wurde, war dort vor ein paar Dekazyklen eine Ausnahme beschlossen worden. Dadurch waren die Weidenreiter in den Genuss eines großen flussnahen Wuchsgebietes ihres Baumes gekommen; es hatte sich sogar gelohnt, bei Elsendorf eine Nebenloge zu errichten.

Zufrieden und dankbar hatten die Wandlerinnen die Dienstzimmer des Ersten und des Rengats bezogen, in die zusätzliche Betten gestellt worden waren. Die Jeslerreiter waren wirklich sehr gastfreundlich! Dila hatte gefragt, ob sie ebenfalls den Teleskriptor benutzen dürfe. Nachdem es ihr mit Freuden gewährt worden war, hatte sie ein Teleskript an ihre Eltern geschickt. Leja hatte sich gut gemerkt, wie die Freundin ihrer Eltern hieß, und so war es kein Problem gewesen, im Wartshaus von Anslingen deren Teleskriptornummer zu erfragen. Es hatte nicht lange gedauert, bis Antworten eingetroffen waren. Alles war so weit in Ordnung, auch dass sie alle noch in Elsendorf bleiben würden. Die wichtigste Nachricht war jedoch gewesen, dass die während der Krise landesweit geschlossenen Schulen bis zum Wochenbeginn nach dem Reiterthing nicht wieder öffnen würden. Dadurch war es nun auch für die jüngeren Reisenden möglich, am Thing teilzunehmen.

Als der Erste von den Einladungen seiner Gäste durch den Keysor erfuhr, wurde er leichenblass. Auch Jorn, der mit ihnen zusammen zu Abend aß, fiel fast die Gabel aus der Hand. „Sie meinen, er hat Ihnen verraten, wo sich der Thingsplatz befindet?“, stieß er hervor.

Anstatt eine Antwort zu geben, holte Dila ihre Einladung hervor und zeigte sie den beiden Reitern. Diese schüttelten ungläubig den Kopf und sahen sich bedeutungsvoll an. „Du weißt noch, worüber wir vor ein paar Langzeiten sprachen?", sagten Girns Blicke. Betreten schaute der Rengat zu Boden. Nicht auszudenken, wenn sein Erster recht behielte ... In dem Fall war es wahrscheinlich besser, nach Osten zu fliehen und zu den Riesen überzusetzen, als in einem Land auszuharren, in dem ein neuer Turnok sein Unwesen trieb ...

Jele bemerkte die extreme Unruhe der beiden Laubreiter zuerst und beschloss nachzufragen. „Sagen Sie, ist es wirklich so ein schlimmes Sakrileg, dass wir eingeladen wurden, oder hat Ihre Anspannung noch eine andere Ursache?"

Girn machte einen tiefen Atemzug. Er und die Gäste kannten sich erst seit wenigen Langzeiten und dies war eigentlich kein Thema, das man so schnell mit neuen Freunden besprach. Dennoch wollte er diese lieben und sensiblen Menschen gern an seinen Sorgen teilhaben lassen, wenn sie schon so direkt danach fragten. Er entschloss sich daher zu einer Gegenfrage: „Sagen Sie, was könnte der Keysor für einen Grund haben, so etwas zu tun? Nicht genug damit, dass er selbst kommen möchte, obwohl er offiziell kein Reiter mehr ist, da einer seiner Rengats seine ehemalige Position übernommen hat und er auch keine andere bei den Lindenreitern mehr einnimmt – nun lädt er auch noch Menschen ein, die niemals Reiter waren. Das widerspricht dem seit Urzeiten festgelegten Sinn des Things. Ich meine, wenn er solche Veränderungen durchsetzen will, kann er das als Keysor ja tun – aber weshalb geschieht dies alles, ohne dass wir Reiter darüber informiert werden?“

Dazu wussten die Wandlerinnen zunächst nichts zu sagen. Alle überlegten leise vor sich hin, während sie weiteraßen, bis auf einmal Leja leise ihre Stimme vernehmen ließ: „Vielleicht habe ich darauf eine Antwort.“

Diesmal war es Dila, der beinahe das Besteck aus der Hand fiel. Hoffentlich würde die Klanjüngste jetzt nichts Falsches sagen … Alle Blicke ruhten auf ihr, als sie weitersprach: „Er möchte möglicherweise alle Klans in Nian versammeln. Ich meine, eben nicht nur Reiter, sondern auch die anderen.“ Sie blickte in die Runde. „Hat jemand von uns vielleicht Kontakt zu Federern oder Brennern? Wenn die auch eingeladen sind, dann dürfte es sehr wahrscheinlich so sein.“

Erleichtert kaute Dila weiter, während Girn anerkennend die Augenbrauen nach oben zog und die Lippen schürzte. Nickend sagte er: „Junge Dame, das klingt sehr plausibel. Allerdings muss ich gestehen, dass wir keinen Kontakt zu den genannten Klans haben. Die Einzigen, die bisher nachweislich mit Brennern zu tun hatten, sind die Lindenreiter, und auf die bin ich derzeit, so muss ich gestehen, nicht besonders gut zu sprechen. Federer hingegen scheinen sich ziemlich bedeckt zu halten, man hört praktisch nichts mehr von ihnen. Hätte vor zwei Zyklen nicht der damalige Erste Lindenreiter ihren Ersten getroffen, wäre ich bereits geneigt gewesen zu vermuten, es handele sich bei ihnen doch nur um einen Mythos."

„Direkt kennen wir niemanden davon", bestätigte auch Jorn. „Allerdings wüsste ich einen Weg, die Federer zu kontaktieren." Und unter dem erstaunten Blick seines Ersten erklärte er: „Bei meinem letzten Besuch bei den Obskalusreitern in der Großen Flussstadt lernte ich den dortigen Ersten Rengat, Veit Kalomesh, kennen. Er sagte, sein Sohn habe die angesprochene Gabe – auch wenn ihm das etwas zu missfallen schien."

Der Erste brummte und verzog das Gesicht. Stimmt, davon hatte Jorn ihm erzählt. Aber ausgerechnet der zweithöchste Obskalusreiter sollte es sein, wo dieser Klan doch in geradezu speichelleckerischer Weise den Lindenreitern und ihrem Ersten in den Kampf gefolgt war … „Wie gut kennst du ihn, Jorn?"

„Sagen wir so", erwiderte der Angesprochene, „wir haben uns auf persönlicher Ebene gut verstanden, auch wenn wir, was die Politik anging, nicht immer einer Meinung waren. Ich glaube, er würde zwar etwas schief gucken, wenn ich ihn um Kontakt zu seinem Sohn ersuchte, würde es aber akzeptieren, wenn ich ihm sagte, dass es um eine klaninterne Angelegenheit gehe. Außerdem wollen wir ja, so nehme ich an, gar nicht seinen Jüngsten sprechen, sondern den Ersten Federer."

Nach kurzem Überlegen stimmte Girn zu. „Gut, kontaktiere ihn. Vorher möchte ich aber, dass wir uns gleich noch einmal im Ornatssaal treffen. – Ich hoffe, es hat allen geschmeckt?“

Die Wandlerinnen bejahten, bedankten sich herzlich bei ihren Gastgebern und zogen sich danach zunächst in die Dienstwohnung des Ersten zurück. Nachdem sich alle gesetzt hatten, platzte Dila los: „Große Mutter, ich hatte schon befürchtet, du würdest etwas über Brukas erzählen, Leja!“

„So ein Quatsch“, erwiderte diese. „Ich weiß doch Bescheid!“

„Ja“, begann nun Uma leise. „Deine Idee mit den anderen Klans war sehr gut. Mich würde nur interessieren, was der Keysor von so einer Versammlung hätte.“

In genau diesem Moment fragten sich der Erste und der Rengat im Ornatssaal dasselbe. Es war spät geworden, alle anderen Reiter hatten die Loge bereits verlassen und die Türen des Saals waren geschlossen, so dass die Beratung ungestört stattfinden konnte. Die offensichtliche Antwort auf die Frage jedoch wollte Jorn einfach nicht akzeptieren. „Große Mutter, es muss doch eine andere Erklärung dafür geben als solchen Wahnsinn!“

„Du weißt aber schon, dass laut den alten Überlieferungen der Turnok alle damaligen Klans sämtlich in seinem Bann gehabt haben soll?“, erwiderte der Erste. „Das passt alles perfekt ins Bild.“

Nachdenklich und schweigend kratzte sich der Rengat am Kopf, während Girn sich seinerseits grübelnd am Kinn rieb. Eine Sache bereitete ihm besonderes Kopfzerbrechen: Es hatte da früher noch einen weiteren Klan gegeben, dessen Name unter Reitern nicht ohne wirklich guten Grund genannt werden durfte. Dieser fehlte im derzeitigen Puzzle noch, um einen endgültigen und eindeutigen Schluss zu ziehen. Dass nun aber nach den anderen Begabten womöglich auch noch Brukas erscheinen und bei der Angelegenheit mitmischen würden, das hätte ihm gerade noch gefehlt.

Die Ordnung der Dinge

Zufrieden saß der Keysor lächelnd an seinem mit Gold überzogenen Schreibtisch, den er vor zwei Tagen als Geschenk von den Baumhaselreitern erhalten hatte. Auch die Maulbeer-, Obskalus- und Robinienreiter hatten ihm bereits ihre Aufwartung gemacht und angemessene Geschenke übergeben. Fast jede Langzeit erschien jemand, um ihm die Ehre zu erweisen.

Auch ansonsten schien die Zeit für ihn zu arbeiten. Die vor den Feuern geflohenen Menschen kehrten allmählich auf die Mederebene zurück. Überall war bereits mit dem Instandsetzen zerstörter Gebäude und der Reparatur beschädigter Maschinen begonnen worden, um die Felder wieder bearbeiten zu können. Die wenigsten Leute würden ihm die Schuld an den Verwüstungen geben, alle waren viel zu beschäftigt mit dem Wiederaufbau und vermutlich auch zornig auf die Menschen der westlichen Ebene. Auch ansonsten war genau das eingetroffen, was er vorhergesehen hatte: Natürlich hatten die dummen Wandlinge und Glittlinge sofort kopflos dem armen Land zu Hilfe eilen müssen. Niemals hätten sie es mit ansehen können, dass die Ebene brannte, dazu hatten sie ein viel zu weiches Herz. Er hatte nur kurz die Augen schließen müssen, um sie zu sehen, dann hatte er seine Boten losgeschickt, um ihnen die Nachricht mit der verlockenden Einladung zu überbringen. Diese konnten sie natürlich ebenso wenig ignorieren wie vorher die Großbrände. Dazu diese miefenden Kräuterwühler, die sich tatsächlich einbildeten, sie könnten unbemerkt nach Süden ziehen! Ihm war zwar nicht klar, wo sie alle hergekommen waren und weshalb sie so genau wussten, wohin sie gehen mussten, aber ganz offensichtlich schien sich auch hier die alte Weissagung rechtzeitig zu erfüllen. Seit einiger Zeit verfolgte er ihre Wanderung nun schon. Nur noch ein paar Tage, dann hatte er sie alle im Sack! Er musste nur noch prüfen, ob diese undurchsichtigen Federlinge den Köder geschluckt hatten. Man wusste ja nur sehr wenig von ihnen. Grinsend bewegte er die herausgerissene Buchseite mit dem antiken Text in seiner Hand hin und her, bevor er sie wieder zusammenrollte und in seiner Robe verschwinden ließ.

Es klopfte an der Tür der keysorischen Gemächer. Der Herrscher verbannte das hämische Lächeln aus seinem Gesicht und erhob sich. Das war sicher sein neuer Hofmarschall, der ihm die letzten Nachrichten zur Übernahme der Küstenlandareale durch seine Beauftragten überbrachte.

„Mein Keysor" begann der Haushofmeister mit einer Verbeugung, nachdem sich die prachtvolle, mit Diamanten besetzte Tür geöffnet hatte. „Ich bringe Kunde vom Dritten Jelnor aus dem Areal Elverland. Die neue Regierung ist gebildet, auch dieser

Landstrich steht nun vollständig unter Ihrem alleinigen Befehl. – Leider, Hoheit, ist dies nicht meine einzige Nachricht: Der Erste der Birkenreiter der Hauptloge zu Bramania hat noch Schwierigkeiten damit, die Arealverwaltung von Elvermark davon zu überzeugen, geschlossen zurückzutreten."

Der Alleinherrscher zog eine Braue nach oben. „Und was gedenket genannter Erster nun, ob dieser Ungeheuerlichkeit zu tun?"

„Er ersucht Ihren Rat, Majestät."

Ein leichtes Lächeln wurde in den Mundwinkeln des Keysors sichtbar. „Nun, wenn es sich so verhält, dann sage bitte meinem Dritten Jelnor Bescheid. Er soll Bramania mit den Seinen einen Besuch abstatten. Für den Fall, dass der genannte Erste bei seinem Eintreffen immer noch einen Denkanstoß benötigen sollte, möchte der Jelnor ihn hierher geleiten und einen geeigneten Rengat als Ersatz auswählen. Wie er dann mit den Aufrührern in der Verwaltung umzugehen hat, das weiß er sicher selbst."

Der Hofmarschall entfernte sich nach einer weiteren tiefen Verbeugung. Der Herrscher wandte sich herum, um zu seinem Schreibtisch zurückzukehren. Diese Sache war so gut wie erledigt. Jeglicher Widerstand dort würde schon bald ebenso wie im Gebirgsland aus dem Wege geräumt worden sein. Dann wurde sein Wille überall im Lande unhinterfragt getan. Dennoch wusste er, dass der entscheidende Schritt noch bevorstand. Erst danach würde seine

Herrschaft bis in alle Ewigkeiten zementiert sein, und dies war die Ordnung der Dinge.

Vorbereitungen

Das Wetter in Dohrlegen war an diesem Vorfriedstag endlich wieder einigermaßen erträglich geworden. Lange hatte es geregnet, nun aber ließ sich die Sonne wieder häufiger zwischen den Wolken blicken. Die Schulen waren zwar immer noch geschlossen, doch das hatte nicht dazu geführt, dass Kai sich gelangweilt hatte. Im Gegenteil, er hatte in letzter Zeit viele Teleskripte verfasst und diese an die anderen Federer verschickt sowie an den Abenden lange Gespräche mit seiner Familie geführt. Inzwischen waren seine Eltern damit einverstanden, dass ihr Jüngster sich in Begleitung der Seinen ins östliche Mittelland begeben würde, um einen geheimnisvollen Ort in einem tiefen Baumwald aufzusuchen. Zwar waren sie immer noch nicht überzeugt davon, dass ein zehn Zyklen tragender Junge so etwas unbedingt machen musste, aber sie hatten verstanden, dass es einfach nicht das Schicksal eines Ersten Federers war, wie jeder andere Junge aufzuwachsen. Kai war erleichtert. Während er seinen Tragsack packte, dachte er an die vergangenen Tage zurück.

Die Federer Herk, Lutz und Malu waren auf die Westliche Ebene gereist und hatten dort nicht nur eine andere Kultur und Sprache kennengelernt, sondern auch das verschollene letzte Klanmitglied Lerk – den Philosophen, wie er auch genannt wurde – gefunden und in heimatliche Gefilde mitgebracht. Nun lebte dieser zusammen mit Herk in Medriana, der Landeshauptstadt. Dazu all die anderen Mitglieder seines Klans, die er auf dem zweiten großen Federertreffen bei ihm zu Hause wiedergesehen hatte … kaum waren sie wieder alle im Land verstreut, schon musste er sie erneut zusammenrufen – diesmal allerdings an einem Platz, den er selbst noch niemals besucht hatte. Und schließlich die sich häufenden Schreckensmeldungen aus dem Süden, die in der großen Feuersbrunst auf der Mederebene und ihrer wundersamen Löschung gegipfelt hatten. Das alles musste einfach etwas zu bedeuten haben. Außerdem würde er wirklich gern die Menschen kennenlernen, die imstande gewesen waren, Hunderte von Quadratlangmaßen brennenden Landes nicht nur zu löschen, sondern auch die Pflanzen auf geheimnisvolle Weise wieder ergrünen zu lassen. Er und die Seinen waren noch niemals Wandlern oder Gleitern begegnet, geschweige denn Brennern. Ob diese vielleicht seltsamsten Begabten immer noch den Lindenreitern zur Seite standen, nachdem mit den von ihnen gefertigten Waffen die Ebene in Brand gesetzt worden war?

Der Tragsack war fertig, alles Notwendige war darin verstaut. Gut, dass Malu ihm eine Liste wichtiger Dinge geschickt hatte, sonst hätte Kai sicherlich etwas vergessen. So bald wie möglich würde es losgehen: Die Fahrt würde zu einem Dorf am nördlichen

Rand des Maininger Baumwaldes führen. Von dort aus würde man schnurstracks nach Süden in den Wald eindringen und womöglich den verborgenen Platz finden, auf dem am folgenden Tag das Reiterthing stattfinden sollte. Zunächst einmal wollte Kai nun aber Saia, die jüngste Federin, aus der Wohnung ihrer Mutter Mona ein paar Straßen weiter abholen. Wie sie das wohl hinbekommen hatte, es mit nur acht Zyklen erlaubt zu bekommen, eine solche Reise mit dem Klan zu machen ... Nun, vielleicht würde Mona ja mitkommen.

Ein paar Mittelzeiten später wurde Kai klar, dass seine Zweifel nicht ganz unbegründet gewesen waren. Er stand vor dem Haus, in dessen Gastquartier unter dem Dach Mona und Saia übergangsweise lebten. Aus dem geöffneten Dachfenster jedoch erklangen unmissverständlich die Klänge einer heftig geführten Diskussion zwischen Mutter und Tochter. Mit gerunzelter Stirn schritt Kai weiter auf die Haustür zu und wollte gerade klingeln, als ihm einfiel, dass dies gar nicht nötig war. Angesichts der offensichtlich schlechten Laune in der Gästewohnung, die von Saia gern augenzwinkernd als „Dachjukuhuu" bezeichnet wurde, wollte er nicht mehr als notwendig stören. Er flüsterte daher in der Art der Federer durch seine Brust: *„Darf ich trotzdem kurz ablenken?"*

„Nichts lieber als das", erklang Saias Antwort in seinem Inneren. *„Ich mache gleich auf."* Tatsächlich öffnete das Mädchen bereits zwei Mittelzeiten später

mit verquollenen Augen die Haustür und sagte mit erstickter Stimme: „Komm herein. Aber wundere dich nicht darüber, was gerade los ist."

„Hab schon gehört", sagte Kai in mitfühlendem Ton zu der jungen Federin. Sonst war sie immer fröhlich, unternehmungslustig und zu einem Scherz bereit, aber nun ... Er seufzte. Es war ja damit zu rechnen gewesen, dass dies der Mutter einer Achtzyklerin zu viel sein würde. Traurig war nur, es so direkt mitzuerleben.

„Mutter und ich müssen am kommenden Wochenende zurück nach Schönefeld", erklärte Saia nun bedrückt. „Der Besuch hier ist zu Ende, da sie wieder arbeiten muss."

„Ehrlich?", fragte Kai verwundert, während die beiden die Treppe emporklommen. „Ich dachte, sie hat aufgehört, als Lehrerin tätig zu sein?"

„So ist es auch", meinte Saia, die sich allmählich etwas beruhigte. Die Nähe ihres Ersten tat ihr gut. „Aber von irgendetwas muss man ja leben. Das ist auch der Grund, weshalb wir so lange hier waren: Mama hat auf Anraten ihrer Freundin eine Stelle in einem Werk für Teleskriptortechnik angenommen und brauchte dringend eine Einweisung in die notwendigen Grundlagen."

Kai nickte. So war das also. Bei all dem Trubel in den vergangenen Wochen war nie Zeit dafür geblieben, über solche wichtigen Dinge zu sprechen. Er und Saia erreichten das Dachgeschoss und betraten das

Quartier. Eine erkennbar verärgerte Mona räumte gerade einen Stapel Bücher und Aufzeichnungen in einen Koffer.

„Guten Tag“, sagte Kai. „Ist es überhaupt recht, dass ich hereinkomme?“

„Sonst hätte ich meine unvernünftige Tochter nicht zum Öffnen geschickt“, erwiderte Saias Mutter mürrisch.

Saia wollte etwas entgegnen, hörte aber Kais Stimme in ihrem Inneren: *„Psst! Das nutzt in diesem Fall nichts, lass mich bitte gerade versuchen zu reden!“* Also schwieg sie und gab damit Mona die Möglichkeit fortzufahren: „Ich hoffe nicht, dass die Idee, sie ohne Begleitung mitzunehmen, auf deinem Mist gewachsen ist. Du bist doch sonst immer so vernünftig gewesen und hast oft gezeigt, dass du nicht umsonst der Klanerste bist.“

Kai räusperte sich und schluckte, sah Mona an und meinte dann: „So ist es nicht und ich hoffe, so wurde es nicht gesagt. Niemals würde ich verlangen, dass Saia unbegleitet durchs Land reist! Es gilt nach wie vor, dass keine Klanangelegenheiten über die der Familie gestellt werden. Hat man Ihnen eigentlich gesagt, weshalb wir Federer überhaupt nach Osten reisen wollen?“

„Mehr als einmal“, brummte Mona. „Und ich muss gestehen, nach dem ganzen Wahnsinn in der Westlichen Ebene und den vielen Unglaublichkeiten, die wie selbstverständlich in den letzten Wochen geschehen sind, habe ich mich mehr als einmal gefragt, was das für eine kuriose Zeit ist, in der wir gerade leben.“ Zu Kais Zufriedenheit veränderte sich auch ihr Ton langsam von aufgebracht zu besorgt. Dies war ein gutes Zeichen und ließ auf eine weniger erregte Fortsetzung des Gesprächs hoffen. „Bei alledem bin ich trotzdem zu dem Schluss gekommen, dass dies für meine Tochter zu früh wäre. Und davon lasse ich mich auch nicht abbringen!“

„Das ist auch gar nicht nötig“, warf der Federer ein. „Sagen Sie bitte, liegt Schönefeld nicht im östlichen Mittelland?“

„In der Tat“, erwiderte Mona nun viel ruhiger. „Warum?“

„Wenn ich recht verstanden habe, wollen Sie am Wochenende zurückreisen. Hatten Sie vor, das ganze schwere Material mit in einen Zug zu nehmen? Soweit ich weiß, sind Sie nicht mit dem Auto hierhergekommen.“

Saias Mutter seufzte vernehmlich. „Ja, es wird eine schöne Schlepperei. Ich hätte nicht gedacht, dass man für den Job so viel an Theorie wissen muss. Ich werde das ganze Zeug brauchen, um zu Hause noch weiterbüffeln zu können.“

„Womöglich müssen Sie gar nicht so viel tragen. Herk aus Medriana kommt mit uns. Er ist zwar ebenfalls ein Federer, aber dennoch reist er gern mit dem Auto. So kann er auch schwereres Gepäck mitnehmen.“ Kai begann nun zu lächeln. „So viel davon haben wir Federer aber meist gar nicht dabei. Eventuell könnte er hier vorbeifahren und Sie und Saia samt Ihren Habseligkeiten mit nach Osten nehmen.“

„Ernsthaft?“ Überrascht legte Mona ein paar Bücher aus der Hand und wandte sich Kai zu. „Aber – sagtest du nicht, er lebt in Medriana? Da wird er doch nicht extra erst so weit nach Nordwesten kommen, nur um zwei praktisch Fremde mitzunehmen?“

Kais Lächeln wurde breiter. Manchmal war es gut, ein Erster zu sein, auch wenn er solch ein Ansinnen niemals als Anweisung äußern würde. „Doch, ich glaube, das würde er tun, zumal auch ich noch mitfahren könnte. Wo genau liegt denn Schönefeld?“

„Setz dich erstmal hin und nimm dir eine Limonade, Kai“, sagte Mona nun ihrerseits lächelnd. „Und dann wollen wir doch mal sehen, ob du mir wirklich ein paar Sorgen vom Hals schaffen kannst.“

Es stellte sich heraus, dass Saias Heimatort nur ein paar Langmaße westlich von Kalia lag. Diese große Stadt befand sich nordöstlich des Maininger Baumwaldes. Herrlich am Ostrand des Honsfelder Hügellandes zwischen dem Kesselgebirge und eben jenem Baumwald gelegen, war sie nicht nur Sitz der Hauptloge des Reiterklans eines seltenen Baumes, des Lödrichs, sondern auch Zentrum des Holzschaffens in Nian. Vom Zimmerer über den Stellmacher bis hin zum Kunstschnitzer waren hier alle Berufe dieser Zunft überreichlich vertreten. Selbstverständlich war es nicht ausgeblieben, dass sich im Umland auch moderne Industrie angesiedelt hatte – das Hauptwerk von Roldenhauer Chemie befand sich als größter Reifen- und Autoteilehersteller ebenso dort wie Perpetua, wo PETs gebaut wurden –, dennoch wurde auf die Erhaltung der alten Bräuche viel Wert gelegt. Dies hatte dazu geführt, dass viele traditionelle Holzschafferwerkstätten in der Altstadt Kalias auch in dieser Zeit noch produzierten, selbst wenn die meisten Einnahmen mittlerweile von den zahlreichen Besuchern der Betriebe kamen.

Nach kurzer Zeit waren die meisten Details besprochen und Kai war auf dem Weg nach Hause, um ein Teleskript an Herk zu schicken. Lächelnd setzte er einen Fuß vor den anderen. Herk hatte ein geräumiges Auto und würde mit Sicherheit gern einen Umweg in Kauf nehmen, um drei Leute mit schwerem Gepäck in die Nähe Kalias zu bringen. Erst recht, wenn es sich dabei um eine junge Federin, deren Mutter und seinen Ersten handelte. Ob Saia dann doch noch mit den anderen Federern in den Baumwald ziehen würde, wusste er deshalb natürlich noch nicht, aber er hatte bei dieser Angelegenheit das sichere Gefühl, dass sich die Dinge zum Guten wenden würden. Schön, dass Saia diesen Eindruck mit ihm teilte.

Zuhause angekommen, ging er schnurstracks zum Teleskriptor. Bevor er aber damit beginnen konnte, Herk seine Anfrage zu schicken, warf die Maschine unerwartet ein bedrucktes Stück Papier aus und ließ das Empfangssignal ertönen. Kai runzelte die Stirn, als er die an ihn gerichtete Nachricht überflog: „... hat mich mein Vater plötzlich gefragt, ob du auch eine Einladung zum Thing erhalten hast. Ich habe ihn hingehalten und gemeint, danach müsse ich mich selbst erst bei dir erkundigen. Verstehen tue ich das nicht, erst lässt er einen Brief zum Thing offen herumliegen, fährt mich an, als ich ihn finde, und dann fragt er sowas! Als ich wissen wollte, wie er darauf komme, wurde er noch verschlossener als sonst. Gibt das für dich einen Sinn? – Ich freue mich darauf, von dir zu hören. Liebe Grüße an alle. Dein Linn."

Kai kratzte sich am Kopf. Linn war ein etwa gleichaltriger Federer aus der Großen Flussstadt, der ebenso wie der Philosoph Lerk die besondere Fähigkeit hatte, Gedanken anderer Federer über weite Entfernungen hinweg zu hören. Er hatte Linns Vater zwar noch nie in direktem Gespräch kennengelernt, aber von Anfang an den Eindruck gehabt, dass dieser nicht nur außerordentlich streng war, sondern sich häufig recht undurchsichtig verhielt. Womöglich war es daher unklug, per Teleskript zu antworten. Der Erste Federer sammelte sich daher stattdessen in seiner Mitte, richtete dann die Konzentration auf die Große Flussstadt im Osten und dachte: „Hallo Linn, Kai hier. Bitte richte deinem Vater aus, dass wir Federer bisher nicht zum Thing eingeladen wurden, aber kein Problem damit hätten zu erscheinen, falls es gewünscht wäre. Unabhängig davon setzen wir unsere Vorbereitungen wie gehabt fort. Bitte bestätige auf die übliche Weise. Danke und lieben Gruß, Kai."

Wenige Kurzzeiten später piepte der Teleskriptor erneut. Ein einziges Wort stand diesmal auf dem ausgeworfenen Papierstück: „Verstanden." Kai musste wiederum lächeln, als er nun die Nachricht an Herk auf der Tastatur eingab. Diese Art der Unterhaltung war für einen Außenstehenden kaum nachvollziehbar.

Fahrt übers Land

Gemächlich glitt das Auto mit den vier Fahrgästen über die Landstraße. Herk hatte einen sehr gemäßigten Fahrstil und belastete sein Kraftfahrzeug offensichtlich nur ungern über bestimmte gefühlte Grenzen hinaus. Gern hatte er sich bereit erklärt, seinen Ersten und Saia mit deren Mutter abzuholen und gemeinsam mit ihnen und ihren vier Koffern nach Osten zu fahren. Insgeheim hatte er sich sogar über die Anfrage gefreut, denn – Federer hin oder her – er zog diese Art des Reisens einfach vor. Nach dem tagelangen Federn über die Weite der westlichen Ebene hatten er und sein Rücken erst einmal genug davon, sich von Gras durch die Luft wirbeln und wieder auffangen zu lassen. Allerdings hatte er anhand von Kais Nachricht mitbekommen, dass es noch einen anderen, augenscheinlich noch wichtigeren Grund dafür gab, weshalb die Fahrt mit dem Auto gemacht werden sollte: Sein Erster hoffte darauf, die Klanjüngste ebenfalls mit auf die geplante Reise in den Maininger Baumwald nehmen zu können.

Rasch war der Rhevon überquert. Herk war abgebogen, die Fahrt ging nun an vielen Feldern vorbei, während in angemessener Entfernung Baumwälder und Obstplantagen vorbeizogen. Dies war neben der Mederebene die fruchtbarste Gegend des Mittellandes, hier lagen landwirtschaftliche Nutzflächen dicht an dicht. Kai saß auf dem Rücksitz stumm neben Saia und sah durchs Fenster dabei zu, wie die Gerüste für die bevorstehende Kirschernte aufgebaut wurden. Diese Frucht war mit Abstand sein Lieblingsobst, er freute sich darauf, wieder herzhaft in ihr süßes rotes Fruchtfleisch zu beißen. Einmal hatte sein Vater eine riesige Kirsche von einem Ausflug zu den Plantagen mitgebracht. Sie hatte Kai bis über das Knie gereicht und mit der Polsterung gerade noch so in den Kofferraum des Familienautos gepasst, ohne zerdrückt zu werden. Das war ein Festschmaus gewesen! Mehrere Tage lang hatte die Familie davon essen können ... So in seinem Tagtraum versunken, wurde Kai mit einem Mal bewusst, wie gelassen er gerade mit dem ungelösten Problem umging. Noch vor ein, zwei Zyklen hätte er sich den Kopf zermartert, auf welche Weise man Mona davon überzeugen konnte, ihre Tochter mit den anderen Federern mitreisen zu lassen, und nun saß er einfach so neben Saia und träumte. Der Hailabel an der Küste fiel ihm wieder ein, der erste Baum, mit dem er gesprochen hatte. Zwei Zyklen war das nun her. Wie angenehm warm und eingängig seine Stimme gewesen war ...

Jäh fuhr Kai aus seinem Schlummer. Das Fahrzeug schlingerte, lautes Quietschen drang an sein Ohr, dann ertönte ein seltsam dumpfes Geräusch und plötzlich lag der Wagen nicht mehr so ruhig auf der Straße wie die ganze Zeit über. Mit einem Fluch stoppte Herk am Straßenrand, öffnete nach einem besorgten Blick zu seinen Mitfahrern ärgerlich die Fahrertür und stieg aus.

„Große Mutter, was war das?", stieß Kai im Halbschlaf hervor.

Die blasse Mona drehte sich zu ihm um, der Schreck war deutlich in ihrer Stimme zu hören: „Da lag ein Blatt auf der Straße und klappte im Gegenwind plötzlich hoch. Vielleicht war es auch etwas anderes, jedenfalls mussten wir heftig ausweichen."

Auch Saia neben ihm sah bleich aus. Das hätte gerade noch gefehlt, ein Zusammenstoß mit einem Pflanzenteil auf freier Strecke! Gut, dass Herk so aufmerksam und vorsichtig fuhr. Trotzdem schien das Lenkmanöver nicht ohne Folgen geblieben zu sein.

Tatsächlich kam der ältere Federer nach kurzer Zeit mit saurer Miene zurück und brummte: „Ein Vorderreifen ist übel beschädigt. Zum Glück habe ich Ersatz dabei. Macht bloß keinen Spaß, das Rad zu wechseln."

„Gut, dass Sie den Wagen noch am Straßenrand zum Stehen gebracht haben!", ächzte Mona, immer noch geschockt. „Sonst hätte es übel aussehen können. Verletzt hat sich niemand, oder?"

Nein, dies war nicht der Fall. Und so holte Herk das nötige Werkzeug aus dem Kofferraum, nachdem er mit der Hilfe der anderen das Gepäck neben die Straße auf den Seitenstreifen gestellt hatte. Er seufzte. Dies würde eine Weile dauern.

Kai wunderte sich immer noch darüber, dass er selbst innerlich vollkommen ruhig war. Das Wetter war so weit in Ordnung, zwar war es etwas windig und bewölkt, aber regnete nicht. Nachdenklich schlenderte er den Seitenstreifen entlang, als ihm plötzlich etwas auffiel. Hatte nicht gerade der Boden leicht gebebt? Das fühlte sich fast so an, als ob ... *„Saia, hast du das auch gespürt?“*, fragte Kai mit dem inneren Flüstern.

„Klar!“, erwiderte die Angesprochene. *„Wie bei deinem Merkantus! Nur viel weiter weg!“*

„Was ist los?“ Herk hatte die Unterhaltung natürlich mitgehört, sprach nun aber laut und wischte sich den Schweiß aus der Stirn. Blöde Radmutter, sie wollte sich einfach nicht lösen – hoffentlich würde er nicht den Stehbolzen mit abdrehen.

„Jemand spricht mit uns“, antwortete Kai ausweichend.

Mona, die bei geöffneter Tür auf dem Beifahrersitz saß, wurde nun ebenfalls aufmerksam. „Was meinst du? Ein anderer Federer, der euch etwas zuruft?“

„Nein, Mama“, antwortete Saia statt ihres Ersten. „Ein Baum hat geredet! Er muss ziemlich weit entfernt sein, aber doch so nah, dass wir es spüren konnten.“

Saias Mutter runzelte die Stirn. Sie hatte zwar schon vor längerer Zeit erfahren, dass Bäume mit jedem sprechen konnten und nicht nur mit Reitern, gehörte aber zu den Menschen, die dem keine besondere Bedeutung beimaßen. Bäume waren gefährlich und darum musste man sich von ihnen fernhalten, basta. So hatte sie es gelernt und niemals eine Veranlassung gehabt, daran zu zweifeln. Man hatte ja schließlich gerade gesehen, wie bedrohlich schon Teile von ihnen für das Alltagsleben waren. Andererseits war sie aber auch neugierig. „Woran hast du das denn gemerkt?“, fragte sie.

„Aber Mama, hast du das Zittern der Erde denn nicht mitbekommen?“

Wie auf Kommando bebte der Boden erneut leicht. Dieses Mal spürte es auch Mona, die inzwischen aus dem Wagen ausgestiegen war. „Du hast recht", sagte sie. „Aber was hat er denn gesagt?"

„Es muss eine der Erlen dort drüben sein", schaltete Kai sich wieder ein und zeigte auf einen kleinen Baumwald in gut einem Langmaß Entfernung. „Sie sind noch jung, sonst würde man sie dort vermutlich nicht stehen lassen. Wenn sie höher werden, könnten sie der Straße gefährlich werden. Leider konnte ich von hier aus nicht verstehen, was gesagt wurde. – Herk, sag mal, brauchst du eventuell noch eine Weile?"

„Leider ja", kam es keuchend zurück. „Wenn wir Pech haben, muss sowieso einer von uns zum nächsten Ort gehen und die Unfallhilfe rufen oder einen Wagen anhalten und hoffen, dass er ihn dahin mitnimmt. Wenn diese vermaledeite Radmutter nicht bald ..."

Als hätte Herk es geahnt, fiel nach dem nächsten Ruck das Werkzeug widerstandslos zu Boden. Herk wiederholte den Fluch, den er bereits bei der Notbremsung des Wagens ausgestoßen hatte. „Tja, das war's dann. Der Bolzen ist hin, und mit nur zwei davon kann man kaum riskieren zu fahren, ohne dass das Ersatzrad abzureißen droht."

Da war guter Rat teuer. So weit das Auge reichte, war nirgends eine Ortschaft zu sehen. Ein Blick auf die Landkarte, die Herk glücklicherweise dabeihatte, sorgte für Klarheit: Das nächste Dorf lag in nördlicher Richtung – genau hinter dem Erlenwald.

„Das heißt, dass ihr jetzt entweder vier Langmaße nach Norden federn müsst oder wir auf einen freundlichen Fahrer warten können", brummte Herk resigniert. „Dies ist aber keine Hauptstrecke und wir sind fast mitten im Nichts, das könnte eine Weile dauern."

„Warum sind Sie denn hier entlanggefahren?", wunderte sich Mona, der allmählich schwante, worauf das Ganze hinauslaufen würde.

„Nun, ganz einfach: Diese Strecke ist von Dohrlegen aus deutlich kürzer und auch angenehmer zu fahren als der Weg über die Schnellstraße nach Kalnia", entgegnete der Federer. „Zumindest normalerweise."

Mona wandte sich ihrer Tochter zu. „Wenn du glaubst, dass ich euch beide allein zu einem Baumwald federn und dahinter in einem wildfremden Ort um Hilfe bitten lasse, dann habt ihr euch getäuscht."

„Das ist auch gar nicht möglich", ergriff Kai das Wort. „Ich habe noch nie etwas davon gehört, dass man auf Getreidepflanzen federn kann. Hast du das schon mal versucht, Herk?"

Nein, das hatte dieser nicht – Kai dagegen schon, und zwar vergeblich. Also blieb nichts anderes übrig, als zu Fuß zu gehen. Da Herk sinnvollerweise beim Wagen bleiben wollte und Mona darauf bestand, die beiden Kinder nicht allein gehen zu lassen, einigte man sich schließlich darauf, zu dritt loszuziehen.

Schon der Weg über das Feld aber ließ Mona pausenlos erschauern. Der frische Wind ließ die armdicken Halme kräftig hin- und herschwingen und manches Mal befürchtete sie, getroffen zu werden. „Ich frage mich, wie ihr so ruhig bleiben könnt", sagte sie zu ihrer Tochter.

Statt Saia antwortete Kai: „Federn können wir zwar nicht auf Korn, aber mit ihm flüstern schon. Ich habe gleich am Rand des Feldes um sichere Passage gebeten."

Mona zog die Augenbrauen hoch. „Und du bist sicher, dass das auch etwas nutzt?"

Kai lächelte innerlich. In der Tat hatte Saias Mutter bisher anscheinend wenig mit dem Wesen des Federns zu tun gehabt, obwohl ihre Tochter eine Federin war. „Sehen Sie bitte einmal", sagte er und ging auf zwei über Kreuz wachsende Halme zu. Kaum hatte er sie erreicht, bogen sie sich auseinander, um ihn passieren zu lassen.

„Mama, Federer zu sein ist weit mehr, als nur ‚herumzuhüpfen', wie du es einmal genannt hast!", ließ sich Saia vernehmen. „Mit Bäumen kann vielleicht jeder reden, aber mit Kleinpflanzen, das ist unser Ding! Und sie sind immer hilfsbereit und freundlich. Ich habe einmal sogar Getreide gefragt, ob es eigentlich wisse, weshalb Menschen es konzentriert auf einem Fleck anbauen würden."

Mona schüttelte den Kopf. Das war tatsächlich nicht ihre Welt. „Und, hat es geantwortet?"

„Ja, und zwar auf wirklich erstaunliche Weise“, erwiderte Saia mit Ehrfurcht in der Stimme. „Es sagte, es wisse sehr genau, warum es dort wachse und dass man es einst fällen werde. Dies sei seine Aufgabe.“

„Ich sehe schon, ich muss mich häufiger mit dir darüber unterhalten ... So richtig habe ich das Thema bisher wohl nicht an mich herankommen lassen“, sagte Mona leise. „Gut, wenn ihr es sagt, dann will ich euch mal vertrauen, dass wir problemlos über das Feld kommen.“ Was sie allerdings nicht sagte, sondern nur dachte, war: „Hoffentlich findet ihr auch einen Weg, mit dem Baumwald klarzukommen. Eigentlich wollte ich daran nicht nah vorbeigehen.“

Flucht nach Süden

Mit leisem Platschen durchschwammen die drei Freunde den breiten Fluss Lavanda. Die Strömung war sehr stark, sie mussten aufpassen, nicht zu sehr abgetrieben zu werden. So weit südlich, nahe der Grenze zu Urgalan, würde man sie hoffentlich nicht vermuten. Sie hatten einen langen, eiligen und gefährlichen Marsch hinter sich und waren mehr als einmal um ein Haar gestellt worden. Nur das Glück des Tüchtigen hatte sie davor bewahrt, von einer Streife gefangen zu werden. Hier im mittleren Teil Atalans gab es keine Industrieruinen oder Wälder auf Hängen und Hügeln mehr, an denen entlang man sich meist ungesehen bewegen konnte. Das viel befahrene Erntegebiet östlich des Flusses war fest in der Hand urgalanischer Trupps, ohne die gute Ortskenntnis von Mariana hätte man sie sicher bereits geschnappt. Am Westufer dagegen würden sie zumindest eine Zeit lang verschnaufen können. Es gab dort keine befahrbaren Straßen und Wege mehr, niemand kam dorthin, wenn er nicht musste.

„Komm, ich zieh dich raus", keuchte Martin, nachdem er wieder festen Boden unter den Füßen hatte. Das Waten am Ufer entlang war kaum möglich, die reißende Strömung zog einem fast den Boden unter den Füßen weg. Daniel griff dankbar und beherzt zu, um daraufhin mit einem Ruck aus dem Wasser gerissen zu werden und mit einem Plumps auf dem festen Uferbereich zu landen. „Hey! Du musst mich nicht gleich durch die Gegend schmeißen!“

Ebenfalls außer Atem und durchnässt gesellte sich Mariana zu ihnen. „Kommt, Jungs, keine Müdigkeit vorschützen! Weg vom Ufer, wenigstens bis hinter die erste Anhöhe, sonst könnten sie uns doch noch erspähen!“

Ein paar Minuten später konnten sie endlich verschnaufen. Daniel fiel wie ein nasser Sack auf die Erde und legte sich der Länge nach auf das weiche Gras, das dort den Boden bedeckte. Normalerweise wäre dies Anlass für seinen urgalanischen Freund gewesen, sich ein wenig im Spaß über ihn lustig zu machen; diesmal allerdings war der ehemalige Krieger ebenso erschöpft wie der junge Atalane.

Nicht anders erging es ihrer drahtigen Begleiterin, die sich ebenfalls in den Schutz des bewachsenen Hügels kauerte.

„In Ordnung“, begann Martin nach einer Weile des Durchatmens. „Du glaubst, dass wir hier zunächst sicher sind?“

„Erstmal ja“, erwiderte Mariana. „Als sie uns in Kehlau gesehen hatten, dachte ich, unser letztes Stündlein hätte geschlagen. Und das, wo wir so gut vom Gebirgsrand weggekommen sind! Zum Glück waren diese Burschen echt langsam.“

„Und ebenfalls zum Glück ist unser atalanischer Bandenbuckler nicht mehr so verweichlicht wie damals, als ich ihn aufgelesen habe“, warf Martin augenzwinkernd ein. Daniel wollte ihm für diese Beleidigung gerade einen bösen Blick zuwerfen, als der Urgalane grinsend weitersprach: „Im Ernst, du hast dich gut gemacht! Das war kein Pappenstiel.“

„Hab ja auch den tollsten und stärksten Ochsen der Welt als Lehrer“, presste Daniel mit rollenden Augen zwischen den Zähnen hervor. Martin lachte und rief: „Jetzt sind wir quitt!“, bevor er sich wieder Mariana zuwandte und fragte: „Gut, wollen wir hier in der Wildnis bleiben und du erzählst uns jetzt mal die ganze Geschichte? Oder wollen wir lieber weiterziehen, bis wir irgendein Dach gefunden haben, unter dem uns kein Häscher des Königs nach dem Leben trachtet?“

Die Atalanin zuckte mit den Schultern. „Eigentlich gibt es da gar nicht viel zu erzählen. Ich habe mich in der ganzen Zeit in und um Kippstadt herum einigermaßen durchgeschlagen. Irgendwann hatte sogar die Karnola aufgegeben, nach mir zu suchen. Das ging 'ne ganze Weile gut, bis ich eines Abends in einer Hafenkneipe war und urplötzlich ein Pulk grölender urgalanischer Soldaten hineingestürmt kam. Nachdem sie den halben Laden auseinandergenommen hatten, gossen sie sich in Siegeslaune alles hinter die Binde, was die Bar hergab. Dann fingen sie an zu reden und ich bekam mit, dass zwei Staatsfeinde an einem Berghang im Nordosten ausfindig gemacht worden seien, die sie am nächsten Tag jagen würden. Hab ziemlich schnell kapiert, dass das nur ihr sein konntet. Also hab ich zügig gemacht, dass ich wegkam. Vermutlich etwas zu zügig, denn ein paar von ihnen hatten Verdacht geschöpft und fingen mich vor der Spelunke ab. Zum Glück hatte ich fast nichts getrunken und mich auch die ganze Zeit über einigermaßen in Schuss gehalten. Nachdem drei von ihnen auf der Straße lagen, brüllten sie nach Verstärkung. Bin ich also rein in irgendeine Straße und hab der nächstbesten Meute ihre Enduro weggeschnappt. Die haben überhaupt nicht damit gerechnet, dass eine Frau so dreist sein kann, und dachten, ich suche Gesellschaft. Wrumm, weg war ich – gerade rechtzeitig, denn die anderen Kerle saßen schon auf ihren

Pritschenwagen und donnerten hinter mir her. Ich wusste nicht, wieviel Sprit im Tank war, darum wollte ich nicht riskieren, noch einen Haken zu schlagen, und bin direkt zu euch gedüst. Natürlich ist so ’ne Geländemaschine viel wendiger als ein Pritschenwagen, so konnte ich auch ein bisschen Vorsprung herausfahren, aber sie haben halt sofort mitbekommen, wohin es ging. Na ja, und den Rest kennt ihr ja.“

Martin nickte. „Sieht so aus, als ob unser ruhiges Einsiedlerleben fürs Erste beendet ist. Jetzt stehen wir vermutlich auf allen Fahndungslisten, und wo immer man uns erkennt, sind wir sofort dran. Wohin hattest du eigentlich vor, mit uns abzuhauen?“

Mariana lächelte ein bittersüßes Lächeln. „Darüber nachzudenken hatte ich noch keine Zeit.“

Daniel fuhr hoch. „Du meinst, wir fliehen gerade einfach ziellos durch die Lande? Ich meine, völlig ohne Plan? Irgendwas müssen wir doch jetzt aber machen, oder? Hmm ... Martin, wie wäre es, wenn wir Gertrud und Johann in Galdau nochmal einen Besuch abstatten würden?“

Nachdenklich schüttelte der Angesprochene den Kopf und sagte leise: „Das können wir vergessen. Solange wir nur vogelfrei herumgestreift sind, wäre das noch möglich gewesen. Aber es gibt bei den beiden ein ehernes Gesetz: Sobald jemand aktiv gejagt wird, ist das Haus für ihn tabu. Ich glaube, du kannst dir vorstellen, warum.“

Niedergeschlagen nickte der junge Atalane. Er mochte sich nicht ausmalen, was die urgalanische Armee mit dem Haus und seinen Bewohnern anstellen würde, falls man sie dort fand. „Aber was machen wir denn dann?"

Die Frage stand bereits einige Sekunden lang im Raum, bevor Martin gerade so laut antwortete, dass er den Wind übertönte, der um den Hügel herumstrich. „In den letzten Monaten habe ich mir eine Menge Gedanken dazu gemacht, was man tun könnte, wenn sowas wie das hier tatsächlich mal passieren würde. Das meiste, was mir einfiel, habe ich wieder verworfen. Nur eine einzige Idee ist übrig geblieben. Aber die wird euch womöglich nicht gefallen."

Nach weiteren Sekunden der Stille stieß Mariana hervor: „Nun spuck es schon aus, Mann! Durch Verschweigen wird es auch nicht besser!"

Bedeutsam sah Martin erst ihr, dann Daniel in die Augen und sagte: „Wir könnten nach Südwesten ziehen, immer in gebührender Entfernung zur Grenze und zu den grenznahen Ortschaften und Straßen, bis wir ins südliche Ufergebiet des Meeres kommen. Dort gibt es weithin nur zerklüftete Felsen, niemand geht dorthin."

„Und das hat auch seinen Grund", erwiderte Mariana. „Man kann in der dortigen Einöde von nichts leben. Wir würden ziemlich rasch verhungern."

„Das werden wir nicht. Ich möchte dort nämlich nicht lange bleiben, sondern hatte vor, ein Boot zu bauen. Und dann könnten wir damit in Richtung Westen über das Meer fahren."

Daniel und Mariana zogen gleichzeitig ihre Augenbrauen bis fast unter den Haaransatz hoch. Der Moment der Überraschung wurde länger und länger, bis schließlich Daniel seine Sprache wiederfand: „Du willst ... die Zwerge besuchen?"

„Und was ist daran so seltsam? Du warst es doch, der mir klargemacht hat, dass das Land dort wie ein Lebewesen funktioniert und die urgalanische Lebensart wie eine Krankheit ist!"

Die Atalanin hatte eine ganze Weile geschwiegen. Nun rieb sie sich nachdenklich ihr Kinn und meinte: „Das nenne ich mal eine wirklich ungewöhnliche Idee. Mal angenommen, wir wären dort in Nian tatsächlich willkommen, was nach der Aktion mit den Schiffen bestimmt nicht selbstverständlich ist – das innere Licht der kleinen Menschen dort, ihr Athmana, soll sehr stark und hell sein. Aber glaubst du tatsächlich, sie würden uns dort leben lassen? Ich meine, für sie sind wir gewaltige Kolosse, die ihnen viel Platz wegnehmen würden."

„Sie haben dort ein Gebirgsland", entgegnete Martin. „Womöglich wohnen nicht überall darin welche von ihnen. Das, was sie Berg nennen, wäre für uns wahrscheinlich nur ein Höhenzug, den man mühelos besteigen könnte. Nur die Bäume dort sind genauso groß wie bei uns. Wir könnten womöglich annähernd dieselbe Lebensart pflegen wie in den letzten zwei Jahren in Rhumkertal. Bloß auf Jagd würden wir dort nicht zu gehen brauchen, das lohnte sich nicht – eines ihrer Pferde zum Beispiel passt mühelos auf meine Handfläche. Wie auch immer, um es kurz zu sagen: Ich würde lieber Vegetarier werden als mich hier abmurksen zu lassen."

Nachdenklich berieten die drei Freunde noch eine lange Zeit über den absonderlichen Plan, bis die Dämmerung hereinbrach und sie einen alten, verfallenen Schuppen an einem ehemaligen Feld als Nachtlager wählten. Am nächsten Tag würden sie weiterziehen und wenn ihnen nicht noch etwas Besseres einfiel, würde Martin vielleicht tatsächlich schon bald zu dem Land jenseits des Meeres mit den wunderbaren kleinen Wesen zurückkehren. Dieses Mal aber würde er mit Freunden und in Frieden kommen.

Ein wundersames Gespräch

„Keinen Schritt näher gehen wir dort heran!" Entschlossen stand Mona mit gekreuzten Armen am Rand des soeben durchquerten Kornfeldes und konnte es nicht fassen. Wie war es nur möglich, dass ihre Tochter und dieser sonst so ruhige und zuverlässige Junge ohne mit der Wimper zu zucken zu einer solch abnormen Tat bereit waren? Wozu wurde einem bereits als Kleinkind eingeschärft, wie gefährlich es in der Nähe von Bäumen war? Noch dazu bei diesem erheblichen Wind! Glücklicherweise blies er in Richtung des Baumwaldes, sonst wäre sie schon viel früher umgekehrt.

Hilflos und achselzuckend stand Kai neben Saia. Er hatte versucht, Mona mit Worten davon zu überzeugen, dass die Nähe zum Baumwald keine Gefahr bedeutete, da die Bäume wussten, wohin sie Pflanzenteile abwarfen. Auch die junge Federin hatte ihre Mutter bereits mehrfach darauf hingewiesen, dass auch der Merkantusbaum, den sie schon häufiger mit ihrem Ersten besucht hatte, vollkommen harmlos sei. Nichts davon konnte Mona aber angesichts der Nähe des Erlenwaldes davon überzeugen weiterzugehen. Diese Bäume waren fast ein halbes Langmaß hoch!

„Mama, willst du vielleicht darum herumlaufen? Dann sind wir bei Nacht noch nicht in diesem Dorf!", erinnerte Saia ihre Mutter.

„Nein, wir werden zurückgehen. Ich frage mich die ganze Zeit, weshalb ich mich auf solchen Wahnsinn überhaupt einlassen wollte. Ich muss verrückt geworden sein!“ Mona griff sich an den Kopf und wollte gerade ihre Tochter anweisen, mit ihr zu kommen, als plötzlich der Boden zu zittern begann und eine außerordentlich tiefe Stimme erklang.

„Waaruum träägst duu Fuurcht, Trääuumeeriin?“

Schreckensstarr verharrte die Angesprochene in ihrer Bewegung, ihr Mund blieb offen stehen und sie riss die Augen weit auf. Bevor sie aber losschreien konnte, antwortete Kai seelenruhig mit lauter Stimme auf die Ansprache des Baumes: „Hallo liebe Erle! Du weißt doch, dass sehr viele Träumer schon seit Urzeiten Angst vor deinesgleichen haben."

Der starke Baum antwortete: **„Diieesmaal iist ees niicht meeiinee AAuufgaabee, miit diir zuu reedeen, EErsteer Feedeereer, soondeern miit deer grooßeen Trääuumeeriin."**

Überrascht blieb Kai nun still. Mona stand immer noch fassungslos auf ihrem Platz und konnte sich nicht rühren, geschweige denn etwas sagen.

„Mama! Die Erle will mit *dir* sprechen! Ist das nicht toll?" Saia strahlte ihre Mutter überschwänglich an.

Die „große Träumerin", wie sie soeben von diesem unendlich hohen Lebewesen genannt worden war, hatte das Gefühl, dass ihr der Boden unter den Füßen weggezogen wurde – und das nicht nur wegen der bebenden Erde. Sie fühlte sich nicht so, als trüge sie bereits dreiunddreißig Zyklen, sondern als säße sie wieder auf dem Sofa ihrer Eltern und bekäme Geschichten von Riesen, Worgern und anderen Wesen vorgelesen. Ihre Gedanken wollten zunächst nicht stillstehen und schienen sich in einer endlosen Schleife immer wieder um sich selbst zu drehen. Schneller und schneller rotierte der Denkwirbel, bis er auf einmal zusammenbrach und vollständig verschwand.

Alles war still. Hier war nur noch sie, allein mit der Welt. Sie war die Welt. Alles hatte seine bekannte Bedeutung verloren.

„Nuun kaannst duu miich waahrliich hhööreen, Trääuumeeriin."

Wie in Trance antwortete Mona: „Ja ... und nicht nur dich ..."

„Deeiin Geeiist iist nuun ruuhiig uund ooffeen füür deen Klaang deer Weelt."

Tatsächlich, sie konnte das Wachsen des Getreides hinter sich ebenso wahrnehmen wie das Fließen des Wassers durch die Pflanzen und den Boden. Das Rauschen der Blätter der Bäume, der Wind im Feld, das Ziehen der Wolken über den Himmel ... es klang ebenso wie das Schlagen ihres Herzens, das Strömen des Blutes durch ihren Körper und das Fließen ihres Atems. Eine Ewigkeit schien zu vergehen. Kein Gedanke trübte den Eindruck, der sich Mona bot. Sie hätte endlos hier stehen und einfach existieren können.

„Mama! Du leuchtest!" Ihre Ohren vernahmen die maßlos erstaunte Stimme ihrer Tochter. Mona wandte den Kopf und lächelte ihr Kind an. „Das glaube ich dir! Normalerweise strahlst nur du so", kam es aus ihrem Mund.

„Nein, ich meine, du leuchtest wirklich! Ganz hell!"

Auch Kai konnte es sehen. Dies erinnerte ihn erneut an sein Erlebnis an der Küste von vor zwei

Zyklen: Weißes Licht schien von Saias Mutter auszugehen, am hellsten war es in der Gegend ihres Herzens. Es strömte in den Boden, in die Luft und wieder in sie hinein. Atemlos sah er zu, wie der Sinneseindruck ganz langsam abklang und die übliche Wahrnehmung zurückkehrte. Dort standen Mona und Saia, beiden schien es ebenso zu ergehen.

„Maarookaa baaraang"

Diese Worte kannten die Federer nicht. Vollkommen entgeistert sahen sie sich an, ihre Verblüffung steigerte sich aber noch, als Mona der Erle unerwartet antwortete: „Maroka barang, tarlak!"

Unendlich langsam floss die Zeit und umspülte die außerordentliche Szene wie das warme Wasser einer ewigen Quelle. Wie lange die drei dort standen, konnte hinterher niemand mehr sagen – vermutlich nur einige Mittelzeiten, es hätten aber auch Wochen sein können.

Schließlich brach Saia das erhabene Schweigen. „Mama, was hast du gerade gesagt?"

Es dauerte ein paar Kurzzeiten, bis Mona sich wieder der Tatsache bewusst wurde, dass sie einen Körper und einen Denkapparat hatte, der unter anderem imstande war, Worte mit Hilfe des Mundes zu formen. Über das ganze Gesicht strahlend, aber auch mit sehr überraschtem Ausdruck sagte sie: „Ich weiß nicht? Was denn?"

„Sie sagten: ‚Maroka barang, tarlak'", erwiderte Kai. „Leider weiß ich nicht, was das bedeutet."

„EEs iist eeiinee seehr aaltee uund reespeekt-voollee Beegrüüßuung dees Waaldees“, sprach die Erle.

Begeistert hüpfte Saia in die Luft und klatschte in die Hände, während sie ihre Mutter immer noch mit großen Augen ansah. „Das ist total toll! Du kannst sogar die Baumsprache!“

„EEs iist meeiinee wiiee eeuuree Spraachee“, erwiderte die Erle und fügte dann hinzu: **„Möööch-teest duu nuun miit miir reedeen, eerwaacheen-dee Trääuumeeriin?“**

In der Tat, das wollte Mona. Und das war nicht alles: Ohne Furcht ging sie nun mit den beiden Federern auf den Baumwald zu, setzte sich auf die Wurzeln des riesenhaften Erlenstammes und begann ein Gespräch mit der gewaltigen Pflanze, die bereitwillig und mit sanfter, wohlklingender Stimme antwortete. Auch Kai und Saia beteiligten sich manchmal daran. Nach und nach wurde allen klar, was geschehen war. Abgesehen davon, dass das Erlebnis Monas Sicht der Dinge anscheinend völlig verändert hatte, schien sie schon immer eine besondere Begabung in sich getragen zu haben, ohne sich ihrer bewusst gewesen zu sein. Letzte Gewissheit erlangte Kai, als Mona ihre Tochter und ihn auf Anraten der Erle hin bat, sich an den Händen zu berühren und in die Verbindung einzutreten. Gelb leuchtete der Halo der beiden Kinder, während Mona in einem Vorhof aus violettem Licht stand.

Die Reparatur

„Nanu, schon wieder da? Wo sind denn die anderen abgeblieben?“ Lächelnd, aber auch mit einem fragenden Blick wurde Mona an der Unfallstelle von Herk begrüßt. Offenbar hatte er sich inzwischen wieder beruhigt, jedoch nicht damit gerechnet, so früh jemanden von den drei Mitfahrern wiederzusehen. Erstaunt bemerkte er, dass Monas Gesichtsausdruck kein Anzeichen von Sorge mehr enthielt. Sie wirkte vollkommen entspannt. Und auch das, was sie nun erwiderte, klang rätselhaft in seinen Ohren: „Hinter dem Baumwald beginnen Kräuter- und Graswälder. Sie konnten allein weiterfedern.“

„Allein?“ Herk fiel fast die Kinnlade herunter. „Habe ich etwas missverstanden oder waren Sie nicht vorhin noch überdeutlich abgeneigt, die Kinder ohne Begleitung auf die Suche nach Unterstützung zu schicken?“

Da es eine Weile dauern würde, bis Hilfe nahte, beschloss Mona, dem Federer detailliert zu berichten, was ihnen am Baumwald widerfahren war. Herk kam aus dem Staunen nicht mehr heraus. So verhielt es sich also! Nachdem er fast eine halbe Langzeit der Schilderung von Saias Mutter gefolgt war und nur ab und zu eine Zwischenfrage gestellt hatte, war auch er vollständig im Bilde. Schwer beeindruckt sagte er nachdenklich und leise: „Das ist wirklich eine tolle

Sache, das Sprechen der Bäume ... Ich wusste schon, dass sie kluge und weise Lebewesen sind, Kai hat mir einige Male davon erzählt, aber irgendwie habe ich mich nie sonderlich dafür interessiert, es einmal selbst zu erleben. Wenn man dadurch aber so viel über sich erfahren kann ... womöglich täte es mir ebenfalls einmal gut."

„Besonders die Verbindung war irgendwie total lösend und befreiend. Ich kann das Ganze gar nicht richtig beschreiben ... es war, als ob etwas von mir abfiel, was mich am Atmen gehindert hat, was ich aber als Teil von mir selbst ansah und darum glaubte, es nicht loslassen zu können." Freude und Begeisterung schwangen in Monas Stimme mit.

Herk nickte mitfühlend. „Es tut gut, an Ihrem Glück teilhaben zu dürfen. Nun, wo Sie Ihr Licht gesehen haben und wissen, dass Sie eine Bru..."

„Oh, bitte noch nicht!", unterbrach Mona ihn lachend. „Es ist alles noch zu neu, als dass ich es verkraften könnte, dieses Wort im Zusammenhang mit mir zu hören. Ich dachte immer, solche Leute würden in alten Hütten leben, sich von Kräutertees und Wildfrüchten ernähren und solchen, die anders leben, wenig Gutes tun. Und überhaupt meinte ich, es gebe sie gar nicht. Ehrlich gesagt ist das alles vollkommen durchgerädert. Ich weiß auch nicht, ob das, was ich gerade jetzt spüre, von Dauer ist. Dieses ... dieses Vertrauen und alles. Mit einem Mal weiß man, dass alles seinen Platz in der Welt hat und dass man durch zu viel Willenseinsatz, Grübelei oder Widerstand die Dinge nicht verändern kann. Aber dann merkt man, wie die alten Denkabläufe wieder zurückkommen. Ich bin ganz schön zusammengezuckt, als mich auf dem Rückweg einer der Getreidehalme an der Schulter gestreift hat."

„Nun ja, Vertrauen heißt ja nicht, blind herumzustolpern und unaufmerksam zu sein", erwiderte Herk lächelnd. „Ansonsten kann ich Ihre Gefühle gut nachempfinden. Es war wirklich merkwürdig, in nicht mehr ganz so jungem Alter mit nicht mehr ganz so gestähltem Körper plötzlich mitzubekommen, dass man sich von Gras herumwerfen lassen kann."

Nun lachte Mona aus vollem Halse. Ihr Lachen war ebenso fröhlich und gelöst wie das ihrer Tochter. Herk lachte mit. Dann aber wurde er wieder ernster und blickte sein Gegenüber mit schiefgelegtem Kopf an. „Sagen Sie bitte – im Gegensatz zu meinem Freund Lutz, der auch ein Federer ist, bin ich selbst noch nie einer ... Sie wissen schon ... begegnet. Ich kenne die Vereinigung nur zwischen meinesgleichen. Lutz hat mir aber vor langem erzählt, dass sie besonders erfüllend sei, wenn sie zwischen Menschen mit gelbem und violettem Licht stattfinde, da dies Komplementärfarben seien. Glauben Sie, das stimmt?"

Monas Gesichtsausdruck blieb warmherzig und glücklich. Schelmisch sah sie den Federer an und meinte: „Wollen Sie es herausfinden?" Dann streckte sie die Arme aus.

Das ließ sich Herk nicht zweimal sagen. So viel Lebenserfahrung er auch inzwischen gesammelt hatte, seine Neugier war manchmal immer noch die eines kleinen Jungen. Zudem schien diese Straße an jenem Tage außer von ihnen überhaupt nicht benutzt zu werden, somit gab es genug Zeit für derartige Erfahrungen, bis Hilfe eintreffen würde. Sanft legte er seine Handflächen gegen die von Saias Mutter und ließ das Licht fließen.

Ein merkwürdiges Geräusch riss ihn aus seiner Versunkenheit. Er öffnete die Augen und erschrak. Wie war dies möglich? Die Sonne stand merklich tiefer, das Getreide warf Schatten über die Fahrbahn und direkt vor seinem verunglückten Auto hatte soeben ein kleiner geschlossener Lastwagen gehalten, aus dem Kai, Saia und ein Mann in der Kleidung eines Monteurs heraussprangen. Lachend hüpfte das Mädchen auf die beiden verbundenen Erwachsenen zu und rief: „Das ist totaaal super, nicht wahr?"

„Große Mutter!", entfuhr es Herk, der sich vorsichtig von Mona löste und einen Blick auf seinen Kronom wagte. Daraufhin starrte er sie ungläubig an und ergänzte: „Hättest du gedacht, dass wir hier schon zwei Langzeiten stehen? Mir kam es wie eine Mittelzeit vor!"

„Und das auch noch ganz ohne Muskelkater", fügte Saias Mutter lächelnd hinzu. Dann wandte sie sich ihrer Tochter zu und nahm sie kräftig in den Arm. „Wie schön, dass ihr wieder da seid! Und wen habt ihr uns denn da mitgebracht?"

„Oh, darf ich vorstellen: Kemm, Mechaniker aus Querkendorf", antwortete Kai. „In dem kleinen Flecken hinter dem Baumwald gab es niemanden, der so etwas reparieren kann. Der Dorfwart hat uns dann in den größeren Ort bringen lassen und ein Teleskript an die dortige Werkstatt geschickt. So ging es etwas schneller!"

Kemm begrüßte die beiden anderen Erwachsenen, besah sich dann die Radnabe und ging zu seinem Kleinlastwagen, der mit Geräten und Werkzeugen aller Art vollgestopft war. Interessiert beobachteten die Reisenden, wie der gebrochene Stehbolzen aus dem Flansch entfernt, das Loch aufgebohrt und dann mit einer Spezialmaschine ein anderer Bolzen eingesetzt wurde.

„So, fertig“, brummte der Mechaniker, gab Herk noch eine neue Radmutter in die Hand und wandte sich an die Kinder: „Gut, dass ihr wusstet, was das für ein Auto ist. Bei den neueren Modellen werden vier oder fünf Bolzen pro Rad verbaut, da kann man auch bei einem gerissenen noch weiterfahren. Bei diesem Wagentyp dagegen wäre das gefährlich gewesen. Übrigens – diese Bolzen reißen beim Radwechsel nur dann, wenn das Fahrzeug nicht regelmäßig gewartet wurde.“ Ein Seitenblick bewirkte einen schuldbewussten Gesichtsausdruck bei Herk. „Der neue Bolzen ist jetzt der vom Nachfolgemodell. Wenn Sie das nächste Mal in die Werkstatt fahren, erzählen Sie dort bitte von dieser Reparatur. Ach ja, und Sie haben Glück gehabt, dass bei dem Unfall das Gestänge intakt geblieben ist.“

Herk bedankte sich herzlich bei Kemm und drückte ihm eine kleine Goldmünze in die Hand. Dieser grinste und erwiderte „Prima! Kann aber schlecht wechseln!“

„Ach was, passt schon“, meinte Herk. „Sie sind ja so schnell zur Stelle gewesen!“

Nachdem der Lastwagen davongefahren war, zog Herk das Ersatzrad auf. Anschließend wurde das Gepäck wieder eingeladen und die Fahrt konnte fortgesetzt werden. Im Gegensatz zu den Kindern war

Herk sehr still geworden. Das, was er in der Verbindung erlebt hatte – darüber würde er erst einmal in Ruhe nachdenken müssen. Mona auf dem Beifahrersitz schien es ähnlich zu gehen.

Maininger Baumwald

Ama sah sich um. Dieser Platz war ziemlich genau das, was sie zu finden gehofft hatte. Zwischen weiten Kräuterwäldern und den leicht geschwungenen Ausläufern des Honsfelder Hügellandes lag eine ausgedehnte, bemooste Lichtung, auf der nur vereinzelt kleine Kräuter und Grasbüsche wuchsen. Schmetterlinge und andere Insekten gaben sich dort ein Stelldichein und spielten zwischen den Pflanzen. Die Erste Bruka lächelte. Zurzeit, im späten Frühling, stand das ganze Land in voller Blüte und beschenkte die ankommenden Besucher überreichlich mit seinen Gerüchen und Farben.

Einen langen und beschwerlichen Weg hatte der Treck hinter sich, den Ama anführte. Von ihrem „Hort des Lebens“ genannten Wohnort am Elvon aus war sie mit den Ihren aufgebrochen, um einer Vision zu folgen, die sie dort gemeinsam mit Kela, der betagten Geistkundlerin, und Lera, der Mitgründerin der dortigen Siedlung, empfangen hatte. Viele Tage lang hatten sie das Mittelland in Richtung Süden durchzogen. Immer mehr Brukas aus allen Teilen des Landes hatten sich ihnen angeschlossen, ihre Zahl war mittlerweile auf stattliche sechzig Menschen angewachsen. Nun waren sie mit Tieren, Wagen und Gepäck am vorläufigen Ziel ihrer Reise angelangt: Etwa fünf Mittelmaße vor ihnen begann der Maininger

Baumwald, in dem sich der geheimnisvolle Ort befinden sollte, den Ama zusammen mit ihren beiden Schwestern gesehen hatte. An diesem Tage jedoch würden sie den Wald nicht mehr betreten, die soeben vollendete beschwerliche Etappe über das Hügelland hatte an den Kräften von Mensch und Tier gezehrt. Daher wandte sich die Erste Bruka nun um, hob den Arm und rief laut: „Hört! Dies wird heute unser Lagerort sein. Bildet einen Kreis mit den Wagen, bereitet das Feuer und das Nachtlager vor und bestimmt eine Gesprächsleitung für den heutigen Abend. Kela, Sus, Lera und Marga, bitte folgt mir zur Begrüßung des Baumwaldes."

Ohne zu zögern machten sich die Mitreisenden an die Arbeit. Jeder brachte sich auf seine Weise ein: Finn als Organisator und Wächter positionierte die einzelnen Wagen, Mark und Ron organisierten Feuerholz; Jule, Gita und Han bereiteten die Wahl der Gesprächsführung vor und begaben sich danach gemeinsam mit den meisten anderen auf Wasser- und Nahrungssuche.

Lächelnd ging Ama mit ihren vier Begleiterinnen auf die am nächsten stehenden Bäume des Waldes zu. Wie himmelhohe Türme ragten sie vor ihnen auf. Einem Außenstehenden wäre vor Furcht das Herz in die Hose gerutscht, niemand mit Verstand ging nach landläufiger Meinung nah an einen ausgewachsenen Baum heran. Genau dies aber war es, was Brukas an der Nähe zu einem Baumwald so schätzten: Sie konnten ungestört unter sich sein. Lediglich vor Reitern mussten sie sich in Acht nehmen – aber so riesig und ausgedehnt, wie der Maininger Baumwald war, gab es nur eine geringe Chance, ausgerechnet an diesem Platz welchen zu begegnen. Zufrieden setzte die Anführerin einen Fuß vor den anderen, bis sie schließlich mit den Ihren auf dem Wurzelhügel des ersten Baumes stand. Es handelte sich bei diesem, wie unschwer zu erkennen war, um einen Garlesch. Ama blieb stehen, legte die Hände aneinander und wurde ganz still. Nach einer Weile reckte sie die Arme aus und sagte vernehmlich: „Maroka barang, tarlak!"

Einige Kurzzeiten lang geschah gar nichts. Dann jedoch begann, wie die Erste Bruka gehofft hatte, der Boden unter den Füßen ihrer Gruppe zu zittern, während ein knarrendes Geräusch erklang: **„AAAAAoooooouuuh – wääääähhhh!“**, gefolgt von einem langsamen und betonten: **„Maarookaa baaraang, Baaruukaa!“**

„Midar nösch!“, erwiderte Ama freudig, um nach einer kurzen Pause fortzufahren: „Ehrenwerter Garlesch, das Licht hat uns zu diesem Baumwald geführt. Nun wollten wir fragen, ob es uns und den Unseren gestattet ist, ihn morgen auf unserer Reise zu durchqueren.“

Merkwürdigerweise geschah nun zunächst nichts mehr. Zwar wusste die Erste Bruka genau, dass Bäume meist sehr langsam und bedächtig auf Ansprache reagierten, aber nachdem zwei Mittelzeiten lang keine Antwort erklungen war, erschien ihr dies doch reichlich seltsam. Verwundert wandte sie sich zu ihren Begleiterinnen um. In drei Gesichtern las sie dieselbe Ratlosigkeit, die auch in ihrem eigenen zu erkennen sein musste. Lediglich Sus blickte mit weit geöffneten Augen am gewaltigen Stamm des Garleschs vorbei in den Baumwald hinein. Sie wirkte abwesend, gerade so, als ob sie etwas wahrnahm, was niemand von den anderen bisher bemerkt hatte.

„Was ist denn, liebe Schwester?“, fragte Ama sie schließlich.

Leise gewispert erklang die Antwort der jüngeren Bruka: „Seht doch! Das Licht!“

Und dann sah Ama es ebenfalls. Helles Leuchten floss durch die Wurzeln, auf denen die kleine Gruppe stand. Es schien mit dem Boden zu verschmelzen, um daraufhin von einem anderen, benachbarten Baum aufgenommen zu werden. Auch in dessen Wurzeln vermochte die Erste Bruka ein waberndes Licht zu erkennen, welches sich in Richtung eines anderen Baumes fortbewegte und von diesem empfangen wurde. Das sah aus, als ob sich eine Menge leuchtender Wasserlebewesen von den Wellen des Meeres an der Küste bewegen ließ oder als ob Tausende Glühkäfer rhythmisch ihr Leuchten ein- und ausschalteten.

„Was tun sie?“, fragte Lera leise in die unwirkliche Szene hinein. „Nähren sie sich gegenseitig?“

„Ja – und nein“, erklang Kelas alte, leicht raspelnde Stimme. „Sie tun noch mehr. Sie reden miteinander.“

„In der Tat“, sagte Ama sanft. „So direkt habe ich es während all meiner Verbindungen noch nicht gespürt, vermutlich weil noch niemals eine Antwort so lange auf sich warten ließ. Ich würde sagen, sie beraten sich.“

„Und nun sind sie fertig“, erklang unvermittelt Sus’ Stimme. „Aber die Antwort wird euch womöglich nicht gefallen.“

Erstaunt sah die Erste Bruka ihre Begleiterin und Freundin an, die schon seit so vielen Zyklen an ihrer

Seite war. „Du kannst sie … unmittelbar verstehen?“, wisperte sie.

„Nicht alles … aber vieles ist klar“, antwortete die junge, dunkelhaarige Bruka. Ein zartes Lächeln umspielte ihre Lippen.

Ama nickte anerkennend. Wie sehr sich Sus in den vergangenen Monden verändert hatte … Noch an der Küste, in ihrer alten Heimat am Pinienwald, war sie eine zwar offenherzige und sanfte, doch immer noch sehr junge Seele gewesen, der es manchmal ein wenig an Erfahrung gemangelt hatte. Nun jedoch wirkte sie bereits wie eine zwar immer noch junge, jedoch sehr gefasste und bewusste Meisterin.

„IIhr alleeiin düürft niicht paasssiieereen“, erklang es in die Stille des Baumwaldrands hinein.

„Ich sagte ja, es könnte euch nicht gefallen“, sagte Sus, während sie in die verblüfften Gesichter ihrer vier Begleiterinnen blickte.

Schließlich fand auch Ama die Sprache wieder. „Hast du auch begreifen können, wie wir diese Antwort aufzufassen haben, Schwester?“

„Leider nicht, vieles vom Gesagten bleibt rätselhaft in meinem Herzen. Aber sei dir gewiss, dass der Garlesch es uns gleich erläutern wird“, meinte Sus.

„Diiee juungee eerwaachtee Trääuumeeriin haat reecht“, sagte der Garlesch nun. **„Deer Gruund daafüür iist eebeensoo eeiinfaach wiiee wiichtiig: IIhr weerdeet iin Küürzee**

Beesuuch beekoommeen, deer eeuch foortaan beegleeiiteen wiird.“

Die ebenso beeindruckten wie verwirrten Brukas hielten den Atem an. Besuch? Hier, am Rand eines Baumwaldes? Das konnten eigentlich nur Reiter sein und dies war nicht gerade diejenige Art von Gästen, welche einem Pulk von Kräutermenschen besonderen Respekt zollen würde. Was also konnte dieser Besuch von ihnen wollen? Nach ein paar weiteren Kurzzeiten fasste Ama sich ein Herz und fragte: „Um wen wird es sich denn dabei handeln, verehrter Garlesch?“

Diesmal dauerte es nicht lange, bis eine Antwort erklang. **„Beeiim Veerschwiindeen dees Liichts wiird deer EErstee Feedeereer zuu eeuuch stooßeen. UUnd eer koommt niicht aalleeiin.“**

Zusammenkunft

Das war eine Überraschung! Die Erste Bruka zog staunend die Augenbrauen hoch. Sie würde Kai wiedersehen, den Jungen, der damals an der Küste mit ihr das Licht geteilt hatte! Ein Lächeln erschien in ihrem Gesicht, das immer breiter wurde, während sie freudig sagte: „Das allerdings ist eine gute Nachricht! Solcherlei Besucher dürfen sich uns gern anschließen!"

Sus' Antlitz zeigte ebenfalls deutliche Anzeichen von Freude. „Auch Jana wird strahlen, falls Lutz bei seinem Ersten sein wird. Sie hat ihn ja so lange nicht gesehen und die beiden sind so eng befreundet", meinte sie. „Hoffentlich hat er auf seiner Reise das verschollene Klanmitglied gefunden. Vielleicht kommen ja sogar alle Federer hier zusammen!"

„Wir werden sehen", erwiderte die schmunzelnde Ama. „Zunächst sollten wir jetzt zurückgehen und den anderen die Botschaft überbringen."

Die kleine Gruppe verneigte sich vor den Bäumen, wandte sich dann um und schlenderte zum Lagerplatz zurück. Dort waren mittlerweile die Vorbereitungen für die Übernachtung weit fortgeschritten, die dort verbliebenen Brukas hatten ganze Arbeit geleistet: Alle Wagen standen in einem großen Kreis um einen ebenen Platz herum, auf dem bereits ein Kochgestell mit einem Kessel aufgebaut worden war.

Darunter flackerte ein knisterndes Feuer. Auch die meisten Zelte waren bereits errichtet worden und die Lasttiere hatten am Rande des Camps zu saufen bekommen. Gerade kam eine Erntegruppe zum Camp zurück, ihre Mitglieder führten hölzerne Schiebkarren mit sich, die mit riesigen Beeren und anderen essbaren Pflanzenteilen beladen waren. Mit Beifall wurden sie am Lagerfeuer empfangen. Jeder wusste, wie gefährlich das Ernten wilder Früchte von Blaubeer- und anderen Gehölzen war. Man musste entweder ein geübter – im Falle dorniger Gewächse wie Brombeeren sogar ein todesmutiger – Kletterer und Sichelführer sein oder Teil einer eingespielten Arbeitsgemeinschaft, die mit Hilfe von Seilen, Rollen und Gewichten die mehr als beindicken Zweige weit genug herunterbiegen konnte, um die Beeren zu ernten.

Die Bestimmung der Gesprächsleitung für den Abend war bereits erfolgt. Ein junger Bruk namens Ed hatte an diesem Abend die Aufgabe inne und schritt nun seiner Ersten entgegen. „Willkommen in unserem Nachtlager“, begrüßte er sie, bevor er ihr das Wort erteilte.

„Habt sämtlich Dank für eure herausragende Arbeit für unsere Gemeinschaft!“, begann diese. „Wir bringen Kunde vom Baumwald. Die Bäume haben uns mitgeteilt, dass wir in der kommenden Nacht eine unbekannte Anzahl von Gästen beherbergen werden.“

Ein Raunen ging durch die Menge der Anwesenden. Wer sollte sie denn hier besuchen kommen? Finn hob die Hand, bekam ebenfalls das Wort erteilt und brummte: „Dann müssen wir aber rasch weitere Vorbereitungen treffen. Unsere bisherige Ernte reicht für diesen Fall bei Weitem nicht aus, die Menge an verfügbarem Feuerholz sollte ebenfalls deutlich vergrößert werden. Unsere Vorräte an Käse und Milch gehen sowieso bereits zur Neige – wenn wir sie vor dem Durchwandern des Baumwaldes aufbrauchen, werden wir darin eine lange Zeit keine neuen bekommen. Auch sonst gibt es noch genug zu tun: Westwind hat sich angekündigt, wir müssen die derzeitige Aufstellung der Wagen noch einmal ändern.“

Ama lächelte wie meistens in solchen Fällen ihr gewinnendes Lächeln. „Wie immer denkst du sehr praktisch, lieber Finn. Selbstverständlich bist du im

Recht mit diesen Einwänden. Dennoch ist diese Nachricht vor allem ein Grund zur Freude. Der Garlesch, mit dem wir sprachen, teilte uns nämlich mit, dass unter anderem der Erste Federer hierher auf dem Wege ist."

Eine kleine Bruka im Hintergrund warf nach einer kurzen Weile erregt ein: „Soll das heißen, er bringt weitere der Seinen mit? Ist dann möglicherweise auch ..."

„... Lutz dabei?", beendete Ama breit lächelnd die Frage. „Liebe Jana, wir wissen es nicht. Was der Baum aber anklingen ließ: Es ist außerordentlich wichtig, dass uns die Besucher auf dem weiteren Weg begleiten." Sie wandte sich Ed zu und ergänzte: „Da wir sonst keine weiteren bedeutsamen Auskünfte erhalten haben, beantrage ich, die Gesprächsrunde vorzeitig zu beenden, damit die notwendigen Vorbereitungen vor dem Fallen der Dämmerung erledigt werden können."

Nach einem kurzen Blick in die Runde kam Ed dem Anliegen seiner Ersten nach und schloss die Versammlung. Sofort begann aufgeregtes Reden. Ama ließ die Ihren gewähren, eine solche Neuigkeit wollte natürlich besprochen sein. Nach wenigen Mittelzeiten würde das Geplauder von selbst verstummen und jeder würde wieder seine Aufgaben wahrnehmen. Ein wenig stolz schaute sie in die Runde, während die Sonne sich langsam senkte. Was für wunderbare Menschen hatten sich da in den vergangenen Tagen um sie geschart! Alle zogen sie an einem Strang, jeder Neuankömmling kannte nach kürzester Zeit seinen Platz in der Gemeinschaft und füllte ihn aus. Und so doch einmal jemand murrte, konnte die zugrunde liegende Schwierigkeit meist ohne große Mühe ausgeräumt werden. Nicht jeder Mensch hatte das Glück, Anführer einer so wundervollen Gruppe zu sein. Glücklich, aber auch nachdenklich wandte sie ihren Blick nach Westen, wo dünne Federwolken vor der hellgelben Sonnenscheibe aufgezogen waren. Finn hatte recht, es sah nach aufkommendem Wind aus. Falls dies zutraf, war das ein weiterer Grund dafür, die Vorräte aufzustocken – dann nämlich würden sie auf der Lichtung verweilen müssen. Bei Sturm einen Baumwald zu betreten war selbst für Brukas keine gute Idee.

Langsam neigte sich die Sonne dem Horizont zu und tauchte das Lager und den umgebenden Kräuterwald in ein unwirkliches Licht. Lang warfen die Pflanzen ihre Schatten auf die neue Wagenformation, die Finn angesichts eines möglichen Starkwindes empfohlen hatte. Noch war der Himmel blau, nach und nach färbte er sich jedoch dunkler und die ersten Sterne wurden sichtbar. Ama lächelte, als sie das Sternbild Rhea erkennen konnte. Falls die sagenumwobene Jägerin, die von dieser Sterngruppe dargestellt wurde, wirklich einmal gelebt hatte – sie wäre eine Frau nach ihrem Geschmack gewesen, auch wenn sich die meisten Brukas gegen den

Verzehr von Tieren entschieden hatten. Soeben kam die dritte Erntegruppe aus dem östlichen Bereich des Kräuterwaldes reich beladen mit Rötelsfrüchten zurück. Diese waren zwar nicht so schmackhaft wie Blaubeeren, jedoch war ihre Schale sehr fest und hatte einen hohen Nährwert; sie wurde gern als Grundlage für das Bestreichen mit eingedicktem Saft genutzt.

Die Erste Bruka bemerkte, dass sie ihre Gedanken bereits einige Mittelzeiten lang treiben lassen hatte. Sie spürte tiefe Stille und Ausgeglichenheit in sich. Das leise Zwitschern von Baumwaldvögeln erreichte ihr Ohr, der perlende Gesang einer Schwarzamsel in der Nähe hob sich sanft davon ab und berührte liebevoll ihre Seele. Der aufgehende Mond unterstrich mit seinem fahlen Leuchten diesen Moment der Einheit mit den Dingen noch einmal intensiv. Was für ein friedvoller Ort und was für eine wundervolle Zeit der Ruhe dies war ...

Unvermittelt spürte sie eine Präsenz hinter sich und wandte sich um. Dort standen Kela und Lera, die ihr jeweils eine Hand entgegenstreckten. Beseelt ergriff Ama sie und begann eine Lichtmeditation mit den beiden Brukas, mit denen sie gemeinsam den Beginn ihrer Wanderung vorausgesehen hatte.

Als die drei gerade ihre Verbindung lösten, erklang mit einem Mal vom Hügelland her ein Geräusch, das so überhaupt nicht zu der Umgebung passen wollte. Eine Mittelzeit später sah man ein großes, aber offensichtlich betagtes Auto vorsichtig über den unebenen Feldweg fahren, der noch vor wenigen Langzeiten die Wagen der Brukas hierhergeführt hatte. Noch vor Erreichen des Camps stoppte das Fahrzeug, vier Insassen stiegen aus und kamen auf das Lager zu. Sofort schnappte Finn sich Ron und Mark, seine Kameraden, um die Unbekannten in Empfang zu nehmen. Diesmal jedoch kam ihnen Ama zuvor, ihre Stimme erklang von hinten: „Es ist gut, dieses Mal werde ich das selbst übernehmen! Danke!"

Etwas misstrauisch hielten die drei Bruks inne, blieben aber wachsam, als Ama in froher Erwartung auf die Ankömmlinge zuging. Sie hatte sofort gewusst, um wen es sich handelte.

Ein Wiedersehen

Herk steuerte das reparierte Fahrzeug mit seinen drei Mitfahrern ohne weitere Schwierigkeiten über die Landstraßen weiter nach Osten. Offensichtlich war die Instandsetzung der Radhalterung gelungen, denn der Wagen glitt sanft und ohne zu ruckeln durch das Mittelland und der Motor schnurrte wie ein Kätzchen. Inzwischen war der späte Nachmittag angebrochen, die tiefer sinkende Sonne blendete den Fahrer im Rückspiegel. Bisher hatte Herk nicht fragen müssen, wo entlang er fahren sollte. Nun jedoch mussten sie sich allmählich Monas und Saias Heimatort Schönefeld nähern – er wusste allerdings nicht genau, wo dieser lag. „Hört mal, soll ich weiter in Richtung Kalia fahren oder müssen wir rechts abbiegen?“, fragte er irgendwann in die Stille im Wagen hinein, als dieser auf eine Abzweigung zuhielt.

Kai und Saia hatten ein wenig gedöst und räkelten sich nun auf den Rücksitzen. „Uuuh … keine Ahnung“, sagte Saia verschlafen. „Wo sind wir denn hier gerade?“

„Hmm, eben sind wir durch Haldenbeck gefahren. Soweit ich weiß, liegt das am Südrand des Honsfelder Hügellandes. Die Straße ist auf den letzten Langmaßen immer unebener geworden, auf der linken Seite kann man auch kleine Höhenzüge erkennen.“

Kai sah aus dem Fenster. Diese Gegend kannte er nicht, aber sie gefiel ihm. Weithin waren Felder zu sehen, die sich über den geschwungenen Boden bis zu den Hügeln am Horizont erstreckten. Ab und zu war ein Feldrain mit Kräuter- oder Grasbewuchs dazwischen zu erkennen und manchmal durchschnitt ein Bach oder kleiner Fluss die Landschaft quer zur Fahrtrichtung. „Hm, tut mir leid, aber ich kenne mich hier überhaupt nicht aus", sagte er. „Warum schaust du nicht auf die Landkarte?"

„Die reichte nur bis Frenkenheim", erwiderte Herk etwas ratlos. „Und da sind wir vor einer halben Langzeit vorbeigefahren. Für Ostnian habe ich keinen Plan dabei. Ich dachte, hier würden sich unsere Fahrgäste schon auskennen und mich dirigieren können."

Mona hatte bisher noch gar nichts gesagt. Augenscheinlich hatten die Federer geglaubt, dass sie eingeschlafen sei, und so waren sie überrascht, als auf einmal ihre freundliche, aber entschiedene Stimme erklang: „Bitte biege doch da vorn nach rechts ab."

Herk sah verwundert zu seiner Beifahrerin hinüber. „Weißt du, wo es langgeht, oder hast du nur so eine Ahnung?"

Mit leuchtenden Augen drehte Mona ihren Kopf zu ihm hin und entgegnete: „Das ist mehr als ‚nur so eine Ahnung', das ist ein ziemlich konkretes Gefühl. Ich kann es dir nicht genau beschreiben, aber – wir müssen dort entlang!"

Der Wagen steuerte in die gewünschte Richtung, als Saia auf dem Rücksitz aufgeregt meinte: „Mama, das ist wirklich schon fast unheimlich, was dieses Baumgespräch mit dir gemacht hat! Seit wann verlässt du dich auf solche Eindrücke?“

Zögerlich erwiderte Mona: „Es ... nun ja, wie soll ich sagen ... es ist da einfach hell. Heller als in der anderen Richtung.“

Auch Kai wurde nun aufmerksam. „Sie meinen, Sie haben die Empfindung eines Leuchtens dort?“

„Ja, so könnte man es nennen.“

Kai dachte kurz nach und nahm dann den Faden wieder auf: „Angesichts dessen, was Sie sind, ist dies ein gutes Zeichen. Wundern Sie sich aber nicht, falls dies dann nicht der Weg nach Hause ist.“

„Doch“, entgegnete Mona fast flüsternd und mit einem abwesenden Ausdruck im Gesicht. „Das ist er auf jeden Fall.“

Der Erste Federer kratzte sich verwirrt am Kopf. Zwar war ihm vollkommen klar, dass eine Begegnung mit einem Baum, wie sie vor kurzem stattgefunden hatte, einen Menschen nachhaltig verändern konnte. In so kurzer Zeit aber die Verwandlung dieser etwas reservierten und nüchternen Frau in ein Wesen mit solchen Empfindungen zu erleben, so etwas passierte auch nicht alle Tage. Nun denn – was immer die Reisenden nun erwarten würde, er war gespannt darauf. Allerdings fragte er sich schon seit einer ganzen Weile, wie er den anderen Federern mitteilen solle, dass er den vereinbarten Treffpunkt später oder womöglich gar nicht mehr erreichen werde. Nicht jeder hatte Linns und Lerks Gabe, entfernte Gedanken hören zu können, und selbst mit dem „Megafon-Trick“ war nicht sichergestellt, dass er auch diejenigen in weiter entfernten Städten mit dem inneren Flüstern erreichen würde.

Aber – Moment mal, das war ja gar nicht nötig! Der abgestimmte Sammelplatz befand sich am Dorfrand von Erkenhausen in der Nähe von Kalia am Rand des Maininger Baumwaldes, und alle anderen waren ja vermutlich schon dort! Er konnte einfach den inneren Ruf dorthin richten und alle Wartenden würden ihn hören! Er wusste bloß noch nicht, wie es danach weitergehen sollte.

Saias Hand legte sich auf seinen rechten Arm. „Mach dir keine Sorgen“, wisperte sie leise. „Ich glaube, dass es einen Grund hat, dass Mama gerade jetzt klar geworden ist, was sie die ganze Zeit über nicht gesehen hat.“

Das klang vernünftig. Normalerweise war er es, der anderen Federern dazu riet, das Vertrauen in sich zu finden. Daher lächelte er seine junge Mitfahrerin an und erwiderte: „Du hast recht. Trotzdem bin ich ziemlich gespannt, wohin wir jetzt kommen.“

Etwa zehn Mittelzeiten später wusste immer noch niemand der Insassen, wo es eigentlich hinging. Die Straße war erneut nach rechts geschwenkt, aber Mona hatte darum gebeten, weiter geradeaus auf einen Feldweg zu fahren. Dies gefiel Herk zwar überhaupt nicht, da er um das reparierte Vorderrad fürchtete, aber da der Weg so holprig nun auch wieder nicht aussah, entschloss er sich, ihrer Bitte Folge zu leisten. Auf und ab wippte der Wagen, als er langsam zwischen Kräuter- und Grasbüschen hindurch auf einen in der Ferne erkennbaren Baumwaldrand zufuhr. Herk schaltete das Licht ein, da die Sonne bereits dabei war unterzugehen. Im Abendlicht erkannte er schließlich inmitten von Kräuterbüschen und sanften Erhebungen etwa zwei Mittelmaße vor ihnen eine Lichtung, auf der sich eine Menge Fahrhütten und Zelte befanden. Der Federer runzelte die Stirn. Fahrendem Volk wollte er eigentlich nicht begegnen, schon gar nicht zu dieser Tageszeit.

„Hier ist es“, sagte Mona. „Wir sind da.“

Verblüfft schaute Herk seine Beifahrerin an. „Was? Hier? Mona, jetzt mal im Ernst – was willst du hier ...“

Mit einem Mal wurde ihm alles klar. Mona fing laut an zu lachen und sagte: „Jetzt solltest du dein Gesicht mal sehen! – Herk, ich habe selbst nicht gewusst, was uns hier erwartet. Allerdings habe ich ziemlich genau gespürt, wer! Ich verstehe ehrlich nicht, warum das bei mir jetzt alles so schnell geht. Es ist, als ob man mir einen Umhang vom Kopf weggezogen hätte. Zum Beispiel begreife ich nun auch, wie euer Verhältnis zu Kai ist.“ Liebevoll nickte sie ihrer Tochter zu. „Es muss wirklich seltsam sein, so einen jungen Ersten zu haben und sich dennoch so verbunden mit ihm zu fühlen."

Saia hatte große Augen, ihr Gesicht strahlte wieder einmal vor Glück. Sie klatschte in die Hände und jubelte: „Mami, das ist alles wirklich fantastisch! Aber wen treffen wir hier denn nun?"

Kai hatte schon eine Weile nichts mehr gesagt. Nun aber, angesichts der vielen Fuhrwerke, auf die sich der schwankende Wagen langsam zubewegte, beantwortete er Saias Frage: „Ich glaube, das weißt du selbst. Wer kampiert wohl zu später Zeit so nah an einem Baumwald? Zumindest ich habe nur einmal jemanden dieser Art getroffen. Wenn du es immer noch nicht weißt, dann richte mal deinen inneren Blick auf das Lager."

Und nun sah Saia es auch. Staunend bemerkte sie, wie hell es trotz der hereinbrechenden Dunkelheit über dem Wagenlager vor dem Baumwaldrand war. Ein zartvioletter Schimmer schien sich darüber zu erheben.

„Ich sagte ja, dies ist der Weg nach Hause", sagte Mona, kurz bevor der Wagen hielt. Im Licht der Scheinwerfer war eine ältere Frau zu erkennen, die ihnen offenbar entgegengekommen war. Bevor jemand etwas sagen konnte, war Saias Mutter bereits ausgestiegen. Herk warf den beiden Passagieren auf der Rückbank einen Blick zu, zuckte mit den Achseln und verließ ebenfalls das Auto.

„Saia, das wird jetzt richtig, richtig toll." Kai flüsterte fast. „Achte darauf, was passiert!" Dann stiegen auch die beiden Kinder aus.

Mona hatte inzwischen die Frau fast erreicht. In drei Kurzmaßen Abstand blieb sie jedoch stehen, verbeugte sich und sagte: „Erste, es ist mir eine Ehre, Sie hier zu treffen."

Schnell trat die ältere Dame die paar Schritte auf ihre Besucherin zu, ergriff ihre Oberarme und zog sie sanft nach oben. „Liebe Schwester, dies ist nicht nötig, so verfahren wir untereinander nicht. Bitte erhebe dich. Mein Name ist Ama."

Saias Mutter richtete sich wieder auf und sah in ein gütig lächelndes, von Lebenserfahrung gezeichnetes Gesicht. Auch sie begann nun freudig zu strahlen. „Und ich bin Mona", kam es ihr über die Lippen. Mehr vermochte sie nicht zu sagen, so überwältigt war sie: Amas Gesicht wurde kaum vom Licht der Autoscheinwerfer erhellt, dennoch schien es wie die Sonne zu leuchten. So stand sie einfach nur da, bis Ama schelmisch meinte: „Da hast du uns ja ein paar liebe Gäste mitgebracht!"

Erschrocken wandte Mona sich kurz um. „Oh, entschuldigen Sie bitte ..." Kichernd ergänzte sie: „Das ist alles einfach noch etwas neu für mich. Also – dies ist Herk, Federer aus Medriana, und dies Saia, meine Tochter, ebenfalls eine Federin. Und jener dort ..."

Weiter kam sie nicht. Ama hatte Herk und Saia zugenickt, dann aber die Hand gehoben. Aus dem

Halbdunkel war der Erste Federer aufgetaucht. Nun blieb er stehen und sah die Erste Bruka mit einem seltsamen Blick an. Diese erwiderte ihn. Eine kleine Zeit lang geschah gar nichts. Ruhe senkte sich über den Weg am Rand der Lichtung, fünf Menschen waren dort und spürten die Bedeutung dieses wunderbaren Moments. Dann aber rief Kai voller Freude in die Stille hinein: „Es ist mir eine Ehre, Erste Bruka!“ und lief anschließend flink wie ein Wiesel auf Ama zu, die die Arme ausbreitete.

Sie drückten sich gegenseitig wie zwei alte Freunde. Fast zwei Zyklen lang hatten sie sich nicht gesehen, beiden liefen Tränen über die Wangen. Mit belegter Stimme erwiderte Ama: „Auch mir ist es eine Ehre, Erster Federer.“ Daraufhin blickte sie ihm wiederum tief in die Augen und meinte: „Reif bist du geworden, wenn nicht gar bereits weise … Sei mit den Deinen herzlich willkommen im Lager der Brukas!“

Herk, Mona und Saia sagten nichts. Sie schauten nur ergriffen die beiden Ersten an, die sich nun im Abstand einer Armlänge aufstellten und die Handflächen aneinanderlegten. Herk schmunzelte – diese Erfahrung hatte er ja erst vor kurzem mit Mona gemacht. Was nun aber geschah, ging weit über das hinaus, was jeder von ihnen schon einmal erlebt hatte.

Ein gewaltiges Gleißen erhob sich über die Körper der beiden Verbundenen und dehnte sich allmählich bis zum Lager hin aus. Der gelbe Kranz um Kai herum verschmolz dabei völlig mit dem violetten von Ama. Grelles Weiß entstand, alle drei Zuschauer mussten die Augenlider zusammenkneifen. Wie die Sonne leuchtete die Verbindung der beiden Ersten und erhellte die gesamte Umgebung. Als wäre ein Stern auf die Erde gefallen, so strahlte die Halbkugel aus Licht; die leichte Wolkendecke, die sich inzwischen über die Lichtung gelegt hatte, reflektierte den hellen Schein. Sprachlos und mit offenem Mund standen die drei wie angewurzelt neben ihren Klanersten und konnten sich nicht rühren.

Die Erde begann zu zittern und aus der Ferne hinter dem Lager ertönte der Klang vieler sonorer, abgrundtiefer Stimmen: **„Maarookaa baaraang!“**

„Maroka barang, tarlak" erwiderte Saia ehrfürchtig und leise. Doch niemand schien es zu bemerken. Mittelzeiten lang starrten alle nur die Quelle des gewaltigen Lichts an, das aus der Erde kam, die Verbundenen durchströmte und dann den ganzen Himmel erhellte. „Wie ein Baum, ein großer, leuchtender Baum", fuhr es dem Mädchen noch durch den Kopf, bis auch ihre Gedanken schwiegen.

Gemeinschaft

Wie viel Zeit vergangen war, wusste hinterher niemand genau. Als das Gleißen erstorben war, dauerte es dennoch eine Mittelzeit, bis die drei Federer und zwei Brukas wieder ganz bei sich waren. So richtig wahrnehmen, wo sie sich befanden, konnten sie aber erst, als plötzlich vom Rand des Lagers her eine laute Männerstimme erklang: „Alles in Ordnung, Ama?"

Die Angesprochene wandte sich um und rief zurück: „Allerdings, Finn! Kein Grund zur Sorge, unsere ersten Gäste sind angekommen!"

Stapfenden Schrittes näherte sich der kräftig gebaute Bruk der Gruppe und brummte: „Ich muss gestehen, es fällt mir schwer, mir angesichts eines solchen Feuerwerks keine Gedanken zu machen. Ganz schön beeindruckend! Was hat das denn nun wieder zu bedeuten?"

„Womöglich geschieht so etwas immer, wenn sich zwei Erste nach so langer Zeit wieder treffen. Ich habe keine Ahnung", erwiderte Ama immer noch gerührt.

„Lass uns gleich am Feuer darüber reden. Einige von uns sind doch ziemlich überwältigt", erwiderte der Wächter. „Und dem Fahrer des Wagens dort würde ich empfehlen, die Scheinwerfer auszuschalten. Lange hält die Batterie das nicht durch."

„Mist“, fluchte Herk leise. Daran hatte er natürlich nicht mehr gedacht. Wie lange brannte das Licht nun wohl schon bei stehendem Motor? „Geht schon mal vor, ich bin gleich da“, fügte er hinzu und machte sich auf dem Weg zu seinem Auto. Ein Glück, der Wagen sprang noch an! Wenigstens ein wenig dichter an die Wagenreihe heran wollte er noch fahren.

Inzwischen wurden Mona, Kai und Saia von Ama ins Lager geführt. Wie es Sitte war, hatten die Brukas bei Einbruch der Dunkelheit Feuerholz nachgelegt. Knisternd und knackend begann ein Holzscheit nach dem anderen zu brennen, eine duftende Rauchsäule bildete sich, die jedoch von einer auffrischenden Abendbrise verweht wurde. Nervös blickte Ama nach oben, atmete dann aber auf: Ein Glück, es sah nun doch nicht mehr nach Sturm aus, die Federwolken waren einer leichten Hochnebeldecke gewichen. Am Rand eines ausgedehnten Baumwaldes war dies um diese Tageszeit nichts Ungewöhnliches.

Wenige Schritte später erreichte Ama mit den Besuchern die Feuerstelle und hob die Hand. Noch bevor aber das allgemeine Reden und Murmeln verklungen war, erschien eine Frau vor dem dunklen Hintergrund, ging dann rasch auf die Ankömmlinge zu und begann freudig zu lächeln. Kai erkannte sie sofort, winkte und lief ihr fröhlich entgegen. „Wie geht es Ihnen, Sus?“, rief er halblaut. Als er sie erreicht hatte, verbeugte sich die Angesprochene kurz vor ihm und legte dann einen Finger auf die Lippen.

„Es freut mich auch, Sie zu sehen, Erster Federer!“, flüsterte sie mit leuchtendem Gesicht.

Kai setzte ein vorwurfsvolles Gesicht auf. „Also nein, bitte nicht“, wisperte er zurück. „Das tut niemand vor mir, schon gar nicht Sie! Und im Übrigen trage ich zehn Zyklen, Sie können mich ruhig duzen.“

„Pssst!“, erwiderte Sus kichernd und schüttelte kurz seine ausgestreckte Hand, während sie mit dem Blick auf Ama deutete. „Wir reden nachher!“ Beide wandten sich der Ersten Bruka zu.

Ama schaute in ihre Richtung, lächelte aber verständnisvoll. Wenn man sich so lange nicht gesehen hatte, konnte man kaum an sich halten, schon gar nicht als so junger Mensch. Sie wartete noch eine Weile, bis sich auch Herk wieder zur Gruppe gesellt hatte. Dann, als es ganz still geworden war, hob sie an zu sprechen: „Unser Besuch ist wie erwartet eingetroffen. Ich möchte euch allen gern den Ersten Federer und zwei andere Menschen mit dieser Begabung vorstellen. Außerdem haben auch wir erneut Zuwachs bekommen. Begrüßen wir nun also alle gemeinsam Kai, Herk und Saia sowie unsere neue Schwester Mona!“ Sie wies mit der Hand auf die Genannten.

Alle anderen Brukas verbeugten sich vor Kai, der wie immer in solchen Situationen peinlich berührt war. Sein Gesicht lief puterrot an, am liebsten wäre er im Erdboden versunken. Gut, dass man das im Halbdunkel nicht sehen konnte. „Auch ich grüße euch im Namen des Klans der Federer“, sagte er gerade so laut, dass ihn die am Feuer Versammelten in der Stille des späten Abends hören konnten. Mehr fiel ihm in diesem Moment nicht ein, so dass einige Kurzzeiten lang nur das Knacken der Holzscheite im Feuer zu hören war. Daraufhin übernahm Ama wieder das Wort und richtete es an die alte Geistkundlerin: „Kela, könntest du bitte alles für die Aufnahme unserer neuen Schwester in die Gemeinschaft vorbereiten? Ich spüre, dass es diesmal erforderlich sein wird, dies auf die Alte Weise zu tun.“

Die Angesprochene hatte seitlich vom Feuer auf einem Stein gesessen, stand nun langsam auf und sagte mit ihrer rauen, diesmal etwas überrascht klingenden Stimme: „Sag bitte, Ama, dies haben wir schon einige Monde lang nicht mehr getan, genauer gesagt nach eurer Ankunft am ‚Hort des Lebens‘ nicht mehr. Weshalb soll es gerade dieses Mal so geschehen?“

„Sieh auf das Licht“, erwiderte Ama sanft. Darauf ging Kela auf Mona zu und verharrte einige Kurzzeiten lang vor ihr, bis sie leise sagte: „Meine Augen werden allmählich dunkel und auch meine Beine tragen mich nicht mehr so leichtfüßig wie vor ein paar Zyklen, aber eine noch ganz junge Bruka erkenne ich auch mit geschlossenen Lidern.“ Dann streckte sie ihr ihre knochige Hand entgegen. Ehrfürchtig ergriff Mona sie und sagte etwas verlegen: „Es stimmt, ich habe gerade erst begriffen, was ich bin.“

„Sehe ich …“, murmelte die Geistkundlerin mit starrem Blick, wandte sich dann Ama zu und ergänzte, während sie auf Saia deutete: „Könnte ich vielleicht ihre Tochter ebenfalls mit zur Zeremonie nehmen? Sie sind beide noch etwas verwirrt von dem, was hier geschieht, und ich glaube, dass es ihnen guttäte.“

„Dies halte ich für eine gute Idee“, erwiderte die Erste Bruka nickend. Dann wurde ihre Stimme lauter, als sie sich an Finn wandte: „Wie weit sind denn die Vorbereitungen zur Aufnahme unserer Gäste gediehen?“

„Vier weitere Menschen hätten wir auch ohne größere Umstände im Lager unterbringen können“, entgegnete der Angesprochene mit seiner tiefen Stimme. „Oder erwarten wir weitere Neuankömmlinge?“

Fragend drehte sich Ama nun wieder zu Kai. Dieser hatte eine Weile lang einfach nur dagestanden und die Szene auf sich wirken lassen. Inzwischen war es ganz dunkel geworden, der Duft der Pflanzen neben der Lichtung und des nahen Baumwaldes vermischte sich in der feuchten Luft mit dem Geruch des Lagerfeuers. Flackernd bewegten sich die Schatten von Mensch, Stein, Holzstücken und Kräutern im Gleichtakt mit den lodernden Flammen, die wie geisterhafte Wesen den Blick des Ersten Federers in ihren Bann gezogen hatten. Leise Worte vernahm er in sich, als ob das Feuer mit ihm reden würde:

„… auf dem Weg, auf dem Weg …“ Träumend starrte er in die züngelnden Flammen und die sie umgebende wabernde Luft, als er mit einem Mal begriff, dass Finns Frage ihm galt. „Oh, entschuldigen Sie … wie war das, bitte?“, stieß er hervor.

Ama lächelte und wiederholte Finns Frage langsam, um dem Ersten Federer Gelegenheit zu geben, seine Gedanken wieder zu ordnen. Hier standen sie, über sechzig Menschen, zu Beginn einer Nacht im späten Frühling am Rande eines der größten Baumwälder Nians und ließen das Spiel des Lichts von den brennenden Scheiten auf sich wirken. Für Brukas war diese Art, einen Abend zu verbringen, nichts Besonderes – einem Federer dagegen, dazu einem so jungen, musste es vorkommen, als befände er sich in einer verzauberten Welt.

Kai hingegen fiel mit einem Male siedend heiß ein, dass er die Frage gar nicht beantworten konnte. Er hatte ja noch gar nicht den Ruf ausgesandt, um die Seinen ebenfalls an dieser Stelle zu versammeln! Er runzelte die Stirn und wollte gerade beginnen zu erklären, was er noch vorhatte, als mit einem Mal die Stimme des Feuers erneut in ihm ertönte, nun jedoch deutlicher und viel lauter: *„Wir sind gleich da, noch drei, vier Würfe!“*

Schlagartig wurde Kai bewusst, dass es nicht das Feuer war, das zu ihm gesprochen hatte. Dies war Lutz’ Stimme in seinem Inneren! Unvermittelt und für die Brukas verwirrend fing er an zu strahlen und rief: „Sie kommen! Herk, Saia, habt ihr es auch gehört?“

In der Tat schauten ihn die beiden anderen Federer bereits überrascht, aber auch erfreut an. Ama legte den Kopf schief und zog fragend die Augenbrauen hoch, aber noch bevor Kai erklären konnte, was vor sich ging, hörten alle ein sausendes Rauschen, bevor etwa ein Mittelmaß entfernt ein Rascheln wie von einem vom Wind bewegten Grasbusch zu hören war, das sich einige Male wiederholte. Sofort sprang Finn auf und rief: „Mark, Ron!“ Weiter kam er nicht, denn dann hörten alle Kais laute, helle Stimme: „Nein! Es besteht keine Gefahr, das sind nur die anderen von uns!“ Dann ließ er sein inneres Flüstern erschallen: *„Wie schön, dass ihr da seid! Wundert euch nicht, dies ist ein Lager von sehr vielen Brukas! Kommt einfach her und begrüßt sie!“*

Wie es sich für einen Wächter gehörte, war Finn damit natürlich nicht zufrieden. Mit einem Knüppel in der Hand und gespannten Muskeln starrte er in die Richtung, aus der das Rascheln gekommen war. Als dann aber nach einer Weile ein paar Gestalten aus der Dunkelheit auftauchten und Kai und Saia ihnen frohgemut entgegenliefen, beruhigte er sich wieder.

Das war ein fröhliches Wiedersehen! Ein Federer nach dem anderen drückte Kai herzlich, Saia hüpfte freudig von einem zum anderen und Lutz und Herk schlugen sich gegenseitig auf die Schultern, bis Malu johlend dazwischenging, um ebenfalls ihre Begeisterung zu äußern. Bevor aber noch jemand auf die Idee kam, die Brukas zu begrüßen, rief Kai laut: „Wieso seid ihr eigentlich hier? Ich konnte euch doch gar nicht Bescheid sagen, wo wir sind!"

„Das möchtest du wissen, was?", rief Lutz immer noch lachend. „Jetzt sag bloß, du hast gar nicht mitbekommen, was passiert ist? Wir hatten uns kaum bei Erkenhausen versammelt, als auf einmal eine Art donnerndes Beben in uns spürbar wurde. Wir blickten alle in die Richtung, aus der es zu kommen schien, und was wir dort sahen ... da wussten wir, dass wir uns besser sofort auf den Weg hierher machen sollten. Ein derartiges Lichtspektakel hatte vorher noch niemand von uns erlebt. Allen war klar, dass wir dich hier finden würden!"

Die Anreise

Schließlich war er gekommen: der dritte Friedstag des sechsten Mondes, an dem in diesem Zyklus das Reiterthing stattfinden sollte. Alle Vorbereitungen waren pünktlich abgeschlossen worden. Schon früh am Morgen war Girn aufgestanden und hatte sich nach dem Frühstück das dem Anlass angemessene Gewand angelegt. Eines Ersten würdig, schimmerte es silbrig-gelb im sanften Licht der Morgensonne, die ihre ersten Strahlen durch das Fenster seines Dienstgemachs in der Loge der Jeslerreiter zu Elsendorf schickte. An diesem Tag würde er von seinem Rengat an den Rand des Maininger Baumwalds begleitet werden. Von dort aus dann würde er auf seinem Jeslerblatt unter den Kronen der dicht stehenden Bäume hindurch zu jenem geheimen Ort gelangen, an dem seit Reitergedenken das Thing abgehalten wurde. Dieses Mal jedoch würde er nicht allein dorthin reisen: Nach intensivem Nachdenken hatte er vorgeschlagen, seine Gäste bis zu diesem Tage zu beherbergen und selbst dafür zu sorgen, dass sie ihre Einladungen wahrnehmen konnten. Deren freudige Zustimmung war ihm sicher gewesen. Der gesamte Wandlerklan würde ihn also auf seinem Weg zum Thingsplatz begleiten und dank der freundlichen Aufnahme durch die Weidenreiter ebenso der Klan der Gleiter, der anscheinend nur aus zwei Mitgliedern bestand.

Girn hielt noch einmal inne und gab sich seinen Gedanken hin. Es ließ ihn einfach nicht los, dass der Keysor diese beiden Klans zum Thing eingeladen hatte. Am Tage vorher war eine Antwort aus der Großen Flussstadt von den Obskalusreitern eingetroffen; sein Erster Rengat Jorn hatte ihm mit einem Stirnrunzeln mitgeteilt, dass die Federer bislang nicht zum Thing eingeladen worden seien. Die Vermutung der jungen Wandlerin, der Keysor wolle alle Klans im Lande versammeln, schien sich also nicht zu bewahrheiten. Was um alles in der Welt bezweckte dieser dann aber damit, die Dekazyklen alten Regeln so unvermittelt zu brechen? Nun, er würde es bestimmt noch erfahren. Zunächst aber galt es, die Reise mit angemessener Würde zu beginnen.

Der Erste Jeslerreiter durchschritt mit wehendem Gewand die Doppeltür zur Vorhalle des Ornatssaals. Daraufhin wurden von außen die beiden Flügel des Hauptportals geöffnet, so dass er ohne Mühe hindurchtreten konnte. Auf beiden Seiten des Zugangsweges hatten sich wie in jedem Zyklus alle Mitglieder seines Klans zu einem Spalier aufgestellt. Kaum erschien er im Portal, erklang laut und scharf die Stimme seines Ersten Rengats: „Jeslerreiter – Ho!“, woraufhin alle ihre Bögen zeremoniell vor die Brust schwangen und Haltung annahmen. Feierlichen Schrittes ging Girn zwischen den beiden Reihen hindurch. Für gewöhnlich hätte er sich an ihrem Ende umgedreht und das Spalier auflösen lassen, diesmal jedoch blickte er zurück zum Portal und wartete. Lange dauerte es nicht, dann erschienen drei Frauen und ein Mädchen, die ebenfalls zwischen den Reihen hindurchschritten, bis sie ihn erreichten. Die Erste Wandlerin gab ihm, wie am Vortage besprochen, symbolisch die Hand. Daraufhin traten alle Wandlerinnen still hinter ihn, und Jorn erteilte das Kommando: „Jeslerreiter – Rühren!"

Nun lösten sich die Reihen auf. Die meisten Teilnehmer der Zeremonie verschwanden still im Logengebäude, Jorn jedoch und der Erste und Zweite Lekur, zwei junge Frauen, gingen auf Girn und die Wandlerinnen zu und gesellten sich stumm wartend zu ihnen.

Eine Zeit lang geschah nichts. Während die Sonne langsam höher über den Horizont stieg, wurde das Singen der Vögel am Ortsrand von Elsendorf lauter. Leichter Wind ließ die Kleidung aller Anwesenden flattern. Dila kannte zwar das Festgewand ihres Vaters – als Zweiter Rengat der Rundeichenreiter hatte er ebenfalls ein langes und wunderschönes –, dennoch war seins nicht so prachtvoll wie das des Ersten Jeslerreiters. Bewundernd schaute sie auf den silbrig schimmernden, fließenden Stoff, bis sie aus dem Augenwinkel heraus eine Bewegung bemerkte. Ein kurzer Blick bestätigte ihre Vermutung: Auch die Gleiter waren pünktlich.

Lia und Solt stiegen von ihren Gleitbrettern und begrüßten zuerst Girn förmlich, dann herzlich die

Wandlerinnen. Ein wenig neidisch sah der Erste ihnen zu. Einst, das wusste er genau, einst würde kommen der Tag, an dem alle Reiter erkennen würden, dass Herzlichkeit wichtiger war als das Befolgen uralter Bräuche und Sitten. Allein würde er die Veränderung nicht bewirken können, so angesehen sein kleiner Klan auch war, aber er konnte den Wind des Wandels bereits spüren. Im Klaren über dessen Stärke konnte er sich angesichts der neuen Machtverhältnisse zwar nicht sein, geschehen jedoch würde es ... Nun aber galt es zunächst, gen Osten zu reiten und den Baumwald der Versammlung zu bereisen. „Bitte bringt die Blätter“, sagte er zu den beiden Lekuren.

Die Frauen sahen sich mit einem Schmunzeln an, bevor sie zum Blattlager gingen. Es war jedes Mal wieder angenehm, wie höflich ihr Erster mit ihnen umging. Da hatten sie aus anderen Reiterklans andere Dinge vernommen. Die ältere von ihnen war sogar offiziell als Vertreterin des Ersten Rengats benannt worden, was bedeutete, dass sie eines Tages auch Erste werden konnte. Selbst wenn es zu dieser Zeit selbstverständlich war, dass auch Frauen die Möglichkeit hatten, an die Spitze eines Reiterklans zu gelangen, so war dies doch in Nian immer noch eine Seltenheit. Außer der schon zu Lebzeiten legendären Rala vom Geblüt der Jentak, der Ersten vom Klan der Kopfnussreiter, hatte dies bisher nur Lena Walnok vom Klan der Lödrichreiter geschafft. Und natürlich

Tela Melnowak, genannt der „Mythos des Küstenlandes“, die mit ihrem Birkenblatt beim Großen Rennen von Harmania vor vier Dekazyklen alle anderen wie Anfänger aussehen lassen hatte. Diese Dinge lernte jeder Intar.

Als die beiden Lekure mit den Blättern zurückkehrten, hatte Girn bereits die Details mit den Anwesenden besprochen. Zum Baumwaldrand reisen konnten sie gemeinsam, acht Personen waren auf zwei Jeslerblättern und zwei Gleitbrettern problemlos zu transportieren. Dann jedoch würden die Gleiter ihm mit zwei Wandlerinnen folgen und sich den Weg weisen lassen, um später die beiden anderen nachholen zu können. Denn zum einen durften am Thingstag normalerweise nur Erste von Reiterklans den Wald betreten, zum anderen war das Schweben über die Baumkronen hinweg an jenem Tage nicht gestattet; selbst die Teilnehmer des Things mussten darunter hindurchreiten. Niemand sollte die Chance bekommen, einen Ersten bei der Anreise zum Platz zu beobachten, sonst wäre das Dekazyklen lang gehütete Geheimnis dahin gewesen.

War das ein schönes Gefühl, wieder durch die Luft zu reiten! Tief atmete Dila die frische Morgenluft ein und ließ sie glücklich wieder entweichen. Wie sehr erinnerte sie dies an ihren Ritt auf dem Lödrichblatt vor zwei Zyklen ... Rechts von ihnen schwebten die beiden Gleitbretter mit Lia und Uma sowie Solt und Jele darauf, zur Linken ritt Jorn mit Leja neben ihnen her, die vermutlich das schönste Strahlen ihres jungen Lebens aufgesetzt hatte. Wie gut konnte Dila dies nachspüren! Vor ihr stehend hielt Girn den Stiel des Jeslerblattes fest, auf dem sie gemeinsam in östliche Richtung sausten, und schützte mit der anderen Hand seine Augen vor der Morgensonne. Dila begann zu träumen. Genauso hatte der erste Lindenreiter in ihrer Vorstellung immer ausgesehen, auch wenn er noch ein kleiner Junge gewesen war ... Die Worte der alten Geschichte perlten ihr durch den Sinn: „Schwerelos drehten sie sich im Wind, in einem gewaltigen Wirbel aus Luft, rotem Sonnenlicht, dunkelblauem Himmel und einem markerschütternden Schrei ..." Wie mochte er sich damals wohl gefühlt haben ...

„Oha, oha, junge Dame!" Unsanft wurde sie aus ihrem Tagtraum gerissen. Der Erste Jeslerreiter hatte sich zu ihr umgedreht. „Bitte nicht noch einmal so laut, ja? Ich kann sonst die Konzentration nicht aufrechterhalten!"

Oh Schreck, sie hatte tatsächlich geschrien! Dila lief knallrot an und stammelte: „Ist ... ist gut, Verzeihung ..."

Schmunzelnd drehte Girn seinen Kopf wieder nach vorn. So war das halt, wenn man jung war. Die Erste Wandlerin hatte zwar angeblich Erfahrung beim Reiten und ihr Vater war Rengat, aber eine solch ungestüme Energie war eben einfach nicht zu bremsen. „Zum Glück nicht", schoss es ihm durch den Kopf. Denn was immer nun folgen würde – es brauchte junge Menschen voll Energie in Nian, um im Zeitalter des neuen Keysors den Drang nach Freiheit zu bewahren. Dafür stand dieser schließlich nun überhaupt nicht. Girns lächelnder Mund verzog sich zu einem grimmigen Strich, als er mit solchen Gedanken das alte Tempo wieder aufnahm und die Reise nach Osten fortsetzte.

Noch mehr Besuch

Am folgenden Morgen lag Dunst über der Lichtung am Rand des Maininger Baumwaldes. Das Licht der aufgehenden Sonne filterte nur zögerlich durch die Schwaden hindurch. Müde zog Leif, ein Bruk aus dem Gebirgsland, gemeinsam mit seinem Bruder Krel seine Runden um das Lager. Am frühen Abend des Vortages hatten sie sich für die späte Nachtwache gemeldet, ohne zu wissen, wie ereignisreich jener hatte werden sollen. Als dann nach Sonnenuntergang jedoch die Federer eingetroffen waren und ein großes Hallo stattgefunden hatte, war an frühen Schlaf nicht mehr zu denken gewesen. Die halbe Nacht lang hatten die Brukas gemeinsam mit den Neuankömmlingen rings um das Feuer gesessen, gegessen und gelacht. Leif musste beim Gedanken daran schmunzeln. Er selbst hatte vorher noch nie einen Federer getroffen, nur waren einige seiner Geschwister im Geiste jedes Mal fast in Begeisterungsstürme ausgebrochen, wenn sie von ihnen erzählt hatten. Dazu das Glühen in den Augen seiner Ersten, als sie ihr Eintreffen verkündet hatte ... Erst nachdem er sich selbst mit einem Federer namens Lerk unterhalten hatte, der auch „Fiso“ genannt wurde, begriff er, weshalb alle so begeistert von den Mitgliedern dieses Klans waren. Nach der Herkunft dieses merkwürdigen Spitznamens allerdings hatte er bisher nicht gefragt.

Das Morgenlicht erhellte sanft das Wagenlager und die Zelte auf der Lichtung. In den nahen Kräuterbüschen und im etwas weiter entfernten Baumwald fingen die Vögel an zu singen. Ein Blutregenpfeifer verjagte gerade mit lautem Zwitschern einen Goldfinken, der offenbar seinem Revier zu nahe gekommen war. Auch Krel liebte wie sein Bruder die frühe Morgenstimmung; wäre er nicht ebenfalls todmüde gewesen, hätte er das Schauspiel sicherlich noch intensiver genießen können. Gerade wollte er Leif vorschlagen, schon einmal das Lagerfeuer zu entzünden, als dieser plötzlich innehielt und seinen Finger auf die Lippen legte.

„Sch ... Hörst du das auch?“

Krels Ohren waren nicht ganz so scharf wie diejenigen seines Bruders, dieses Geräusch aber war wirklich nicht zu überhören: In eiligem Galopp kam von der Straße her ein Lasttier angesprengt. Oder waren es doch mehrere ...?

Leif nickte seinem Gegenüber zu und rannte in die Richtung, aus der das Hufgetrappel erklang. Krel dagegen lief so schnell wie möglich zu Finns Zelt, um ihn zu wecken; dies war die abgestimmte Vorgehensweise bei unerwartetem Besuch. Dort angekommen, rief er laut: „Alarm! Jemand kommt von der Straße her mit ...“

Weiter kam er nicht. Der Eingang des Zelts schwang auf und der starke Wächter stürmte mit seinem dicken Knüppel in der Hand an ihm vorbei. Er brüllte: „Greg, Mark? Los!“, dann nahm er ebenfalls Kurs auf den Rand des Lagers. Noch ehe Krel sich besonnen hatte, sprangen auch die beiden angesprochenen Bruks von ihrem Wagen und folgten dem bulligen Mann. „Alle Achtung“, dachte er, „diese Burschen können Wiedersehen feiern wie die Verrückten und stehen dennoch auf den Punkt bereit, wenn es etwas zu tun gibt!“ Auf dem Weg zum Zelt seiner Ersten erinnerte er sich daran, wie Finn im Honsfelder Hügelland an einem Pass fast im Alleingang eine Meute von Räubern abgewehrt hatte. Es war schon wertvoll, solche Leute dabeizuhaben ... Wenigstens waren sie unterwegs niemals einem Trupp Soldaten des Keysors begegnet, das hätte sonst übler ausgehen können.

„Ama, verzeih die Störung – aber es nähern sich Fremde von der Straße her dem Lager“, sprach Krel halblaut am Eingang des Zelts. „Bist du bereits wach?“ Das freundschaftliche Du, das unter Brukas sogar gegenüber ihrer Ersten üblich war, hatte ihm von Anfang an gefallen, seit er mit seinem Bruder zum Treck gestoßen war.

„Ich bin schon unterwegs. Danke, Krel“, ertönte Amas Stimme. Gut, dass sich diese Fremden bis zum Morgen Zeit gelassen hatten, denn auch sie hatte nicht viel geschlafen. Kaum jedoch hatte sie ihr Zelt verlassen und sich mit dem Wächter auf den Weg gemacht, erblickte sie bereits die anderen Wachleute, die sich gemeinsam mit zwei Unbekannten und deren keuchenden Lasttieren der Feuerstelle näherten.

„Alles in Ordnung, Ama“, rief Finn über die freie Fläche. „Es sind nur zwei Besucher. Sie behaupten allerdings, zu uns zu gehören!“

Während die Erste Bruka näher an die Gruppe herankam, betrachtete sie aufmerksam die beiden Ankömmlinge. Friedlich und aufrecht gingen sie neben den Wächtern her – eine dunkelhaarige Frau mit sanften Gesichtszügen und ein bärtiger Mann mit braunem Haar. Kein Falsch lag in ihrer Miene oder ihrem Gang – in der Tat hatten diese beiden das Lager offenbar gesucht. Beruhigt sagte sie zu Finn: „Bitte kümmere dich mit Greg um die Lasttiere.

Du, Mark, entzünde bitte das Feuer. Leif, Krel – ihr beiden könnt die Federer in eurem Wagen wecken, falls sie noch schlafen sollten, und euch dann zur Ruhe legen. Ich werde unsere Gäste allein durchs Lager begleiten."

Alle kamen der Aufforderung nach, nur Finn zeigte wieder sein typisches Stirnrunzeln. Er hatte zwar inzwischen ein gewisses Vertrauen in die Urteilskraft seiner Ersten, empfand es aber dennoch als unvorsichtig von ihr, neue Besucher allein herumzuführen. Nun, sie würde schon wissen, was sie tat.

„Seien Sie herzlich gegrüßt in unserem Lager", sprach Ama die beiden Neuankömmlinge an. „Wie sind denn Ihre Namen und weshalb sind Sie zu uns gekommen?"

„Also – ich heiße Mina und dies ist mein Mann Hurm", sagte die etwas schüchtern wirkende Frau. Ihre Stimme gefiel Ama sehr, sie war melodisch und angenehm. „Und warum wir hier sind – nun ja, wir hatten schon vor ein paar Tagen den Eindruck, dass wir hierherkommen sollten, um euch alle zu treffen."

Mit gespielter Verwunderung blickte die Erste Bruka erst Mina und dann ihrem Mann in die Augen. „Sagten Sie ‚Eindruck'? Wie darf ich das verstehen?"

Etwas nervös blickten sich die beiden an, bis Hurm sich ihr wieder zuwandte und meinte: „Unser inneres Licht hat uns geführt."

Langsam nickte Ama und begann breit und herzlich zu lächeln. Ihr Eindruck hatte sie also nicht getäuscht: Niemand, der sich ihnen nicht zugehörig fühlte, wäre auf die Idee gekommen, so etwas zu sagen. Bei Landvolk, einem Reiter oder gar einem Getreuen des Keysors hätten diese Worte zu höchst unangenehmen Reaktionen führen können. „So seid ein weiteres Mal willkommen geheißen, Mina und Hurm, im Lager der Kräutermenschen! Mein Name ist Ama, ich führe die Menschen an, die mit uns ziehen“, sprach sie.

Nun verbeugten sich die Neuankömmlinge tief vor Ama. Diese verdrehte immer noch lächelnd die Augen. Diese Dekazyklen lange Prägung durch die Reiterkultur – hoffentlich würde das bald enden! „Bitte erhebt euch, wir verfahren hier so nicht. Ihr könnt mich beim Vornamen nennen und nicht etwa ‚Erste‘ oder ähnlich!“

Dankbar richteten sich die beiden wieder auf. Ja, dies entsprach dem, was sie sich erhofft hatten. „Wir haben gespürt, dass ihr hierher auf dem Weg seid, auch wenn wir nicht wussten, warum“, berichtete Mina nun. „Und als dann neulich die Mederebene brannte und unsere Tochter unerwartet von einer Gleiterin abgeholt wurde, um dem Land zu helfen, wurde der Wunsch, euch zu finden, übermächtig.“

Ama horchte auf. „Von einer Gleiterin abgeholt, um dem Land zu helfen? Sagt bitte, ist eure Tochter eine Wandlerin?“

Hurm seufzte. „Ja, und zwar eine sehr junge, sie trägt erst acht Zyklen. Wir bekamen Nachricht von ihr, sie hält sich zurzeit in der Hauptloge der Jeslerreiter zu Elsendorf auf. Für gewöhnlich lassen wir sie natürlich nicht allein so weit reisen – aber was ist nach der Machtergreifung des Keysors schon normal?“

Die drei schlenderten langsam um die Feuerstelle herum. Allmählich erwachte das Lager zum Leben. Viele Zelte waren inzwischen geöffnet, auch von den Wagen stiegen Brukas und Federer herab, reckten gähnend ihre Arme gen Himmel und atmeten die frische Morgenluft ein. Andere wuschen sich bereits an ein paar Bottichen mit Wasser oder brachten Nahrungsmittel zu den großen Kesseln an der Feuerstelle. Jana und Lutz gingen, beladen mit zwei Rötelsfrüchten, fröhlich schwatzend durch das Lager und Kai sprach gerade mit Linn – offensichtlich ging es um eine merkwürdige Einladung. Ama hielt inne und trat mit ihren Begleitern näher an die beiden Federer heran.

„Guten Morgen, Kai! Hallo Linn! Es tut mir leid, ich wollte euch nicht belauschen – aber sprecht ihr gerade davon, hierher eingeladen worden zu sein?“

Der Erste Federer drehte sich lächelnd um. „Guten Morgen, Ama! Nein, hierher sind wir gekommen, weil Mona uns hergeführt hat. Hatte sie das nicht erzählt? Jedenfalls sprechen wir gerade von etwas anderem. Vielleicht hast du ja eine Idee, um was es hier eigentlich geht.“ Mit einem Seitenblick ergänzte er: „Sollten wir das aber vielleicht unter sechs Augen besprechen?“

Amas Lächeln war herzlich wie immer, jedoch lag auch eine gewisse Anspannung in ihrem Blick, als sie erwiderte: „Ich glaube, es ist besser, wenn wir dies gemeinsam mit allen Anwesenden bereden. Es gehen zurzeit seltsame Dinge vor, euer gestriges Erscheinen unterstreicht diesen Eindruck noch. Wir konnten bisher noch nicht einmal über den Grund sprechen, aus dem ihr in der Gegend seid. Nun tauchten heute Morgen zwei weitere Kräutermenschen hier auf: diese beiden, Mina und Hurm. Sie berichten, dass ihre kleine Tochter eine Wandlerin ist, die zum Zeitpunkt der Feuersbrunst auf der Mederebene von einer Gleiterin abgeholt wurde, um dem Land zu helfen."

Nun riss Kai die Augen auf. „Wandler und Gleiter? Davon haben wir auch gehört, es ist also wahr! Ama, warum wir hier sind, ist schnell erklärt: Am heutigen Friedstag findet das Reiterthing statt. Der Vater von Linn ist Rengat bei den Obskalusreitern und ließ vor ein paar Tagen ein geheimes Schriftstück offen herumliegen, aus dem hervorging, dass sich der Platz für das Thing in diesem Baumwald befindet. Wir hielten schon dies nicht für einen Zufall; noch seltsamer aber wurde es, als Linn vor kurzem von seinem Vater gefragt wurde, ob wir Federer vom Keysor zum Thing eingeladen worden seien. Unser Eindruck war, dass wir dazu gebracht werden sollten, den Thingsplatz zu suchen. Eigentlich wollten wir das schon gestern tun, aber dann ist der Autounfall dazwischengekommen."

Langsam und bedächtig nickte Ama, richtete sich dann zu ihrer vollen Größe auf und sah Kai fest in die Augen. „Mein Klan wurde aus dem nördlichen Mittelland vom Licht hierhergeführt. Und dies alles ist ganz sicher kein Zufall. Zusammen mit dem, was ihr da erzählt, bedeutet es, dass Dinge von unglaublicher Tragweite gerade dabei sind, sich Bahn zu brechen. Ich nehme an, du kennst nicht die Prophezeiung des Kol Noramak?“ Als Kai verneinte, wandte sie sich an alle: „Kommt, wir gehen zum Feuer und berufen eine Versammlung ein. Dies müssen alle erfahren.“ Und leise sagte sie zu sich selbst: „Nun werden uns die Waldbäume passieren lassen, sobald wir erneut darum bitten. Der Thingsplatz – darum also geht es ...“

Der Thingsplatz

Der Ritt durch den Maininger Baumwald dauerte nun bereits etwa eine halbe Langzeit. Kurz vor dem Wald hatte die Reisegruppe gestoppt, Jorn hatte sich verabschiedet und war umgekehrt. Nun wurde die Reise mit Dila und Uma als Mitreisende auf den Gleitbrettern fortgesetzt, während Girn allein auf dem Jeslerblatt weiterritt. Jele und Leja sollten am Baumwaldrand auf die Rückkehr der Gleiter warten.

Das Reisetempo war vom Ersten Jeslerreiter nach dem Erreichen des Waldrandes deutlich reduziert worden. Hochkonzentriert lenkte er sein Blatt zwischen dicken und dünnen Stämmen hindurch und über das Unterholz hinweg immer tiefer in den Baumwald hinein. Im Schlepptau hatte er die beiden Gleitbretter. Lia hatte vor einigen Mittelzeiten damit begonnen, mit dem Wasser zu singen. Zum einen beruhigte sie dies, zum anderen stärkte es die Verbindung zwischen ihr und den vielen Tausenden Wasserteilchen. Eine so lange Zeit deren Form durch ihr inneres Licht zu halten und dabei einen so schwierigen Kurs zu steuern, das war sie nämlich nicht gewohnt. *„Gleitet nach links, schwebt nach rechts, folgt dem Blatt, haltet zusammen …“*, erklang es gedämpft, aber melodiös aus ihrem Mund.

„es ist wunderbar, dass du für uns singst, gleiterin, wir gleiten und singen gern mit dir", antwortete glockenhell der Chor des Wassers in ihrem Wesen.

Dies war das, was eine Gleiterin wirklich ausmachte. Das Gleiten war eigentlich nur ein Nebeneffekt; was zählte, war die innere Verbundenheit. Lächelnd bemerkte Lia, dass ihr nicht nur das Wasser zuhörte – auch Dila hinter ihr ließ sich von ihrer kleinen Melodie bezaubern und schaute verträumt den vorbeiziehenden Baumstämmen und belaubten Ästen zu. Auf diese Weise ging es tatsächlich viel leichter. Was für ein ungewöhnlicher und ergreifender Anblick ... und wie schön es war, eine Heilerin des Landes bei sich zu haben ...

Lia fuhr zusammen. Fast hätte sie das Jeslerblatt vor sich gestreift! Girn hatte die Geschwindigkeit verringert und damit begonnen, sich zu Boden zu schrauben. Schärfer als beabsichtigt bremste nun auch die Gleiterin, so dass Dila erschrocken nach vorn rollte und ihr in die Wade kullerte. Zum Glück hatte sie gesessen!

„Mmpfff", meinte die Wandlerin benommen. „Das war aber unsanft! Alles aufwachen!"

„Tut mir echt leid", stammelte Lia, „das ging gerade so plötzlich! Aber – wo sind wir denn hier hingekommen?"

Dila blieb ebenso wie der Gleiterin vor Staunen der Mund offen stehen. Ein derartiger Anblick war ihnen gänzlich fremd. Fast kam es ihnen vor, als ob sie Nian verlassen hätten und in einer wundersamen Zauberwelt gelandet wären.

Vor ihnen lag eine riesige freie Fläche, auf der zwischen kargen Stellen nur niedrige Flechten und Moose wuchsen. Sie erstreckte sich über ungefähr ein Langmaß, schien vollkommen rund zu sein und wurde in allen Richtungen von Bäumen begrenzt. Diese hatten ihr majestätisches Blattwerk über die volle Breite der Lichtung hinweg aufgespannt, so dass das durch die Äste und Blätter hindurchfilternde Sonnenlicht den Ort in ein gruslingshaftes grünes Dämmerlicht tauchte. Das Ganze wirkte wie eine natürliche, wenn auch oberirdische Kaverne oder ein überdimensioniertes Logengebäude. Ein einzelner, säulenartiger Felsen mit einer platten Spitze erhob sich genau in der Mitte ungefähr zehn Kurzmaße hoch in die Luft.

Auch Solt und Uma hatten gestoppt und blickten überwältigt zu der natürlichen Kuppel aus Laubwerk empor, die sich weithin über ihre Köpfe wölbte. Wie klein sie sich vorkamen gegen diese uralte, zeitlose Schönheit ... Eine Ewigkeit lang hätten die vier dort selbstvergessen verharren können, wäre nicht vom Boden her Girns Stimme ertönt: „Hallo da oben! Passen Sie auf, sonst schmelzen Ihnen noch die Gleitbretter weg! Und kommen Sie herunter, wir haben einige Leute zu begrüßen!“

Nur sehr langsam besannen sich die Gleiter und Wandlerinnen wieder. Zögernd senkten sich die beiden stromlinienförmigen Eisschollen zu Boden und die vier Passagiere stiegen ab. Der Gedanke daran, nun aber die Bretter schmelzen und ihr Wasser womöglich versickern zu lassen, behagte Lia gar nicht. Dieser Ort war ihr unheimlich und es schien auch keinen Bach in der Nähe zu geben, aus dessen Wasser sie ein neues Gleitbrett hätte formen können. Daher sang sie nun leise: *„Könntet ihr bitte an der Oberfläche bleiben und auf mich warten?“*

„gern, gleiterin, die mulde dort scheint geeignet zu sein“, antworteten ihr die unzähligen Wasserteilchen melodisch.

Lia sah die gemeinte Vertiefung und stimmte dankbar zu. Schon schwebte das Brett hinüber, taute und tropfte hinein. Hinter sich vernahm sie Solts Gesang, dessen Brett ihrem folgte. Gut – so konnten sie die anderen holen, nachdem sie die angesprochene Begrüßung vorgenommen hatten.

Girn war bereits zu Fuß auf dem Weg zu einer kleinen Gruppe von Menschen, die Lia in der Weite des Blätterdoms bisher nicht aufgefallen war. In gebührendem Abstand verneigte er sich, was sogleich erwidert wurde. Eine Stimme erklang, und zwar dermaßen laut, dass die Wandler und Gleiter zusammenzuckten: „Wir begrüßen herzlich Girn Delinek, den ehrenwerten Ersten des Klans der Jeslerreiter!"

Wie konnte irgendjemand in dieser schier endlosen Weite so durchdringend sprechen? Ein Baum war es nicht gewesen! Bass erstaunt riss Solt die Augen auf und rief: „Große Mutter! Wie ist denn das möglich? Hier gibt es doch gar keine Lautsprecher!"

Wie als Antwort erscholl nun auch Girns Stimme mit derselben Mächtigkeit: „Ehrenwerter Erster vom Klan der Lindenreiter, habt Dank für eure herzliche Begrüßung!" Nach einer kleinen Pause wandte Girn sich den anderen Ankömmlingen zu und sagte: „Bitte begrüßt ebenso ehrenvoll unsere Gäste, die der Keysor in diesem Zyklus persönlich zu unserem Thing eingeladen hat. Hier kommen Lia vom Geblüt der Trogler, die Erste Gleiterin, mit ihrem Klan sowie Dila Jalobak, die Erste Wandlerin, ebenfalls mit ihrem Klan. Zwei der Ihren fehlen allerdings noch, sie werden gleich nachgeholt."

Dies war das Signal für die vier, sich ebenfalls der Gruppe zu nähern. Respektvoll ließen Solt und Uma ihren Ersten den Vortritt. Gemeinsam verbeugten sie sich vor der Gruppe aus Ersten verschiedener Reiterklans. Zwar mit einigem Stirnrunzeln, aber dennoch ebenso würdevoll wurde die Geste erwidert. Dann kam der Mann auf sie zu, der auch Girns Begrüßung vorgenommen hatte, und sprach: „Ich bin Raul Mernek, Erster des Klans der Lindenreiter. In der Tat habe ich vor kurzem davon erfahren, dass der Keysor zwei nicht reitende Klans um ihr Kommen gebeten hat. Was er damit bezweckt, bleibt zwar bisher im Verborgenen, dennoch respektiere ich seine Entscheidung. Sie dürfen daher teilnehmen, sofern Sie beweisen können, dass es sich bei Ihnen tatsächlich um die Eingeladenen handelt."

Lia und Dila griffen in ihre Taschen, holten die Schriftrollen hervor und präsentierten sie Raul. Dieser warf einen kurzen Blick darauf und erkannte sofort das Keysorische Siegel und die Signatur des Herrschers. Mit hochgezogenen Augenbrauen holte er Luft und verkündete: „So seien auch Lia vom Geblüt der Trogler, Erste Gleiterin, sowie Dila Jalobak, Erste Wandlerin, mit den jeweiligen Ihren herzlich willkommen geheißen beim Reiterthing!"

Weitere Erste waren inzwischen in einiger Entfernung gelandet; der Erste Lindenreiter war nun gefordert, auch sie mit der gebührenden Aufmerksamkeit zu begrüßen. Girn raunte seinen Begleitern zu: „In Ordnung, das war erstmal das Wichtigste, niemand mehr wird nun Ihre Anwesenheit hier in

Frage stellen. Sie können jetzt die anderen holen. Hilfreich wäre es, sie ein wenig auf diesen Ort vorzubereiten – ich durfte dies leider nicht tun, aber Sie unterliegen ja nicht dem Schweigegelübde der Reiter. Hmm ... wenn ich dennoch darum bitten dürfte, hiervon keinem Außenstehenden zu erzählen ..."

„Aber bitte! Den Dioblas werden wir! Das sollte doch klar sein, oder?", antwortete Dila entrüstet. Dann fügte sie hinzu: „Sagen Sie, weshalb können Menschen hier so laut sprechen? So etwas habe ich noch nie gehört!"

Der Erste Jeslerreiter nickte. „Wir erklären es uns so, dass die Energie der umliegenden Bäume den Schall verstärkt und in die richtige Richtung lenkt. Natürlich wäre ein Lehrer oder Forscher versucht, über eine solche Erklärung zu lachen, auch wenn er es aus Respekt vor den Reitern nicht täte. Aber im Ernst", seine Stimme wurde nun ganz leise, „im Grunde wissen wir es nicht genau."

Die alte Uma meldete sich nun das erste Mal zu Wort, seit sie den Thingsplatz erreicht hatten. „Sagt mal, ist euch eigentlich aufgefallen, wie viele verschiedene Bäume diese Lichtung umringen? Ich sehe dort eine Eiche, da eine Kopfnuss, einen Wildgratsch, einen Hailabel, eine Kastanie, Buche ..." Sie wandte sich an Girn: „Gleich dort steht auch Ihr Jesler, und dort – ein Ferdan! Sagen Sie bitte, wie ist das möglich? Keiner dieser beiden Bäume sollte in dieser Gegend wachsen können!"

„An diesem Ort ist vieles möglich“, erwiderte Girn, während er nachdenklich in die Ferne sah. „In der Tat sehen Sie, an dieser Stelle versammelt, alle zweiunddreißig großen Laubbaumarten, die in Nian wachsen, vertreten durch jeweils ein Exemplar.“

„Heißt das, von jedem Reiterklan steht ein entsprechender Baum hier?“ Solt starrte den Ersten Jeslerreiter mit großen Augen an. Dies war wahrhaftig ein ganz besonderer Platz!

Girn schürzte die Lippen und erwiderte zögerlich: „Nun … nicht ganz. Aber darauf möchte ich jetzt nicht näher eingehen. Es wäre gut, wenn die anderen Wandlerinnen möglichst bald hier einträfen, damit das Thing zeitig beginnen kann. Ließe sich dies bitte bewerkstelligen?“

Durch das Zwielicht

Mühsam bahnten sich die Brukas und Federer einen Weg durch das Innere des Baumwaldes. Erwartungsgemäß hatten die Bäume ihnen dieses Mal den Zutritt gestattet und dazu einen guten Weg gewünscht. Am Waldrand war das Marschieren zwischen den mächtigen Stämmen hindurch noch recht einfach gewesen, so dass Mitglieder der Gemeinschaft Ama einige Male verwundert gefragt hatten, weshalb man denn die Wagen und die Lasttiere nicht habe mitführen können. „Habt ihr schon einmal einen tiefen Baumwald durchreist? Bald werdet ihr es sehen", war jedes Mal ihre Antwort gewesen. Und sie behielt recht: Das Unterholz, abgestorbene Äste und die niedrig wachsenden Pflanzen am Boden bildeten schon nach ein paar Mittelmaßen an vielen Stellen ein schwer durchdringliches Dickicht. Hier erwies sich die Begleitung durch die Federer als sehr nützlich: In vielen Fällen konnten sie Kräuter und Gräser freundlich auffordern, ihnen Platz zu machen. Wenn auch das nichts mehr half, hielten Kai und die Seinen aus erhöhter Position Ausschau nach einem besseren Weg. An einer Stelle hatten sie ein paar Blauwengelkräuter sogar erfolgreich darum gebeten, die Brukas sämtlich über eine breite und dichte Sperre aus Stechzauselpflanzen hinwegzuheben. Dies war für die meisten Kräutermenschen eine sehr ungewöhnliche Erfahrung gewesen, kannten sie doch Blauwengel bisher nur als Mittel gegen Halsschmerzen und Heiserkeit.

„Hoffentlich haben wir den Lasttieren genug Wasser und Futter hingestellt“, sagte Ron besorgt zu Jule, während sie über eine bemooste Fläche gingen. „Auch gefällt es mir gar nicht, das Lager unbewacht zurückgelassen zu haben. Was, wenn doch einmal Reiter vorbeikommen – oder Trugkerle und Plünderer?“

„Ja, und was, wenn es regnet und wir in einem Sturzbach ertrinken?“, erwiderte die junge Bruka mit sanfter Stimme. „Oder wenn die alte Kela trotz Hilfe nicht mehr weitergehen kann? Ron, wir können uns Sorgen über jedmögliches Ding machen, es ändert nichts daran, dass dies hier unser Weg ist. Du hast Ama doch gehört: Am Thingsplatz entscheidet sich das Schicksal der Brukas und womöglich ganz Nians; deswegen müssen wir auch geschlossen dorthin gehen und können niemand als Wache abstellen! Wir haben doch alles bestmöglich vorbereitet, mehr kann man nicht tun, oder? Lasse lieber einmal die besonderen Klänge des Baumwaldes auf dich wirken, wenn du nicht gerade angestrengt über Hindernisse kletterst! Ist dir zum Beispiel einmal aufgefallen, wie laut man die Stimme jedes einzelnen Waldvogels hier vernehmen kann?“

Ron nickte brummend. Tatsächlich hatte er noch nicht einmal bemerkt, dass es hier Vögel gab. Eine solche Umgebung war äußerst ungewohnt für ihn – Bruk hin oder her, er hatte es nie bevorzugt, sich Bäumen zu sehr zu nähern. Das war etwas für Reiter. Nun, wenigstens würde sie hier in dieser unwirtlichen Gegend niemand überfallen. Ansonsten hatte Jule natürlich recht: Es war sinnlos, sich zu viele Gedanken zu machen. Seit ihrer letzten Meditation hatten Ama und ihre engsten Begleiterinnen ein regelrechtes Feuer in den Augen. So erregt hatte er seine Erste und ihre Beraterinnen seit dem Weggang vom „Hort des Lebens" nicht erlebt, sie waren sich ihrer Sache nun noch gewisser als jemals zuvor. Niemals hatten sie in den vergangenen Monden gefehlt, wenn es um Dinge des inneren Sehens gegangen war. Also konnte er ihnen auch diesmal vertrauen.

Allmählich wurde es Mittag, die Sonne strebte am Himmel ihrem höchsten Punkt zu. Von ihrem hellen, wärmenden Licht erreichte den Waldboden jedoch nur eine geringe Menge. Das meiste wurde von den dichten Blättern der starken und gesunden Bäume gefiltert, so dass ein grünliches Dämmerlicht entstand, welches zusammen mit der hier herrschenden Kühle und dem Geruch des Bodens für einen märenhaften, unwirklichen Eindruck sorgte. Wie im Traum schritt Ron über das weiche Moos und betrachtete die gigantischen, in großem Abstand zueinander wachsenden Bäume. Garlesche standen hier zwischen Buchen, Eichen und Erlen; ab und zu war auch mal eine Platane zu sehen. In ihren hohen Ästen tummelten sich tatsächlich viele Vögel, die herrliche Gesänge von sich gaben. Ein neugieriger Fuchs hatte sich nah an die Wandergruppe herangewagt, suchte nun aber das Weite. Sogar einen Monkabären erspähte der Wächter in der Ferne. Diese seltenen Pelztiere ernährten sich jedoch weitestgehend von Insekten und Kleintieren – vor Menschen flüchteten sie gewöhnlich, so dass keine Gefahr bestand.

Nach dem Überqueren weiterer Wurzeln und dem Überklettern alten Bruchholzes traf Ron auf Sus, die sich ein wenig zurückfallen lassen hatte. „Es ist wirklich schön hier, aber auch ein wenig unheimlich, nicht wahr?“, sagte er gedankenverloren zu der jüngeren Bruka, die ihre glatten schwarzen Haare seit dem Betreten des Baumwaldes zusammengebunden hatte.

„Unheimlich ist das falsche Wort“, erwiderte sie leise.

Ron runzelte die Stirn. Er kannte sie zwar längst nicht so gut wie beispielsweise Ama, aber doch lange genug, um den beunruhigten Unterton in ihrer Stimme wahrzunehmen. „Sag, was meinst du damit?“, wollte er wissen.

„Unruhe. Dies ist das, was hier herrscht“, antwortete Sus. „Der Fluss des Lichts zwischen den Bäumen ist anders als in den Baumwäldern, die ich bisher auf unserer Wanderung gesehen habe. Manchmal stoppt er unvermittelt, um dann ruckartig wieder einzusetzen.“ Sie wandte sich ihm zu, sah ihm ins

Gesicht und ergänzte dann: „Diese Bäume sind in Aufruhr."

Nun stutzte der Wächter und blieb mit einem Ausdruck von Beklommenheit im Gesicht stehen. „Und dann gehen wir einfach so unter ihnen hindurch? Weiß Ama davon?"

Sus nickte. „Sie hat vorhin versucht, eine der Buchen danach zu fragen. Jedoch hat sie keine Antwort erhalten."

Ron begann erneut damit, einen Fuß vor den anderen zu setzen. „Wirklich nicht? Das hat es doch noch nie gegeben, oder? Haben die Federer vielleicht etwas herausfinden können?"

„Jana meinte, Lutz habe vorhin mit einigen Kräutern zu flüstern versucht. Je weiter wir in den Baumwald hineinkommen, desto weniger scheinen die kleinen Pflanzen dazu bereit zu sein, mit den Federern zu reden. Lutz sagte daraufhin wohl, es sei, als ob sie sich vor etwas fürchten würden."

Eine Pause entstand. Bevor Ron aber weitersprechen konnte, rief Sus ein wenig lachend: „Pass auf, Wächter, sonst läufst du gegen den Sommersteinpilz!"

Erschrocken stoppte der Angesprochene gerade noch rechtzeitig, um nicht mit dem Kopf gegen eine junge Pilzfrucht zu stoßen. Er hob die Augenbrauen und sagte: „Ein schönes Exemplar, gerade noch klein genug, um ihn tragen zu können!" Dann wandte er sich herum und rief den Brukas zu, die ihnen folgten:

„He, kommt mal her und helft uns beim Fällen und Schleppen! Das gibt eine schöne Mahlzeit für uns alle!“

Ankunft

„Wir begrüßen herzlich Renk Delnak, den ehrenwerten Ersten des Klans der Ginkgoreiter!“, schallte die Stimme des Ersten Lindenreiters laut über den Thingsplatz. Nach jedem Eintreffen eines weiteren Ersten wiederholte sich die Szene, die bereits bei Girns Ankunft stattgefunden hatte. Auch der Erste Schwarzpappelreiter und der Erste Spitzahornreiter waren vor kurzem angekommen, wie auch der Erste Rundeichenreiter, Fen Raktosh. Dila sah ihn und musste lächeln. Ihn hatte sie in den letzten zwei Zyklen einige Male getroffen, war er doch der engste Vertraute seines Vaters. Winken wollte sie jedoch nicht, das wäre der äußerst feierlichen – um nicht „steifen“ zu sagen – Atmosphäre dieses Treffens nicht angemessen gewesen. Die einstudierten Bewegungen, die immer gleichen Formulierungen ... selbst Uma, die in ihrem Leben mit Sicherheit einiges erlebt hatte, gähnte nun und sagte dann leise zu ihrer Ersten: „Dila, ich kann dir gar nicht sagen, wie dankbar ich dafür bin, dass wir in unserem Klan so einen Umgang miteinander nicht pflegen!“

Die Angesprochene grinste zurück. Sie wollte lieber nichts sagen – niemand von ihnen wusste, wie diese Sprachverstärkung funktionierte. Am Ende hätten noch alle auf dem Thingsplatz ihre Worte gehört und es wäre womöglich peinlich geworden.

Tatsächlich aber wurde auch ihr inzwischen langweilig, es gab außer Warten derzeit einfach nichts zu tun. Die Sonne durchdrang nach wie vor das dichte Blattwerk nur schwach und das ständige Dämmerlicht machte sie zusätzlich müde.

Nach schier endloser Zeit ertönte hinter den beiden Wandlerinnen endlich ein Geräusch, das sich vom Rauschen eines mit seinem Blatt eintreffenden Reiters merklich unterschied. Dila sah sich um und erspähte zwei Gleitbretter, die gerade dem Boden zustrebten. Herab stiegen zuerst Lia und Solt, dann Jele und Leja, die beide aus dem Staunen nicht mehr herauskamen. Offenbar hatte auch die bildhafteste Erzählung die beiden nicht auf das vorbereiten können, was sich ihnen nun darbot. Von Baum zu Baum, nach oben und in alle Richtungen wanderten ihre Blicke, sie konnten sich an diesem Anblick einfach nicht sattsehen. Als Leja ihre Erste entdeckte, lief sie auf sie zu und fragte mit Kulleraugen: „Das hier ist der Thingsplatz? Irgendwie sieht das aus wie das Gewächshaus der Großen Mutter!“

Die Angesprochene musste kichern. Zutreffender hätte man es nicht beschreiben können. Diese Mär hatte sie erst vor kurzem kennengelernt – zu spät für den bereits veröffentlichten ersten Band ihrer Märensammlung; im zweiten Teil aber musste die Geschichte unbedingt auftauchen! Dila nahm das jüngste Klanmitglied bei der Hand, ging mit ihr zu den anderen und sagte: „Hört mal, ich weiß nicht, was ihr bisher besprochen habt, man muss hier aber vorsichtig sein mit dem, was man sagt – es kann sein, dass es alle hören können!“

„Ja, davon sprach Lia bereits“, erwiderte Jele, die immer noch schwer beeindruckt aussah. Lia ergänzte: „Dann erzähl mal! Was ist hier inzwischen alles passiert?“

„Praktisch nichts“, seufzte die Erste Wandlerin. „Ein Erster Reiter nach dem anderen taucht auf, dann wird er begrüßt und so weiter. Wahrscheinlich warten sie darauf, dass alle da sind, vorher fangen sie nicht an.“

„Mir ist aber etwas passiert“, sagte Lia nun. „Während ich beim Gleiten sang, nahm ich leise Missklänge aus der Umgebung wahr. Irgendwann wurde mir klar, dass es das Wasser sein musste, das durch die Bäume strömte. Dies geschah wieder und wieder. Der Glitt war aber zu schnell, um Näheres zu erfragen, außerdem brauchte ich meine Konzentration für das Brett. Sag bitte, kann es sein, dass etwas mit dem Baumwald nicht in Ordnung ist?“

Dila war dankbar dafür, dass ihre Gedanken sich mit etwas anderem beschäftigen konnten als mit dem Ritual der Reiter. Außerdem spürte sie die Anspannung in der Stimme der Gleiterin. Ohne zu zögern hockte sie sich auf den Boden und legte ihre flachen Hände auf die moosbewachsene Erde. Alle wurden ganz still und sahen ihr dabei zu, wie sie in Verbindung ging. Es dauerte nicht lange, bis die Wandlerin sich wieder aufrichtete, tief einatmete, ihre Augen öffnete und dann einen nach dem anderen in der kleinen Runde besorgt anblickte. „Türkisblau“, sagte sie.

Die beiden Gleiter begriffen nicht gleich, aber die anderen Wandlerinnen wurden blass. „Wie bitte?“, meinte Jele. „Wie kann das sein, dass der Boden eines so gesunden Baumwaldes bei freundlichem Wetter eine solche Farbe aufweist? Droht ein Sturm?“

„Das Land empfindet es so“, erwiderte Dila. „Allerdings ist es mehr eine Vorahnung, noch ist es nicht so weit.“

„IIhr haabt reecht geeseeheen uund geesproocheen. EEs koommt eeiinee Zeeiit dees Schweeiigeens“, ertönte unvermittelt die mächtige Stimme des Baumes am Platzrand, dem sie am nächsten standen. Es war ein Weißdorn.

Alle zuckten zusammen. „Große Mutter!“, entfuhr es Jele. Sie konnte sich einfach nicht daran gewöhnen, dass alle Menschen mit Bäumen sprechen konnten, und dieser Weißdorn war nur etwa ein Mittelmaß von ihnen entfernt, so dass seine Stimme den Boden intensiv zum Beben brachte.

Dila fand zuerst ihre Sprache wieder: „Lieber Weißdorn, was meinst du damit – eine ‚Zeit des Schweigens‘? Sollen wir besser nichts mehr sagen, solange wir hier sind?“

„IIhr düürft spreecheen, sooviieel eeuuch beeliieebt“, entgegnete der riesenhafte Baum. **„IIhr müüsst ees soogaar tuun.“**

Verwirrt sahen sich die sechs gegenseitig an. Was wollte ihnen die riesige Pflanze nur mitteilen? Bevor jemand irgendein Wort fand, hörten sie Schritte von der Mitte des Platzes her. Es war Girn, der ohne Umschweife zur Sache kam: „Wir sind nun vollzählig und können beginnen. Schön, dass auch Sie alle gut angekommen sind – aber könnten Sie bitte damit aufhören, mit den Bäumen zu reden? Dies darf erst nach offizieller Eröffnung des Things geschehen! Nur gut, dass Sie keine Reiter sind – der Letzte, der dies vorher getan hat, weilt heute nicht mehr unter uns."

„Aber bitte, der Weißdorn hat doch uns angesprochen!", verteidigte sich Dila. „Und vielleicht wäre es doch besser gewesen, uns solche Feinheiten vor unserem Besuch hier zu erklären, Gelübde hin oder her."

„Sagen Sie bitte", schaltete sich Lia ein, „was soll das heißen, er weilt heute nicht mehr unter uns? Ist er gestorben, weil er das getan hat?"

Girn musste sich ein wenig sammeln, bevor er antwortete. Diese Diskussion ging in eine Richtung, die ihm nicht behagte. Der Baum hatte ein Gespräch begonnen? Das war an und für sich schon seltsam genug ... Hätte bloß der Keysor die Einladungen nicht ausgesprochen! Er hätte eigentlich auch gleich darum bitten können, die am besten gehüteten Reitergeheimnisse allen mitzuteilen. Solche Fragen nun machten alles nur noch schwieriger. „Ich kann Ihnen das leider nicht sagen“, meinte er schließlich ein wenig verzweifelt. „Im Ernst, mir ist nicht klar, was hier vorgeht. Nur eins weiß ich schon jetzt: Dieses Thing wird anders als alle vorherigen, an denen ich teilgenommen habe.“

Als wäre dies eine Prophezeiung gewesen, erklang plötzlich von oberhalb des Blätterdachs ein Geräusch, das schnell lauter wurde. Es war das Knattern eines PETs, der wenig später ganz offensichtlich über dem Thingsplatz in der Luft stand. Schon begann sich das Laub der Kuppel zu schütteln und zu teilen. Der vom Rotor verursachte Wind wehte als Bö über die Weite des Platzes hinweg.

„Frevel!“, schrie es aus Girn heraus. „Welche Schande!“ Und schon war er im Laufschritt unterwegs zu den anderen Reitern, die ebenfalls nach oben sahen und empört gen Himmel zeigten oder sogar die Fäuste schüttelten. Welcher Wahnsinnige ließ am Thingstag einen Perpetuus helicopterus über dieser Stelle des Baumwaldes schweben? Das würde ein Nachspiel haben, aber eines, das sich gewaschen hatte ...!

Es dauerte eine Mittelzeit, dann erschien eine seltsame korbförmige Metallkonstruktion in der Lücke im Blätterdach. Leicht pendelnd wurde sie herabgelassen. Darin befanden sich einige Personen, die kurz nach dem Erreichen des Bodens hinauskletterten. Anschließend wurde der Transportkorb wieder in die Höhe gezogen und flog kurz darauf gemeinsam mit dem PET davon. Atemlos verfolgten die Wandlerinnen und Gleiter das Geschehen.

Die Ersten der Reiterklans waren in absolutem Aufruhr. Sie hatten jegliche Förmlichkeit abgelegt und rannten zornig auf die Neuankömmlinge zu. In einiger Entfernung stoppten sie, der Erste Lindenreiter ergriff seinen Bogen, spannte ihn und legte an; seine wütende Stimme hallte verstärkt über den Thingsplatz: „Wer seid ihr, dass ihr es wagt, diesen ehrwürdigsten, gesegnetsten Platz ganz Nians zu entweihen? Erklärt euch oder ihr werdet auf der Stelle dafür büßen!"

Ein großer, bärenstarker Mann aus der Gruppe der Ankömmlinge wandte sich Raul zu und hielt ihm wortlos eine Schriftrolle entgegen. Der Erste Lindenreiter wurde blass, als er den Mann erkannte. Mit von Entsetzen gezeichnetem Gesicht ließ er seinen Bogen sinken und bedeutete den anderen Ersten, zu warten. Das war doch nicht möglich! Warum hatte ihn der Keysor nicht informiert? Er war der Leiter des Things und sollte so etwas zuallererst erfahren haben! Reichte es nicht schon, dass Wandler und Gleiter eingeladen worden waren? Zögerlich trat er ein paar Schritte vor und verneigte sich dann kurz vor dem Anführer der Gruppe, wie man es vor dem Ersten eines anderen Klans tat. Dieser erwiderte die Geste, kam dann näher und entrollte das Dokument, um es Raul zu präsentieren. Dieser nickte nur kurz, wandte sich dann zu den Seinen um und verkündete laut, wenn auch ein wenig unsicher: „Wir begrüßen herzlich Zeg Ranolok, den ehrenwerten Ersten des Klans der Brenner, samt den Seinen!“

Die Ereignisse überschlagen sich

Die verstärkten Worte waren in der Weite der Kuppel noch nicht verhallt, als die beiden Gleiter und die vier Wandlerinnen verblüfft die Augen aufrissen. Brenner! Das war wirklich eine Überraschung! Niemals zuvor hatten sie ein Mitglied dieses rätselhaften Klans gesehen, immer nur davon gehört, zu was sie fähig sein sollten. Dies also waren die Menschen, die dem Keysor die furchtbaren Vernichtungswaffen zur Verfügung gestellt hatten, mit denen er dann das Land in Flammen hatte aufgehen lassen ... Wut und Schmerz wallten in Dila auf, doch dies war nicht der richtige Zeitpunkt dafür, solche Gefühle herauszulassen. Wie gebannt starrte sie gemeinsam mit ihren Begleitern auf das Geschehen dort nahe dem hohen Felsen in der Mitte des Blätterdoms.

Auch Lia hatte Mühe, sich zu beherrschen. Die gesamte Katastrophe auf der Mederebene ging in nicht unerheblichem Maße auf das Konto dieser Männer dort! Was hatten sie hier zu suchen? Menschen, die Gewalt und Zerstörung förderten, hatten doch wohl auf einem solchen Treffen nichts verloren! Glücklicherweise war ihr bewusst, welch unangenehme Folgen unkontrollierter Zorn haben konnte, also hielt sie sich zurück. Nur ihre fest aufeinandergepressten Lippen zeugten von ihrer Wut. Schließlich siegte aber ihre natürliche Offenheit über den Groll, so dass es ihr gelang, klar zu denken und zu sprechen. So waren Solt und die Wandlerinnen gleichermaßen aufmerksam, als ihre helle Stimme erklang: „Habt ihr das gesehen? Sagt mal, wie kann es denn sein, dass der Erste Lindenreiter seinen Bogen gegen die Brenner erhebt, wenn diese seinem Klan doch angeblich so sehr geholfen haben? Eigentlich kann das doch nur heißen, das er nicht wusste, dass sie kommen, oder? Ist er denn nicht der Vorsitzende des Things? Wie ist das möglich?"

„Die Frage ist vollkommen berechtigt", ließ sich die alte Uma vernehmen. „Mir zeigt das, dass hier wesentlich mehr im Spiel ist, als wir bisher ahnten. Die Reiter sind sich nicht nur untereinander uneins, sondern auch der Keysor scheint Interessen zu verfolgen, die seinem alten Klan nicht bekannt sind. Leja hatte womöglich recht mit ihrer Vermutung, dass alle Begabten sich heute hier versammeln. Aber wenn davon selbst der Leiter des Things nichts weiß, dann sind Kräfte am Werk, die wir nicht einschätzen können. Das verheißt nichts Gutes für dieses Treffen."

„Glaubst du etwa, jemand – vielleicht der Keysor – will uns alle gegeneinander aufhetzen?", stieß Solt hervor und wurde blass.

„So weit darf es nicht kommen", schaltete sich Dila ein. „Wenn es nach mir geht, halten wir zusammen, und zwar durch dick und dünn! Du könntest aber recht haben – das wäre eine Erklärung für das Türkisblau der Erde hier wie auch für die Unsicherheit

Girns. Ihr könnt sagen, was ihr wollt – ich vermute, er hat irgendeine Vorahnung von dem, was hier gespielt wird."

„Jetzt sag nicht, du glaubst, er sei in die Sache verwickelt?" Leja schüttelte entsetzt den Kopf. „Er wirkt auf mich nicht wie jemand, der ein doppeltes Spiel treibt!"

„Das nicht", erwiderte die Erste Wandlerin. „Vermutlich ist er ebenso durcheinander wie wir und wird gerade in einen Strudel von Ereignissen gerissen, von denen er nichts wusste. Aber irgendetwas ahnt er, dessen bin ich mir sicher! Vielleicht sollten wir ihn einfach fragen!"

Während sich Gleiter und Wandlerinnen weiter berieten, waren auch die Brenner nicht untätig geblieben. Niemand von ihnen hatte bisher etwas gesagt. Das war auch kein Zufall – alle warteten darauf, dass ihr Erster das Wort ergriff. Zeg jedoch musste sich zuerst einmal wieder beruhigen. Hier angegriffen zu werden, damit hatte er nicht gerechnet. Die Seinen waren am Morgen vollzählig am vereinbarten Treffpunkt vor der Hauptloge der Lindenreiter zu Medriana eingetroffen und er hatte erwartet, ein paar Instruktionen vom Ältesten zu bekommen – auch wenn sich dieser inzwischen zum Keysor aufgeschwungen hatte. Schließlich war er wochenlang persönlich sein Ansprechpartner gewesen. Stattdessen hatte ihm dort ein frischgebackener Jelnor der Keysorischen Armee, der zugleich auch

Rengat der Lindenreiter war, lediglich kurz mitgeteilt, dass das bereitstehende Fahrzeug alle Brenner zu einem großen PET befördern und sie dieser dann zum Thingsplatz bringen würde. Dann waren sie auch schon abgefahren. Als wäre das nicht unpersönlich genug gewesen, hatten sie sich über einem ausgedehnten Baumwaldgebiet auf eine Durchsage des Piloten hin in ein Metallgestell zwängen dürfen, dass der Enge eines Förderkorbes in einem Bergwerksschacht in nichts nachstand. Und kaum waren sie zu Boden gelangt, mussten sie sich wütendes Gebrüll anhören und sogar zur Kenntnis nehmen, dass mit einem Bogen auf sie gezielt wurde! Das war ein wenig mehr, als auch der Sanfteste unter ihnen zu ertragen bereit war.

Zeg baute sich vor Raul auf und ließ mit vernehmlichem Ärger in der Stimme verlauten: „Ehrenwerter Erster des Klans der Lindenreiter! Ist es an diesem geweihten Platz üblich, geladene Ehrengäste mit Pfeil und Bogen zu bedrohen? Haben wir einen Formfehler begangen? Wäre es nötig gewesen, Sie ‚Ältester' zu nennen und auf die Knie zu fallen, um mit gebührendem Respekt empfangen zu werden?"

In Raul brodelte es. Nicht nur, dass er sich gerade vor den Seinen lächerlich gemacht hatte, nun musste er auch noch eine solche Demütigung von diesem … diesem Brandling ertragen. Und das, wo er hier derjenige war, der das Sagen haben sollte! Glücklicherweise war er vernünftig genug, zu begreifen, dass eine weitere Verschärfung der Situation niemandem etwas genutzt hätte. Er zog es daher vor, seinen Ärger herunterzuschlucken und ein paar beschwichtigende Worte zu sprechen: „Erster Brenner, dies alles beruht auf einem Missverständnis. Nicht nur, dass es versäumt wurde, mich über Ihre Ankunft in Kenntnis zu setzen, es ist sogar so, dass die Dinge heute hier einen vollkommen anderen Verlauf nehmen als in der Vergangenheit üblich. Deshalb sind wir alle ein wenig ... nervös, Sie verstehen? Bitte vermerken Sie, dass weder Sie noch sonst jemand die Pflicht hat, mich als ‚Ältesten' zu bezeichnen, und außerdem, dass mir die Fehldeutung der Umstände leidtut."

Dies klang in Zegs Ohren der Situation angemessen. Zufrieden ließ er verlauten: „In diesem Fall begrüßen wir, die versammelten Brenner Nians, den Ersten der Lindenreiter und diejenigen aller anderen Klans ebenfalls aufs Herzlichste!" Seinen Worten folgte zustimmendes Gemurmel von Seiten der anderen Brenner.

„Gut, dann wäre das geklärt", ergriff nun wieder Raul das Wort. „Ich möchte gern ergänzend bekanntgeben, dass Sie heute nicht die einzigen Ehrengäste der Reiter sind. Auch der Klan der Gleiter und der Klan der Wandler Nians sind an diesem Tage auf Geheiß des Keysors vollzählig hier versammelt."

Zegs Augenbrauen wanderten nach oben. Kaum hatte man von der Existenz dieser Begabten erfahren, schon erschienen sie hier gemeinsam mit den höchsten Vertretern der Reiter und ihnen selbst an diesem beeindruckenden Ort! Schon beim Herablassen durch das Blätterdach hatte er insgeheim über die imponierende Schönheit dieses außergewöhnlichen Platzes gestaunt, selbst sein sonst so wortgewandter Bruder Ben hatte angesichts dieser Pracht verblüfft geschwiegen. Dass nun aber auch die „Retter der Mederebene“, wie sie bereits genannt wurden, hier erschienen waren, das war etwas gänzlich Unerwartetes! Mit Überraschung in der Stimme erwiderte er: „Soll das heißen, dass das heutige Thing eine Versammlung aller Klans aus ganz Nian darstellt?“

Der Erste Lindenreiter verzog das Gesicht. Große Mutter, hoffentlich war dies nicht der Fall! Nicht auszudenken, falls der Keysor, ohne ihn vorzuwarnen, auch Br... Br... – nein, nicht einmal denken wollte er daran! So entgegnete er: „Ich teile Ihre Überlegungen, hoffe aber, dass mit Ihrem Eintreffen nunmehr auch die letzten Teilnehmer zu uns gestoßen sind. Es sei denn, der Keysor höchstselbst würde geruhen, gemäß seiner Andeutung auf diesem Thing zu erscheinen.“

„**Worauf du dich verlassen kannst!**“

Alle auf dem Thingsplatz Befindlichen zuckten erschrocken zusammen. Was in Dioblas Namen war *das* denn gewesen? Die Worte waren in unvorstellbarer Lautstärke über den Platz geschallt, die meisten Anwesenden hatten sich instinktiv die Ohren zugehalten. Mit solcher Intensität sprachen für gewöhnlich nur Bäume; diese Stimme jedoch war eindeutig menschlich gewesen. Das war aber nicht alles: Ein eiskalter Schauer lief Raul über den Rücken, denn er kannte diesen Tonfall – womöglich besser als die meisten anderen Anwesenden.

Es war niemand anders als der Keysor.

Der Erste Lindenreiter war herumgefahren, nun traute er seinen Augen kaum. Zuerst hatte er seinen Herrn nirgends erblicken können, dann jedoch war ihm ein Schatten aufgefallen, der vorher nicht dagewesen war. Mit unvorstellbarem Entsetzen begriff er, wo sich der Herrscher befand: Er stand in seiner Robe oben auf der flachen Plattform der zentralen Felsensäule.

Seit Menschengedenken hatte es niemand mehr gewagt, dort zu stehen. Jeder Erste erfuhr bei seiner Weihung, dass dieser Ort des Thingsplatzes unantastbar war. Die Säule symbolisierte die Anwesenheit der Großen Mutter in allen Pflanzen, Tieren und Menschen des Landes. Schreckliche Strafe drohte demjenigen, der es wagen sollte, den Felsen auch nur zu berühren, und zwar unabhängig vom Ansehen – ob Intar, Erster oder überhaupt Reiter, dies galt für alle gleichermaßen. Die Legende sagte, in ferner Vorzeit habe von dort aus ein Mann das Land mit einer Art von Magie überzogen, gegen die sich niemand habe wehren können. Jener Hohepriester der damaligen Zeit, der sogenannte Turnok, hatte angeblich auf übernatürliche Weise von diesem Felsen seine grausame Macht bezogen. Nun stand der derzeitige Herr des Landes Nian dort oben und grinste überheblich auf ihn und die Seinen herab. Raul blinzelte, er konnte es nicht fassen. Träumte er?

Eine andere Frage stand zusätzlich im Raum, die weder der stocksteif und mit aufgerissenem Mund nach oben glotzende Erste Lindenreiter noch irgendjemand der anderen am Boden Befindlichen beantworten konnte: Erklimmen konnte man die Säule mit bloßen Händen nicht, mit dem PET war der Keysor ebenfalls nicht gekommen, ein Blatt hatte er auch nicht dabei und ein Sprung vom Kuppeldach auf den Felsen hätte für jeden den sicheren Tod bedeutet. Auf welche Weise war er dort nur emporgelangt?

Der verschollene Klan

„Wie ich sehe, hast du mich erkannt, Raul“, dröhnte die Stimme des Keysors vom Felsen herab. **„Das ist gut. Jeder sollte jederzeit wissen, wem er dient.“**

Diese Stimme ... sie schnürte Raul förmlich die Kehle zu. Es war nicht zu fassen. Da hatte er es endlich an die Spitze der Reiterhierarchie geschafft und durfte sein erstes Thing leiten, und dann lief alles in einer Weise aus dem Ruder, die sich niemand hätte vorstellen können.

Das Echo hallte von den Stämmen der Bäume wider, die um den Thingsplatz herum wuchsen. Dann entstand eine unheimliche Stille, selbst die Vögel hatten zu singen aufgehört. Die Welt hielt förmlich den Atem an.

Nach ein paar Kurzzeiten ergriff der Keysor wieder das Wort und richtete es diesmal an die entfernt stehenden Wandler und Gleiter: **„Weshalb stehet ihr so weit fort von mir, meine Lieben? Kommet doch etwas näher! *Plesiasök!*“**

Ehe sichs die Angesprochenen versahen, brauste ein starker Wind über die Lichtung, erfasste die sechs Menschen und drückte sie mit unwiderstehlicher Gewalt auf die Felssäule zu. Von Entsetzen gepackt, taumelten sie widerstandslos vorwärts, bis sie neben den Brennern standen, die sich ebenfalls noch nicht von ihrem Schreck erholt hatten. Der Wind erstarb.

„**So ist es besser**“, erklang erneut die durchdringende Stimme. Die beiden Gleiter hatten das Gefühl, als würde jeder Wassertropfen in ihnen und um sie herum zu Eis erstarren. Von Grauen gepackt, gelang es Lia dennoch, in sich hineinzuhorchen. Da war kein Gesang des Lebens mehr, kein leiser Chor, nur eine entsetzliche Leere – gerade so, als wäre jegliche Verbindung zu ihrem Element getrennt worden. Als sie Solt ansah, erkannte sie in seinem Blick den gleichen Schrecken. Seit sie wussten, was sie waren, hatten sie sich noch niemals so gefühlt.

– grauschwarz –

Dilas innerer Blick erbebte. Das Taumeln, das sie erlebt hatte, als sie hergeblasen worden war, ließ in ihrem Bewusstsein nicht nach. Wie ein eiskalter Nebel legte sich das Empfinden um ihr Wesen, ließ jegliches Atmen zu einem Kraftakt werden. Von Schwindel erfasst sah sie nach rechts und links – den anderen Wandlerinnen erging es auch nicht besser.

„Was wollen Sie“, entfuhr es krächzend ihrem Mund. Kaum vorstellbar, dass der Herrscher sie gehört hatte – jedoch die Ersten der verschiedenen Reiterklans hatten es. Bestürzt starrten sie zu den Wandlerinnen hinüber.

Der Keysor hingegen beachtete niemand von ihnen. Stattdessen schien er mit seinem Blick das Blätterdach abzusuchen. Allmählich ließ der eiserne Griff des Schauderns nach und die Wandlerinnen konnten wieder Atem schöpfen. Auch den beiden Gleitern gelang es, sich selbst wieder zu spüren. Welch eisiger Todeshauch in der Präsenz dieses Menschen lag – niemand hätte sich das noch vor kurzem vorstellen können.

Auch die Reiter und Brenner waren ebenso sprach- wie fassungslos. Ben sah seinen Bruder dermaßen angsterfüllt an, dass dieser ihn wortlos in die Arme schloss, obwohl auch aus seinem Inneren jegliche Wärme gewichen zu sein schien. Und das, wo er doch ein Mensch des Feuers war! Namenlose Furcht zeichnete sich auch in Lorns, Merls, Hunks, Tranns, Wers' und Jörks Gesicht ab.

Girns Gedanken rasten. Seine schlimmsten Befürchtungen waren wahr geworden. Ja, er hatte mit Jorn darüber geredet, jedoch hatte er es vor diesem Geschehen hier selbst nicht glauben können: Sid Lucius Albo, der ehemalige Erste Lindenreiter und neuer Keysor Nians, wollte auch die letzte denkbare Stufe der absoluten Herrschaft erklimmen und der neue Turnok werden. Er musste vollkommen wahnsinnig geworden sein.

Augenscheinlich war der Keysor unzufrieden, denn er stemmte die Hände in die Hüften und ließ kopfschüttelnd verlauten: „**Nicht einmal auf die**

engsten Getreuen ist heutzutage mehr Verlass.“ Es klang jedoch mehr spöttisch als ärgerlich. Mit bösem Grinsen wandte er sich nun wieder den nahe der Säule Stehenden zu und ergänzte: „**Nun gut, dann werde ich mich eben zunächst mit jenen beschäftigen, die sich als wahrhaft loyal erwiesen haben!**“ Dann fasste er Zeg ins Auge und meinte: „**Erster Brenner, bitte nehmen Sie doch mit den Ihren die zugewiesenen Plätze ein.**“

Nun kam Bewegung in Zeg. Bisher hatte er sich vom schockierenden Auftritt des ehemaligen Ältesten beeindrucken lassen, nun aber hatte er keine Lust mehr, dieses üble Spiel noch länger mitzuspielen. Ganz offensichtlich war jegliche Freundlichkeit dieses Mannes, dem er so lange gedient hatte, nur vorgetäuscht gewesen. So wie dieser sprach nur jemand, der kein Licht in sich trug und ein Herz härter als der härteste Stahl hatte. Er ließ seinen Bruder los, richtete sich zu seiner vollen Größe auf und erwiderte fest: „Bisher hat mir und den Meinen hier niemand einen Platz zugewiesen. Vielleicht möchten Sie dies als offenbar wahrer Gastgeber dieser Runde ja nachholen. Ein bisschen mehr Taktgefühl würde ich dabei allerdings als angemessen empfinden.“

Der Keysor begann zu kichern. „**Oh natürlich nicht, wie konnte ich das nur vergessen. Sie können es ja gar nicht wissen! Nun, dann werde ich es Ihnen erklären müssen.**“

Ärger grub sich seinen Weg vom Bauch bis hinauf in den Kopf des Ersten Brenners. Keysor oder nicht, auf diese Weise hatte niemand mit ihm zu sprechen! Unvermittelt erfasste er, dass der Felsen, auf dem der Landesherr stand, einen eisernen Kern haben musste – die Präsenz des Metalls war überdeutlich zu spüren. Stärker und stärker fühlte er nun das Auflodern des Feuers in sich, immer weniger wollte er Widerstand gegen das leisten, was da aus ihm herauszubrechen drohte. Schon begannen seine Arme, sich mechanisch in Richtung der Säule zu heben …

„Was bildest du dir ein, Brandling? Du hast keine Ahnung, mit wem du es hier zu tun hast! *Svera!*“

Etwas Unmögliches geschah. Schlagartig erlosch das Feuer in Zeg, seine Arme fielen kraftlos herunter. Mit einer Mischung aus Verständnislosigkeit und Entsetzen blickte der Erste Brenner zu dem Mann auf der Säule empor. Das konnte einfach nicht sein! Wie hatte dieser Kerl es geschafft, ihm seine Kraft zu rauben?

„Und um das Begonnene zu vollenden: *Texinomök!*“

Erneut erhob sich ein rauschender Wind, der sich rasend schnell zu einem ausgewachsenen Sturm entwickelte. Dieser bildete einen Wirbel, der ohne Verzug die Brenner ergriff. Wie von unsichtbaren Riesenfäusten gepackt wurden die acht Männer auseinandergerissen und um die Säule herumgeschleift.

Niemand hörte Bens Schreien und das Ächzen der Bergleute, das Brüllen des Sturms war zu mächtig. Als der Wirbel wieder erstarb, lagen die Brenner gleichmäßig um die Säule herum verteilt und rangen nach Luft.

Alle waren wie gelähmt von den Geschehnissen. Viele Kurzzeiten verstrichen, bis Uma leise der vollkommen fassungslosen Dila zuraunte: „Er spricht die Alte Sprache. Sie muss es sein. Eine Freundin von mir, eine Bruka, hat mir davon erzählt."

Dila kam nicht zu einer Antwort, denn der Keysor sprach mit höhnischem Unterton weiter: „**Nun erhebet euch, werte Brenner, und verharret an eurem Ort!**"

Langsam kamen die acht Klanmitglieder der Aufforderung nach. Einige hatten Schrammen im Gesicht, bei anderen war die Kleidung zerrissen. Der Wirbelsturm hatte sie gänzlich überrumpelt und auch sprichwörtlich niedergeschmettert. Niemand wagte es mehr, die Hand gegen den Felsen oder den Herrscher zu erheben. Selbst Zeg musste einsehen, dass weitere Aktionen dieser Art keinen Sinn machten. Hier kam er mit seinen Mitteln nicht weiter. Resigniert blickte er von dort aus, wo er gelandet war, auf die Reiterschar, die sich nur mühsam aus ihrer Schockstarre lösen konnte.

Der Keysor war inzwischen von neuem dazu übergegangen, die Kuppel aus Ästen und Blättern anzustarren. Diesmal allerdings hielt er plötzlich inne und richtete dann triumphierend das Wort an die Ersten der einunddreißig Reiterklans Nians: „**So stolz und prächtig diese Versammlung auch sein mag – nichts ist wirklich schön, wenn es unvollständig ist. Und eure prachtvolle Schar ist dies schon**

seit ein paar Dekazyklen. Dies werde ich nun ändern.“ Sein bisher gebieterischer Ton änderte sich nun erneut ins Hämische: „**Wir begrüßen herzlich ... aber das seht ihr ja selbst, was sollen die albernen Reden.**“

Wie auf Kommando teilte sich plötzlich an einer Stelle das Blätterdach, und herabgeschwebt kamen zwei Reiter auf Lindenblättern. Ihr Ritt schien jedoch nicht ganz reibungslos vonstatten zu gehen, denn die Blätter taumelten hin und her. Irgendetwas schien sich zwischen ihnen zu befinden, etwas, das sich heftig gegen diese Art des Transports wehrte. Als die beiden Lindenreiter sich dem Boden näherten, konnte man erkennen, dass es sich um einen Mann fortgeschrittenen Alters handelte, der mit beiden Händen an seine Bewacher gekettet war und pausenlos an den Fesseln zerrte. Wenige Kurzzeiten später hörte man auch sein lautes Zetern.

„... bereuen, ihr nichtsnutzigen, durchgeräderten Wichtigtuer, vermaledeite Söhne von Brukas! Schämen solltet ihr euch! Dioblas! Vor den Dorfwart zerren werde ich euch!!“

Dila runzelte die Stirn, während das Keifen immer deutlicher vernehmbar wurde. Die Stimme dieses Mannes und seine Sprechweise, alles kam ihr auf merkwürdige Weise bekannt vor. Nachdem die Blätter gelandet waren und sie das verzerrte Gesicht des Alten besser sehen konnte, fiel es ihr schließlich wie Blätter von den Augen. Natürlich! Niemals würde sie vergessen, wie sie ihm vor zwei Zyklen auf ihrer Klärungswanderung am toten See das erste Mal begegnet war. Dies war niemand anders als Art, ihr gebrechlicher und etwas widerwilliger damaliger Gastgeber, dessen Frau Ria sich so liebenswürdig um sie gekümmert hatte.

Sie war jedoch nicht die Einzige, die auf den seltsamen Besucher reagierte. Ein paar Schritte weiter riss Fen Raktosh, der Erste des Klans der Rundeichenreiter, ebenfalls die Augen auf. Kein Zweifel, dies musste der Mann sein, über den er vor einigen Monden mit seinem Zweiten Rengat gesprochen hatte!

Dessen Schilderung seines Aussehens traf perfekt auf ihn zu. Nach jener Besprechung hatte Fen sich persönlich mit ein paar Begleitern in die Gegend aufgemacht, jedoch am ehemals toten See nur noch eine Menge neuer Siedler angetroffen, die mit der Beschreibung des Mannes nichts hatten anfangen können. Nun stand er leibhaftig vor ihnen, immer noch an seine Wärter gekettet, und dies konnte in Verbindung mit dem, was der Keysor vorhin von sich gegeben hatte, nur eines bedeuten: Dieser alte Mann mit seinem irren Blick und den verkrampften Gliedmaßen war in der Tat der vermisste Erste des ehemaligen Klans der Kastanienreiter.

Vollzählig

Auch Girn und den anderen Ersten ging allmählich ein Licht auf, wen sie hier vor sich hatten. Kaum hatten die Bewacher des alten Mannes die Fesseln gelöst, riss sich dieser von ihnen los und wollte wutentbrannt auf die Gruppe der Ersten Reiter zustürmen, als ihm auf einmal klar zu werden schien, wo er sich befand. Verwirrt hielt er inne, schaute kurz nach oben, um sich dann verdattert umzusehen. Als sein Blick auf die Felsensäule und den darauf stehenden Mann fiel, weiteten sich seine Augen.

Dila hatte Art zwar schon in Rage erlebt, aber das, was nun kam, kannte auch sie noch nicht. Ein wilder Ausdruck jäher, ungezähmter Wut entstand in seinem zur Grimasse verzerrten Gesicht, und dann erklang, verstärkt durch die Energie des Platzes, von neuem seine Stimme, die sich zu überschlagen begann: „Duuuu...! Elender Verräter und Schänder des Landes und der Großen Mutter!! Nun ist dein Werk offenbar, du kannst dich nicht mehr verstecken! Dioblas! Brukasohn!! Ich werde allen dein wahres Wesen kundtun und dann wirst du ..."

„Ja, mein verehrter ehemaliger Kollege, was werde ich?" Die durchdringende, amüsierte Stimme des Landesherrn stoppte den wütenden Wortschwall des Kastanienreiters. **„So zeigst du mir also deine Dankbarkeit, der ich dir doch deine alte Stellung**

wiedergebe, Erster des Klans der Kastanienreiter?“ Hämisch fügte er hinzu: „**Oder sollte ich lieber sagen: Einziger dieses Klans?**“ Das böse Grinsen wurde kurzzeitig wieder sichtbar, dann ergänzte er: „**Nun denn, da du sowieso nichts Neues zu berichten hast, sei's drum. *Siopa!***“

Art hatte offenbar etwas erwidern wollen, aber kein Wort verließ die Lippen des alten Mannes. Wie bei einem Fisch schloss und öffnete sich sein Mund, jedoch kam kein Ton mehr heraus.

Entgeistert starrten Lia und Dila sich an. „Das ist total gruslingshaft, vollkommen irre“, sagte der Blick der jungen Gleiterin, auch sie konnte Fassungslosigkeit und Verzweiflung im Gesicht ihres Gegenübers erkennen.

„Jemand muss ihn dazu bringen, damit aufzuhören“, flüsterte die Wandlerin leise.

„**Oh, ich habe doch gerade erst angefangen!**“, donnerte die Stimme des Keysors erneut durch den Blätterdom, während er Arts Bewachern mit dem Wink einer Hand die Abreise befahl. Dila fluchte still in sich hinein. Konnte man hier denn gar nichts mehr sagen, ohne dass es dieser Verrückte dort auf dem Felsen mitbekam?

Zegs Bruder Ben war derweil aufgestanden und hatte sich den Staub von der zerschundenen Kleidung geklopft. Es war nicht zu fassen. Dieser Mensch dort auf der Säule ... vor kurzem hatte er noch Teile für ihn gefertigt. Ein bisschen komisch war er ihm schon immer vorgekommen, aber das hier hätte er sich im Traum nicht vorstellen können. Was war er froh, nicht an den Kanonen mitgebaut zu haben, wie richtig war sein Bauchgefühl zwei, drei Wochen zuvor gewesen! Nun aber saß er genauso in der Falle wie alle anderen auf dem Platz, das war ihm völlig klar. Selbst sein sonst so starker und unerschütterlicher Bruder hatte anscheinend aufgegeben – das tat Ben besonders weh. Niemand, niemand durfte diesem so etwas antun, seinen Willen auf so gemeine Weise brechen! Aber was sollte er tun, wenn selbst der Erste Brenner nichts gegen ihn ausrichten konnte? Er musste Hilfe holen ... nur wen? Dieses Ungeheuer dort oben war so mächtig ... Nun gut, darüber konnte er sich später Gedanken machen. Alle waren gerade mit dem schrägen Vogel beschäftigt, der zusammen mit den beiden Lindenreitern eingetroffen war – das war eine wunderbare Gelegenheit zu entkommen! Kaum jedoch hatte Ben sich erst langsam, dann immer schneller von der Säule entfernt, geschah das Befürchtete: Die unsägliche Stimme schallte abermals über den Platz.

„Aber, aber, wer wird denn da aus der Reihe tanzen? Wir wollen doch schön hierbleiben! *Texinoma!* Und damit niemand mehr auf dumme Gedanken kommt: *Stamatök!*"

Kaum hatte eine kräftige Bö Ben zurück an seinen Platz geschleudert, stellte er fest, dass er seine Füße nicht mehr bewegen konnte. Wie angewachsen klebten sie in ihren Schuhen am Boden fest. Auch Zeg, der sich mitfühlend zu ihm hinwenden wollte, bemerkte dasselbe und schaute verblüfft an sich herunter. Dann sah er seinen etwa dreißig Kurzmaße entfernt hockenden Bruder mutlos an und schüttelte den Kopf. Hier war jeder Widerstand zwecklos.

Verzweifelt zerrten auch die anderen Brenner an ihren Füßen, die sich kein Haarbreit mehr bewegen ließen, bis sie es schließlich aufgaben. Sie waren allesamt gefangen.

„Sie Unmensch!", brüllte Lia mit ihrer hellen Stimme. „Ein Keysor sollte sich um das Wohl seiner Bürger Gedanken machen und sie nicht wie Schmutz behandeln!"

Sid war viel zu zufrieden mit sich selbst, um darauf einzugehen. Mochten diese Würmer sagen und denken, was sie wollten, dies war die Zeit, auf die er so lange hingearbeitet hatte. Wie viele Monde unwürdiger Freundlichkeit, viel zu sanfter Beeinflussung und langweiligen Redens waren nötig gewesen, um hierherzugelangen; wieviel Zeit hatte er mit dem Studium der Alten Schriften in den Katakomben der Hauptloge verbracht – aber nun endlich war es so weit. Gönnerhaft breitete er seine Arme in Richtung der Reiterschar am Boden aus und sagte salbungsvoll: „**Meine lieben Freunde, bitte begebt euch doch auf eure Positionen, damit wir nach diesem endlosen Geplänkel nun endlich mit dem Thing beginnen können!**"

Die Ersten Reiter hatten sich vom Schock der Ankunft Arts noch nicht wieder erholt. So verunsichert und eingeschüchtert hatte man die stolzen Anführer der Reiterklans Nians noch nicht gesehen. Wo sollte dies hinführen? Ein Despot als Keysor, mit der unbeschreiblichen Macht der Alten Sprache ausgestattet, der sich über jegliche Regeln hinwegsetzte und ein Sakrileg nach dem anderen beging ... Ein Platz des Friedens und des Dialoges war dies seit Menschengedenken gewesen, nun kam es ihnen vor, als würde gerade ihre gesamte Kultur zu Grabe getragen werden. Entmutigt sahen sie sich gegenseitig an und begaben sich dann, einer nach dem anderen, auf den Weg zu ihrem jeweiligen Baum. Drei Mittelmaße Abstand vom Stamm in Richtung der Felsensäule, dies war für jeden Ersten der traditionelle Platz zu Beginn eines Things.

Auch Girn machte sich notgedrungen auf den Weg. Mit zusammengepressten Lippen schlich er an den Wandlerinnen und Gleitern vorbei und warf ihnen einen kurzen Blick zu, der sagte: „Da ist nichts zu machen. Wir müssen gehorchen."

Solt konnte es nicht glauben. Dies waren die seit Dekazyklen geehrten Helden und Vorbilder Nians? Und nun schlichen sie wie geprügelte Hunde über das Moos auf ihre Bäume zu, weil ein einziger Wahnsinniger sie alle in ihrer Gewalt hatte? Konnte man denn gar nichts mehr tun? Ein Entschluss reifte in ihm heran: Fast alles war bereits versucht worden, nur das noch nicht. Er nahm all seine Kraft zusammen und sang in seinem Inneren: *„Formt eine Spitze!“*

Das Wasser in der Mulde hörte ihn, auch wenn es ein paar Mittelmaße von ihm entfernt war. Leiser Gesang wie aus Tausenden hellen Kehlen erreichte seine inneren Ohren: *„es fällt schwer, aber wir tun es gern, gleiter“*

Aus dem Augenwinkel heraus konnte Solt sehen, wie sich aus dem Wasser, das zuvor sein Gleitbrett gebildet hatte, eine Lanze aus Eis formte und über der Mulde schwebte. Langsam drehte sie sich in Richtung der Säule.

„Trefft ihn hart und schnell!“

„dies ist nicht richtig, gleiter, aber dein wunsch geschehe“

Der lange Speer beschleunigte mit unvorstellbarer Geschwindigkeit. Zischend raste er an den verdutzten Wandlerinnen vorbei. Lia riss die Augen auf. Diese Szene kam ihr bekannt vor ... Mara, der Kopfnussbaum ...

„Nein, Solt!“

Doch es war zu spät. Die Lanze nahm Kurs auf den Keysor, mit blitzender Spitze zielte sie genau auf seinen Körper.

Vollkommen ungerührt hob der Herrscher eine Hand und sagte: ***„Ska!“***

Fast lautlos zerplatzte der Langspeer aus Eis in tausend Splitter, die sich in feinen Nebel verwandelten, der sich daraufhin langsam verteilte. Alle, die mitbekommen hatten, was geschah, sahen mit offenem Mund zu. Lia und Solt dagegen schrien laut auf und hielten sich die Ohren zu.

Das Wasser der Lanze hatte tausendfach gekreischt. Wie von Hunderten Schiefertafeln, über die ein Stück Kreide geschoben wurde, so schrillte der grelle Missklang in ihrem Inneren. Ihr Bewusstsein konnte diesem Ansturm nichts entgegensetzen. Widerstandslos fielen die beiden zu Boden.

Erneut breitete sich eine unheilvolle, drückende Stille über dem Thingsplatz aus. Entsetzt und verstört sahen Wandlerinnen, Brenner und die noch in der Nähe befindlichen Reiter abwechselnd die ohnmächtigen Gleiter, dann wieder den Mann auf der Felsenspitze an. Allmählich begriff auch der Letzte von ihnen, dass es keinen Zweck hatte, ihm in irgendeiner Form etwas entgegenzusetzen. War das überhaupt noch ein Mensch ...?

„Bitte, meine Herren, so gehen Sie doch weiter, und – oh, Verzeihung – die Damen Lödrichreiter und Kopfnussreiter selbstverständlich ebenfalls!“, höhnte der Keysor nun kichernd. „**Auch der Erste Kastanienreiter möge sich an seinen Platz begeben. Oder soll ich doch wieder ein bisschen nachhelfen? Ah ja, ich nehme Ihr Schweigen als Zustimmung!**“ Nach kurzer Pause schloss er seine Rede ab. „**Nun, da Sie ja nach all den Zyklen endlich wieder vollzählig auf dem Thingsplatz erschienen sind, könnten wir ja eigentlich beginnen. Allerdings – wenn mich nicht alles täuscht, bekommen wir soeben noch weiteren Zulauf. So tretet doch näher heran, ehrenwerte Gäste!**“

Die letzten Geladenen

Mit einer ausladenden Geste deutete der Keysor auf den nördlichen Rand des Thingsplatzes. Alle Anwesenden wandten ihren Blick dorthin. Zunächst geschah nichts, dann jedoch teilte sich auf einmal das Unterholz an der Stelle, auf die alle blickten. In der Lücke erschien ein bärtiger Mann, der offensichtlich versuchte, das entstehende Loch zwischen Wurzelwerk, verfilzten Zweigen und flach wachsenden Kräutern zu vergrößern. Nach einer Weile trat er hindurch, gefolgt von zwei Frauen mittleren Alters. Weitere Menschen folgten: große, kleine, zierliche, kräftig gebaute ... Der Strom wollte nicht abreißen. Immer mehr Leute betraten den Thingsplatz und blieben nach ein paar Schritten stehen.

Der Erste des Klans der Bitternussreiter, welcher den Ankömmlingen am nächsten stand, traute seinen Augen kaum. In den letzten Mittelzeiten hatte er undenkbare Dinge gesehen, Dinge, die so gewaltig waren, dass sie für ein ganzes Leben ausreichten. Dies aber schlug dem Fass endgültig den Boden aus.

Kräutermenschen auf dem geweihten Grund!!

Sollte die Schande dieses Tages denn gar kein Ende finden? Und was waren dies für Leute? Sie kamen mit den Kräuterwühlern, sahen jedoch ganz anders aus; auf keinen Fall gehörten sie zu ihnen. Was aber waren sie dann? Und was zum Kobasch wollten diese Unwürdigen überhaupt alle hier? Hatte der Keysor etwa auch diese … diese Unaussprechlichen eingeladen? Auch die anderen Reiter starrten entgeistert auf die Ankömmlinge. Sie sahen sämtlich aus, als würde ihnen das Blut in den Adern erstarren. Welch unerhörter Frevel!

Der Erste Lindenreiter konnte es nicht länger ertragen. Kopflos stürmte er auf die Neuankömmlinge zu. Gerade wollte er losbrüllen, als auch schon die durchdringende, die allgegenwärtige Stimme ertönte: **„Geh an deinen Ort, Raul, und beruhige dich. Ebenso dürfen sich alle anderen entspannen. Auch diese Herrschaften sind sämtlich zu unserem Thing eingeladen.“** Nach einer kurzen Pause fügte er hinzu: **„Ihr seid doch alle so harmoniebedürftig und friedvoll, was wollt ihr denn eigentlich? Da biete ich euch die einmalige Gelegenheit eines gesamtnianianischen Friedens und ihr tut gerade so, als hätte ich vor, hier einen Streit vom Zaun zu brechen! Nein, nicht doch! Begrüßen wir also herzlich die Brukas des Landes in unserer Mitte, wie auch den Klan der Federer!“** Grinsend verschränkte der Herrscher die Arme vor der Brust. Alles hatte genauso funktioniert, wie er gehofft hatte. Die Trottel von Obskalusreitern waren ihm ebenso auf den Leim gegangen wie die Federlinge und Kräuterwühler. Das lief ja wie am Schnürchen! Nun würde es nicht mehr lange dauern.

Schließlich versiegte der Zustrom von Menschen auf den Thingsplatz. Noch standen sie allerdings zu weit entfernt von den Wandlerinnen und Brennern, als dass sich Details erkennen ließen. Dann aber traten eine ältere Frau und ein Junge vor und näherten sich gemäßigten Schrittes der Felsensäule. Es dauerte einige Mittelzeiten, bis sie an einem der Brenner vorbeigingen, der sie teilnahmslos und mit leerem Blick passieren ließ.

Ama und Kai blickten sich bedeutungsvoll an. Schon als sie noch ein halbes Langmaß vom Thingsplatz entfernt gewesen waren, hatten sie etwas Merkwürdiges gespürt. Zu hören war dort von der lauten Stimme, die hier auf dem Platz sprach, noch nichts gewesen – im Gegenteil, auf den letzten Mittelmaßen hatte eine gruslingshafte Stille geherrscht. Brukas und Federer hatten bereits vorher aufgegeben zu versuchen, Bäume oder Kräuter anzusprechen, sie hätten sowieso keine Antwort mehr erhalten. Dann aber waren selbst die allgegenwärtigen Baumwaldvögel verstummt. Etwas Unheimliches lastete auf der Gegend. Kurz darauf hatten sie die helle Lichtung erspäht und dann geradewegs darauf zugehalten. Als dann nach dem mühsamen Betreten des Thingsplatzes die alles übertönende Stimme zum ersten Mal erschollen war, hatte sich der Eindruck verstärkt: Hier herrschte eine Gewalt, die mit dem, was sie bisher während ihres Daseins kennengelernt hatten, nur sehr wenig zu tun hatte.

Der Erste Federer spürte, wie es ihm die Kehle zuschnürte.

„Ich spüre es auch, Kai“, sagte Ama leise. „Das dort oben ist kein Erster, womöglich ist es nicht einmal ein Mensch. Lass uns dennoch die Form wahren.“

Kai erschrak, als er zwei Bewusstlose zwischen einigen eingeschüchterten Frauen liegen sah, die sich über die beiden gebeugt hatten. Waren diese jungen Menschen etwa tot? Der Großen Mutter sei Dank, das Mädchen bewegte sich wieder ... Nein, hier musste etwas anderes geschehen sein.

Die Erste Bruka hatte inzwischen angehalten und schaute die Säule empor, bis sich ihr Blick und derjenige des wartenden Mannes auf dem Felsen trafen. Dann verneigte sie sich leicht und sprach: „Ich nehme an, Sie sind der neue Keysor des Landes Nian. Daher erwidere ich herzlich Ihre Begrüßung im Namen der Brukas.“ Kai folgte ihrem Beispiel und fügte hinzu: „Auch die Federer bedanken sich und entbieten dem Keysor ihre Grüße.“ Beide wunderten sich darüber, dass auch ihre Stimmen nunmehr verstärkt über den Platz hallten.

Eine Pause entstand, bevor die dröhnende Stimme des Herrschers wieder erklang. Theatralisch drehte er sich hin und her, um dann zu sagen: **„Habt ihr gehört? Endlich begegne ich wieder Leuten, die noch wissen, was sich geziemt! Zumindest ansatzweise.“** Das kurze Grinsen verschwand ebenso schnell wieder aus seinem Gesicht, wie es erschienen war, als er zu den beiden Neuankömmlingen herabsah und meinte: „**Die Ersten der Reiterklans sowie die Brenner, Wandler und Gleiter des Landes haben leider viele ihrer guten Manieren vergessen, weshalb ich mich über euren Besuch besonders freue. Nun solltet ihr wissen, dass zwischen Erstgenannten und Kräutermenschen immer noch gewisse … Berührungsängste bestehen. Ich würde gern dazu beitragen, diese auszumerzen.**“

Ama verzog keine Miene, als sie dem Sprecher ins Gesicht blickte. Dies also war Sid Lucius Albo, der meistgefürchtete Mann in ganz Nian. Und das ganz eindeutig nicht zu Unrecht: Grausamkeit und Verachtung lagen sowohl in seiner Stimme als auch in seinem Blick. Darüber konnte auch sein falscher, schleimiger Tonfall nicht hinwegtäuschen. Zweifellos war er für die Grabesstimmung verantwortlich, die nicht nur bei den Menschen auf diesem Platz, sondern auch bei den Pflanzen und Tieren in der näheren Umgebung herrschte. So, wie die Männer aussahen, die nahezu unbeweglich im Kreis um die Felsensäule herumstanden, hatte er sie in irgendeiner Form gequält. Auch die vier Frauen bei den beiden Ohnmächtigen wirkten dermaßen verängstigt, dass auf sie mit Sicherheit dasselbe zutraf. Unvermittelt schossen ihr die Worte der alten Prophezeiung durch den Kopf: „Gewaltig und voll Giftes ist sein Inneres, und er wird herniederfahren auf den einen Stein, den Felsen, ihn zu zermalmen und das Land mit der Pestilenz seines Giftes zu vernichten ..."

Dies also war die Zeit und dies der Moment. Kol Noramak hatte recht behalten. Darum also waren sie hier.

Bedächtig nickte Ama und gab sich alle Mühe, nach außen hin ruhig zu wirken. Inwendig jedoch griff eine eiskalte, harte Hand nach ihrem Herzen und drückte zu. Kai neben ihr erging es nicht anders, das konnte sie deutlich spüren.

„Um genauer zu werden: Werte Dame, bitte begeben Sie sich doch zu den Ihren und bitten sie darum, sich ebenfalls im Kreis herum um diesen Felsen aufzustellen. Suchen Sie sich einen der Bäume aus und stellen Sie sich jeweils zu zweit in gleichem Abstand zu ihren beiden Nachbarn darunter auf. Zum Zwecke der besseren Verständigung sollten Sie bitte näher am Baum stehen als dessen jeweiliger Erster Reiter."

Ama nickte erneut, drehte sich um und wollte gemeinsam mit dem Ersten Federer zu den Ihren zurückkehren, als plötzlich eine helle, verängstigte Mädchenstimme erscholl: „Nein! Tun Sie es nicht! Sie sind die Erste Bruka, nicht wahr? Geben Sie ihm nicht, was er will! Er ..."

Die Angesprochene hatte die Hand gehoben. Nun wandte sie sich Lia zu, die mit Panik im Blick flehentlich in ihre Richtung sah. Sanft begann sie zu lächeln. Alles Licht, das sie in sich fand, legte sie in dieses liebevolle, beruhigende Lächeln. Dann sagte sie mitfühlend: „Ich verstehe deine Angst und teile sie. Möge sie von dir genommen werden. Nun aber geschieht, was geschehen muss.“ Daraufhin schritt sie weiter auf die Gruppe Brukas und Federer am Rande des gigantischen Platzes zu.

Die Ersten der Reiterklans glaubten, sie hätten sich verhört. Was sollten diese Kräuterwühler tun, sich zwischen sie und ihren Baum stellen? Das sollte Verständigung bewirken? So ein ausgemachter Kuhmist – eine schlimmere Provokation konnte es gar nicht geben! Jetzt war es wirklich genug! Aufgebracht fuhr Raul herum und schrie: „Sid, was zum Dioblas soll das? Das sind Kräuterwühler, sie haben hier überhaupt nichts zu suchen!“

„Genau!“ rief eine laute Frauenstimme. Es war die von Rala vom Geblüt der Jentak, der Ersten Kopfnussreiterin. Lia war noch nicht einmal dazu gekommen, sie zu begrüßen.

„Schluss mit dem Mumpitz!“, brüllte nun der Erste vom Klan der Espenreiter. „Weg mit denen!“

Und nun schimpften, schrien und zeterten alle Reiterersten durcheinander. Jedes Wort war auf dem ganzen Platz zu vernehmen. Es war laut wie auf den Rängen eines Schlagkugelstadions.

„**Ich hätte euch wahrlich für klüger gehalten.**“ Wie üblich übertönte die schneidende Stimme des Keysors alle anderen mit Leichtigkeit.

Mit verschränkten Armen und kopfschüttelnd stand er da, den Mund verzogen und mitleidig in die Runde blickend. „**Aber gut, es soll wohl so sein. *Siopök!***“

Schlagartig verstummte das Fluchen und Brüllen. Eine unnatürliche Stille legte sich auf den Thingsplatz, nachdem das letzte Echo verklungen war. Lia, Solt, der ebenfalls wieder zu sich gekommen war, die Wandlerinnen und die Brenner starrten ungläubig die Gestalt auf dem Felsen an. Was für eine ungeheure Machtfülle besaß dieser Mann!

Kai zitterte inzwischen am ganzen Körper. Er konnte kaum noch einen Fuß vor den anderen setzen. Wo war er hier bloß hineingeraten? Dies war schlimmer als alles, was er sich jemals hätte ausmalen können. Es war die fleischgewordene Katastrophe in Form eines einzelnen Mannes! Er taumelte und drohte, über seine eigenen Füße zu fallen – dann jedoch legte sich sacht eine Hand auf die Schulter des Ersten Federers und Amas Stimme fand den Weg in sein Ohr: „Auch deine Furcht ist geteilt, möge sie von dir abfallen, Kai. Bei allem, was noch geschehen mag, vergiss bitte nicht: ‚Das Dunkle kann zwar das Licht nutzen, es kann aber niemals das Licht sein.‘ Diese weisen Worte hörte ich vor langer Zeit das erste Mal, sie werden sich auch dieses Mal bewahrheiten.“

Kais Tritte wurden nun mit jedem Schritt etwas fester. Stumm ging er neben der Ersten Bruka her, auf die Seinen zu. Tränen rannen ihm über das Gesicht und er schluchzte: „Wie gruselig soll das hier denn noch werden? Ich meine, sollen wir wirklich tun, was er sagt?“

„Ich habe dir doch von der Prophezeiung erzählt. Wenn es sich hierbei darum handelt, und daran zweifele ich nicht, dann haben wir ohnehin keine Wahl. Weiterer Widerstand führt nur zu Schmerz, ändert aber nichts am Ergebnis“, erwiderte Ama auf ihre unnachahmlich tröstende, sanfte Art.

„**Ich habe noch etwas vergessen**“, donnerte die Stimme des Alleinherrschers von neuem über den Platz. „**Der Erste Federer möge bitte sich und die anderen seiner Art ebenfalls im Kreis einzeln um diese Säule herum platzieren, und zwar zwischen den Ersten der Reiter und den Brennern. Er kann also dort stehen bleiben und die Seinen zu sich rufen.**“

Die Erste Bruka lächelte Kai noch einmal an und sagte: „Lass deine Furcht los, du wirst sehen.“ Dann ging sie schnurstracks weiter auf die Gruppe am Platzrand zu.

Kai stand nun allein zwischen dem Ersten des Klans der Spitzeichenreiter und dem ausdruckslos dreinblickenden Mann, den Ama und er erneut auf dem Rückweg passiert hatten. Dies also war jemand vom Klan der Brenner, von dem er schon einiges gehört hatte! Was mochte der Keysor mit ihm angestellt haben ... Hätte er ihn doch nur unter anderen Umständen kennengelernt ...

Aufstellung

Der Erste Federer überlegte. Was hatte der Keysor gesagt? Er sollte die Seinen zu sich rufen? Meinte er etwa: mit dem inneren Flüstern? Unschlüssig rieb Kai sich am Kinn, bevor er sich dagegen entschied. Womöglich kannte sich dieser Mann dort auf dem Felsen mit Federern nicht aus und es war besser, diese Fähigkeit nicht zu offenbaren. Außerdem schien es hier ja irgendeinen Mechanismus zu geben, der imstande war, Stimmen zu verstärken. „Federer, bitte kommt zu mir und stellt euch dann im Kreis um die Felssäule herum auf", rief er laut. Immer noch liefen Tränen über seine Wangen.

In der Ferne setzten sich die Angesprochenen in Bewegung. Ama kam ihnen entgegen. Herk, Lutz und die anderen Federer hatten damit gerechnet, große Bestürzung in ihren Zügen zu erkennen; stattdessen aber blickte ihnen die Erste Bruka zwar mitgenommen, aber auch zuversichtlich ins Gesicht. Was für eine starke und wunderbare Frau ... Lutz nickte ihr anerkennend zu und ging dann weiter in Richtung seines Ersten. Gemeinsam mit den anderen schritt er zwischen zwei Ersten Reitern hindurch. Als seine Gruppe Kai erreichte, sahen alle den tiefen Schmerz und die Trauer in seinem Gesicht.

„Es muss so geschehen", wiederholte der Erste Federer die Worte Amas. Am liebsten hätte er sich nie wieder umgedreht, nie wieder den Unhold auf dem Felsen angeblickt.

Die Federer teilten sich auf. Linn und Lerk nickten Kai kummervoll zu und gingen dann nach rechts, während Herk und Malu die andere Richtung wählten. Wila, Nale und Pal folgten ihnen. Saia passierte Kai zitternd an Lutz' Hand, während dessen zorniger Blick sich mit Kais traurigem traf. Was für ein Verbrechen, so junge Menschen dermaßen zu verängstigen und sie sich dann einzeln irgendwo aufstellen zu lassen! Die jüngste Federin gehörte an die Hand ihrer Mutter! Welcher Kampf mochte in Mona getobt haben, dass sie ihre Tochter mit den anderen Federern gehen lassen hatte ...

Auch die Brukas am Baumwaldrand hatten sich inzwischen in Bewegung gesetzt und verteilten sich über den Rand des Thingsplatzes. Da dessen Umfang jedoch mehrere Langmaße betrug, dauerte dies allerdings eine längere Zeit. Das Sonnenlicht drang noch schwächer als bisher durch das Blätterdach der Kuppel, es musste also bereits Nachmittag sein. Kein Lufthauch ging durch die dichte Belaubung der Bäume, nach wie vor sang kein Vogel. Der Platz war in eisiges Schweigen gehüllt. „Genau, wie der Weißdorn sagte", schoss es Dila durch den Kopf, die sich gemeinsam mit den anderen Wandlerinnen und den beiden verstörten Gleitern wieder erhoben hatte. Mittelzeit um Mittelzeit verging, aufgrund der herrschenden Stille schien jede einzelne eine Ewigkeit zu dauern. Dann aber erklang mit einem Mal wieder die Stimme des Landesherrn: „**Nun zu euch, Wandler. Ich glaube, ihr ahnt schon, wo euer Platz bei diesem Thing ist, nicht wahr?**"

Wie in Trance setzten sich die vier Wandlerinnen in Bewegung und verteilten sich innerhalb des Rings der Brenner gleichmäßig um die Felssäule herum.

„**Fantastisch**", lobte nun der Keysor. „**Wenn die Damen und Herren Brukas sich nun bitte ein wenig beeilen würden? Ich glaube, so spät wie diesmal hat noch nie ein Thing begonnen!**"

Sus, die neben Ama herging, schüttelte den Kopf. Unfassbar, was hier geschah. Obwohl – wenn sie ehrlich war, dann hatte sie es kommen sehen. Das Dunkle hatte sich erhoben und war nun am Zug. Die Anzeichen dafür waren unübersehbar gewesen, nur hatte sie es nicht wahrhaben wollen. „Hast du dir die Erfüllung von Kol Noramaks Weissagung so vorgestellt?", fragte sie ihre Erste.

„Ich habe mir gar nichts vorgestellt", entgegnete Ama. „Derlei Dinge kann man nur auf sich zukommen lassen, sonst macht einen der Gedanke daran kirre und es wird nur die innere Furcht gestärkt." Sie blickte ihrer Freundin und Begleiterin über viele Zyklen liebevoll in die Augen und fügte hinzu: „Licht ist, was leuchtet; Dunkelheit ist, was beleuchtet werden darf. Wir alle werden es in Kürze erleben."

Kurz bevor die letzten Brukas die andere Seite des Thingsplatzes erreichten, um unter der dort befindlichen Marone Position zu beziehen, dröhnte wiederum die Stimme des Keysors in den letzten Winkel des Thingsplatzes: „**Nicht möglich! Wie konnte ich dies nur übersehen?**“ Mit gespielter Zerknirschung sprach der Herrscher kopfschüttelnd weiter, während er die Hände über dem Kopf zusammenschlug: „**Da vergeht wertvolle Zeit und ich vergeude sie mit Warten, tss, tss ... Wir können immer noch nicht beginnen!**“ Als er sich der Aufmerksamkeit aller Anwesenden sicher war, wandte er sich an die neben Solt stehende Lia: „**Verehrte Erste Gleiterin, ich fürchte, ich habe noch eine besondere Aufgabe für dich.**“

Lia blinzelte verwirrt. Sie hatte damit gerechnet, dazu aufgefordert zu werden, sich gegenüber von Solt nah bei der Säule aufzustellen. Was hatte dies nun wieder zu bedeuten?

„**Bitte singe doch mit deinem Element und lasse dein Gleitbrett entstehen. Es sollte auch nach der törichten Handlung deines Klanmitglieds noch genug Wasser dafür in der Mulde vorhanden sein. Du könntest dann für uns alle eine Reise ins Gebirgsland machen. Da ich weiß, wie schnell du dich fortbewegen kannst, rate ich dir gut, dich zu beeilen.**“ Mit einem Seitenblick auf Solt fuhr er fort: „**Ich kann mir auch nicht vorstellen, dass du absichtlich trödeln würdest.**“

Die Gleiterin hatte verstanden. Natürlich war dies weder eine freundliche Bitte, noch hatte sie eine

Wahl. Mit gerunzelter Stirn fragte sie: „Wohin ins Gebirgsland wird mich meine Reise denn führen?“

Das boshafte Grinsen kehrte in das Gesicht des Keysors zurück. „**Nun, weißt du das wirklich nicht?**“ Verschwörerisch legte er eine Hand neben den Mund, beugte sich ein Stück zu ihr herunter und raunte: „**Ich lasse dich noch ein bisschen überlegen, bestimmt kommst du darauf!**“

Unversehens fiel es Lia wie Blätter von den Augen. Ihr ohnehin schon blasses Gesicht verlor jede Farbe, kalkweiß wich sie einen Schritt zurück.

Er wusste es.

Alle hatte er sie hier versammelt: Wandler, Federer, Brenner, die Ersten der Laubreiter, Gleiter und Brukas. Das hieß, fast alle. Nach dem Tode ihrer geliebten Mutter und ihrer ebenso geliebten Ömi bei dem entsetzlichen Bergrutsch im vorletzten Zyklus kannte sie nur noch eine Bruka im Lande, die sich derzeit nicht auf dem Thingsplatz befand.

Das Grinsen des Keysors wurde breiter als jemals zuvor. Die pure Lust an der Qual seines Gegenübers drang ihm aus jeder Pore. „**Nun geh schon und hole deine Schwester**“, stieß er triumphierend hervor.

Schmerz

Geschockt, verzweifelt und mit den Tränen kämpfend war Lia auf ihr Gleitbrett gestiegen, hatte dann wie der Blitz das Blätterdach durchstoßen und war mit Höchstgeschwindigkeit in Richtung Südosten davongebraust. Die Flammen des Lichts, die sie hinter sich herzog, erschienen ihr diesmal wie die Vorboten eines schlimmen Endes. Selbst der leise, tröstende Gesang des Wassers konnte den Gram in ihrem Herzen nicht stillen, es schlug unregelmäßig in ihrer Brust und schien manchmal kurz auszusetzen.

Der Verlust von Mutter und Ömi hatte den verbleibenden Familienmitgliedern einen gewaltigen Tiefschlag versetzt und war durch nichts auszugleichen. Zwar gab Öpa Jörn seit dem Unglück sein Bestes, die meisten Hausarbeiten zu erledigen, bei der Bewältigung der Gefühle hatte dies jedoch nicht geholfen. Verzweiflung und Trauer waren viele Monde lang ständige Begleiter ihrer Familie gewesen. Nächtelang hatten sich Kara und sie aneinandergeschmiegt und vor Herzeleid geweint, bis die Decke nass gewesen war. Absolut alles hatte sich in dieser Zeit leer und sinnlos angefühlt. Als der Schmerz dann allmählich erträglicher geworden war, hatte die Einsetzung des Keysors stattgefunden und dieser hatte daraufhin das Zerstörungswerk an der Mederebene vollzogen. Dadurch hatte sie eine Aufgabe als

Gleiterin bekommen, die ablenkend genug gewesen war, den Kummer eine Zeit lang zu vergessen.

Und nun? Nicht nur, dass sie die alte Pein wieder spüren musste – was tat sie da bloß gerade? Die Einzige, die ihr von ihrer Familie noch geblieben war, wenn man von Vater, Öpi und ihren beiden Brüdern absah – und sie sollte sie holen und geradewegs in die Höhle des Löwen bringen! Alles in ihr wehrte sich dagegen, die Alternative jedoch wagte sie sich ebenfalls nicht vorzustellen. Nach alledem, was der Keysor mit den anderen auf dem Thingsplatz angestellt hatte, konnte diese eigentlich nur noch schlimmer sein. Wer weiß, vielleicht würde er sie ja alle in Ruhe lassen, nachdem er sein Werk – was immer dies auch sein mochte – vollendet hatte ...

Es dauerte nicht lange, dann kam das Man-Tok-Massiv in Sicht, an dessen Fuß ihre Heimat lag. In rasendem Glitt näherte sie sich dem gewaltigen Berg, um dann langsamer zu werden und Kurs auf das wohlbekannte Haus zu nehmen. An diesem Friedstagsnachmittag waren sicher alle anderen Familienmitglieder zu Hause, sofern Kara nicht zum Kräutersammeln unterwegs war. Vater, Jock und Rick waren vor ein paar Monden dahingehend übereingekommen, dass es sich dabei nicht um verpönte Friedstagsarbeit handelte. Langsam sank das Gleitbrett herab und Lia stieg vor dem Haus herunter. Sie hatte es vor einiger Zeit aufgegeben zu versuchen, nicht beim Gleiten gesehen zu werden; inzwischen wusste ohnehin jeder Zweite im Areal Tokbergen, was sie war. Mit traurigem Gesang gestattete sie dem Brett, sich in den nahen Bach zu stürzen, und betrat leise das große Wohnhaus im typischen Stil des Gebirgslands. Es war still hier, wie so oft in den letzten Monden. Lia spürte einen dicken Kloß im Hals. Wie sollte sie nur beginnen, dies zu erklären ... Kaum hatte sie jedoch den Flur betreten, hörte sie schnelle Schritte auf den Stufen der alten Holztreppe, und schon kam Kara angesprungen, direkt in ihre Arme.

Lia versank in den schwarzen Haaren ihrer kleinen Schwester und begann sofort zu schluchzen. Kara erging es nicht besser. Mittelzeiten lang standen sie dort am Treppenaufgang und hielten sich fest, bis Lia es schließlich schaffte, Worte zu formen.

„Kara, es ist ... ich wollte ... wie soll ich bloß ..."

„Psssst", wisperte es in ihr Ohr. „Ich weiß ... ich weiß alles ... komm, lass uns hochgehen."

Stumm und immer noch in Tränen aufgelöst ließ Lia sich an der Hand nehmen und folgte ihrer Schwester in ihr gemeinsames Zimmer. Die Sonne stand immer noch hoch genug am Himmel, um die Wände und das alte Gebälk mit ihrem Licht zu fluten, dennoch erschien ihr der Raum so dunkel und kalt wie im tiefsten Winter. Zitternd verkroch sie sich unter ihre Bettdecke. Kara legte sich sofort zu ihr und wärmte sie. Erst nachdem Lia sich etwas beruhigt hatte, war sie imstande, ihrer Schwester zuzuhören.

„Ich habe euch gesehen, auf dem Thingsplatz. Ich konnte durch deine Augen sehen“, sagte das dunkelhaarige Mädchen leise. „Euren Zorn, eure Angst, ich habe sie geteilt. Den Keysor habe ich auch gesehen. Er hat entsetzliche Dinge getan.“

„Er ist abgrundtief böse“, entfuhr es Lia.

„Nein“, sagte Kara überraschend. „Nicht böser als andere auch. Er begeht allerdings einen gewaltigen Fehler: Er gibt dem Bösen in sich Raum, lässt es geschehen, lässt es wüten. Daher tritt er als Unmensch auf; er glaubt, das Monster in ihm sei er selbst. Jeder muss aufpassen, dass ihm das nicht auch passiert.“

Wie vom Blitz getroffen setzte Lia sich auf und starrte ihre Schwester mit einer Mischung aus Verwirrung und Verblüffung an. „Du … du *verstehst* ihn? Wie kannst du nur! Hast du denn nicht auch gesehen, was er nun von mir verlangt?“ Wieder schluchzte sie auf und vergrub ihr Gesicht in ihrem Kissen.

„Doch“, sagte Kara und auch ihr kullerte von neuem eine Träne über die Wange. Dann brachte sie ihren Mund ganz nah an das Ohr ihrer großen Schwester und flüsterte: „Es fällt dir bestimmt ebenso schwer wie mir, das anzunehmen, aber es ist wichtig, dass ich mit dir dorthin komme!“

Entrüstet fuhr Lia hoch und brüllte: „Nein!! Dieser Wahnsinnige wird dir wehtun, dich mir vielleicht sogar wegnehmen! Reicht es denn nicht, dass wir schon Mama und Ömi verloren haben? Was muss denn noch alles passieren?“ Sie presste ihr Gesicht in die Bettdecke und fügte schluchzend hinzu: „Wie viel sollen wir denn noch ertragen??“

Fest drückte Kara sie an sich. Es dauerte eine Weile, bis Lias Ohr wieder unter der Decke hervorkam und ihre leisen Worte vernehmen konnte: „Du hast recht, er ist wahnsinnig und wir haben mehr gelitten als viele andere. Ich kann dir auch nicht wirklich erklären, woher ich das weiß, aber eins kann ich dir sagen: Es ist sehr wichtig, dass du mich zum Thingsplatz bringst.“

Blinzelnd sah Lia sie mit verquollenem Gesicht an. Immer noch weinend sagte sie stoßweise: „Du meinst ... das muss alles ... so passieren? ‚Es ... geschieht so‘?“

Langsam nickend erwiderte Kara: „Das sind genau die richtigen Worte.“ Nach kurzer Pause drückte sie Lia erneut an sich und flüsterte: „Lass es geschehen, am besten jetzt. Vater, Öpi, Jock und Rick sind vorhin frische Luft schnappen gegangen. Wenn sie zurückkommen und wir sind noch da, werden wir Fragen beantworten müssen und Zeit verlieren."

Karas Entschlossenheit steckte Lia an. Sie richtete sich schniefend auf und meinte: „Gut, wenn du dir so sicher bist ... wir müssen uns jetzt eh beeilen, wenn der Keysor nicht noch mehr durchrädern soll. Aber sollten wir ihnen nicht wenigstens eine Nachricht hinterlassen?"

Schwach lächelnd zog die Angesprochene einen beschriebenen Zettel aus ihrer Tasche. „Schon geschehen. Ich wusste doch, dass du kommst."

Der letzte Klan

Viel war auf dem Thingsplatz nicht mehr passiert. Die meisten Anwesenden hatten sich in ihr Schicksal gefügt und diejenigen, die noch Wut auf den Mann auf dem Felsen in sich trugen, hatten eingesehen, dass es wenig Erfolg versprach, sie offen zu zeigen. Der Keysor hatte mittlerweile die Füße der Brenner vom Boden gelöst, jedoch deutlich bekundet, dass er nicht wünsche, dass jemand sich aus dem kreisförmigen Bereich seines Klans um die Felssäule herum entferne. Erst dann hatte er allen das Sprechen wieder gestattet. Daraufhin hatten einige der Reiterersten darum gebeten, das Thing zu eröffnen, damit sie gemäß der alten Sitte mit ihren Bäumen sprechen könnten. Desinteressiert, fast schon gelangweilt hatte der Herrscher ihr Ersuchen zur Kenntnis genommen. „**Wenn es euch so wichtig ist, dann eröffne ich hiermit das Thing.**“ Mehr sagte er nicht dazu.

Raul ärgerte sich ein weiteres Mal. Er war der offizielle Leiter dieser Veranstaltung und hatte als Einziger das Recht, diese Worte zu sprechen. Aber auch er musste seinen Ärger herunterschlucken. Kopfschüttelnd starrte er die Gestalt oben auf der Säule an. Wie viele Zyklen hatte er als Rengat diesem Mann vertraut, der die alten Sitten und Gebräuche vertreten und verteidigt hatte und ein würdiger

Erster seines Klans gewesen war. Nun schien ihn nichts davon mehr zu interessieren. Wie sehr hatte er sich täuschen lassen!

„Ehrenwerte Linde“, begann er. „Wie du weißt, wollten wir heute eigentlich über die Ausdehnung des Wuchsgebietes der Weiden am Rhevon beraten. Auch wollte ich fragen, ob du etwas über Gleiter und Wandler weißt. Aber all dies ist ja nun scheinbar überholt. Könntest du mir vielleicht sagen, was hier gerade vor sich geht und warum?“

Der Erste Lindenreiter war es gewohnt, dass sein Baum sich Zeit zum Antworten nahm. Als dieser jedoch eine Mittelzeit später immer noch nichts gesagt hatte, fragte er verwundert nach: „Überlegst du noch?“

Keine Antwort. Die Linde hüllte sich in tiefes Schweigen. Und sie war damit nicht allein – kein Baum auf dem Platz ließ seine Stimme erklingen. Die Reiterersten mühten sich redlich, ein Gespräch zu beginnen und stellten ihren Bäumen viele Fragen, allein der Erfolg stellte sich nicht ein. Nicht ein Wort war den Großpflanzen zu entlocken. Dies war in höchstem Maße ungewöhnlich. Lag es daran, dass die Brukas zwischen ihnen und den Stämmen standen, oder hatte der Keysor etwa sogar die Macht, den Bäumen das Reden zu untersagen? Dies allerdings erschien Raul unwahrscheinlich. Nach dem, was er bisher hier auf dem Platz erlebt hatte, hätte Sid wahrscheinlich hämisch gegrinst und sich diebisch über die Versuche der Ersten Reiter amüsiert, wäre er für das Schweigen der Bäume verantwortlich gewesen. Stattdessen aber hatte er sich gleichgültig auf die Plattform an der Spitze der Felssäule gehockt und sah nach oben. Er schien sich einzig dafür zu interessieren, wann die Gleiterin wieder zurückkam. Was hatte es mit dieser Angelegenheit nur auf sich, warum war es so eminent wichtig, auch deren Schwester hierher zu schaffen? Bei allem, was passiert war, war es ja fast schon egal, dass der Keysor mit dem Entsenden des Mädchens durch das Blattwerk hindurch erneut die Lage des Thingsplatzes preiszugeben drohte.

Über hundert Menschen standen, hockten oder saßen nachdenklich auf der gewaltigen Lichtung und verdauten das bisher Geschehene. Manche spazierten ein paar Schritte hin und her oder führten Gespräche. Sonst aber geschah gar nichts, und das, wo es bis zum Abflug des Mädchens Schlag auf Schlag gegangen war. Ben hatte sich zu seinem Bruder begeben, nachdem er bemerkt hatte, sich wieder bewegen zu können. Zeg hatte den Arm um ihn gelegt und unterhielt sich ein wenig mit ihm. Auch die Brukas hatten sich zu zweit oder zu dritt zusammengestellt und redeten miteinander. Leja war zu Jele gelaufen und hatte sich in den Arm nehmen lassen. Der Keysor hatte ja offensichtlich nichts mehr dagegen.

Kai hatte sich ebenfalls ein wenig entspannt und auf den Boden gesetzt. Ganz offensichtlich mussten alle auf die Rückkehr der Gleiterin waren, vorher würde nichts mehr passieren. Die Nachmittagssonne sank langsam tiefer, die Schatten der Felssäule und der Menschen wurden länger, obwohl sie unter dem Blätterdach nur schwach zu erkennen waren. Immer noch sang kein Vogel, kein Baumwaldtier war zu sehen und es war vollkommen windstill. Geistesabwesend hing der Erste Federer seinen Gedanken nach, als er mit einem Mal ein leises Wispern in sich vernahm: *„Warum geht es hier denn jetzt nicht weiter?"*

Kai lächelte. Es tat gut, Saias helles Flüstern in sich zu hören. Allerdings erinnerte er sich auch daran, weshalb er bisher darauf verzichtet hatte, auf diese Weise mit den anderen zu sprechen. Na, nun würde man ja sehen, wie der Keysor darauf reagierte. Aus dem Augenwinkel heraus schielte er zur Spitze der Säule, als er antwortete: *„Ich vermute, er kann mit seinem Plan nicht fortfahren, solange die Gleiterin nicht wieder da ist."*

„Oh Kai, wie schön, dass du antwortest! Ich habe solche Angst! Ich traue mich aber nicht einmal zu zittern – das ist alles so schrecklich, was hier geschieht!" Verständnisvoll und mitfühlend hörte Kai dem Wispern des Mädchens zu.

Weiteres Flüstern ertönte. Es war Lutz, dem Saia ebenfalls leidtat. *„Du Liebe, ich würde dich jetzt gern trösten. Es ist grausam, dich in so einer Situation von deiner Mutter zu trennen."*

Saia war zu weit von Kai entfernt, als dass er sie sehen konnte. Jedoch konnte er förmlich spüren, wie sie in Tränen ausbrach. Sanft flüsterte er durch seine Brust: *„Wir sind alle bei dir, Saia. Spüre uns in dir, wir sind eins. Wir alle teilen deinen Schmerz, nimm unseren Trost.“*

Nun fingen auch die anderen Federer an zu flüstern. Kai hatte nicht aufgehört, den Keysor zu beobachten. Immer noch hockte er dort oben und starrte an das Kuppeldach. Konnte es sein, dass er sie tatsächlich nicht hören konnte ...?

„Hey, Keysor! Du hast eine lange Nase!“, stieß er innerlich hervor.

Betretenes und überraschtes Schweigen von Seiten der anderen Federer folgte, bis sich Linn vernehmen ließ: *„Bist du durchgerädert? Warum willst du ihn provozieren?“*

„Will ich gar nicht. Ich habe nur getestet, ob er uns auf diese Weise verstehen kann!“, erwiderte Kai. Als der Landesherr immer noch nicht reagierte, setzte er fort: *„Du da oben! Für was hältst du dich eigentlich, hm?“* Nichts geschah. Entweder hatte dieser Mann eine gewaltige Selbstbeherrschung, was Kai angesichts der bisherigen Geschehnisse nicht vermutete, oder er konnte tatsächlich nichts von dem wahrnehmen, was innerlich geflüstert wurde.

„Du gemeiner Kerl! Schäm dich und verschwinde hier, lass uns endlich in Ruhe!“ Saia hatte es fast in

den Äther hineingekreischt. *„Hau ab, du dioblasischer Quälgeist!"*

Einige Federer fingen nun an zu lachen oder zu kichern, hielten sich aber die Hand vor den Mund. Dann setzte allgemeines geflüstertes Schimpfen und Fluchen ein. Zwar wussten alle, dass sich dadurch an der Situation nichts ändern würde, aber auf diese Weise konnte man wenigstens endlich einmal Dampf ablassen! Sogar der sonst so besonnene Herk fiel mit ein und auch Lerk, der Philosoph, wisperte dem Mann auf der Säule westländische Silben zu: *„Ja, verzidi, du ugeho u grausa Bu!"* Ganz nach Sitte seiner Provinz gestikulierte er dabei wild mit den Armen.

Der Keysor wandte seinen Kopf dem knapp zwei Mittelmaße entfernten Westländer zu. „**Hat dich eine Wespe gestochen oder was zappelst du da herum? Ganz ruhig bleiben!**", schallte es über den Platz. Dann sah er wieder nach oben.

Die Federer hielten inne. Augenscheinlich hatte der Keysor tatsächlich den gesamten Thingsplatz jederzeit im Blick, wie auch immer er dies machte. Aber wenigstens hatten sie nun eine Möglichkeit gefunden, miteinander zu sprechen, ohne dass er es mitbekam!

„Linn, kannst du irgendetwas von ihm empfangen, vielleicht was er denkt oder vorhat?", fragte Kai in die Stille hinein.

„Rein gar nichts", kam die geflüsterte Antwort. *„Ich frage mich die ganze Zeit dasselbe. Was will er bloß*

damit erreichen, uns alle hierherzuholen, zu demütigen und dann warten zu lassen?"

Abrupt wurde das Gespräch durch ein leises Rauschen unterbrochen. Das Blätterdach teilte sich und herab schwebte ein Brett aus Eis, auf dem sich außer der Gleiterin noch ein weiteres Mädchen mit dunklen Haaren befand.

Der Keysor sprang auf die Beine. „**Wie gut, dass du unsere Geduld nicht noch länger strapaziert hast! Ich war schon versucht, mich ein wenig näher mit deinem Klanmitglied zu beschäftigen!**", fauchte es über den Platz. „**Nun wollen wir sehen, ob alles seine Richtigkeit hat! Bringe deine Schwester dorthin unter den Wildgratsch!**" Mit dem Arm wies der Herrscher in die entsprechende Richtung.

Es dauerte eine Weile, bis die meisten der Anwesenden begriffen hatten, was dies bedeutete. Staunend sahen sie dem Gleitbrett hinterher, das Kurs auf den im Gebirgsland häufigen Baum genommen hatte. Die Schwester der Ersten Gleiterin sollte eine *Bruka* sein? Das war ja bemerkenswert!

Das Brett landete. Fest umarmten sich die beiden Schwestern. „Und du bist ganz sicher, dass das richtig ist?", wisperte Lia Kara bekümmert ins Ohr.

„Mach dir keine Sorgen – über diesem Ort liegt Dunkelheit, ja, aber das wird nicht so bleiben", flüsterte die Angesprochene zurück. Sie strich ihrer

Schwester noch einmal liebevoll über die Wange und wandte sich dann herum. Kaum war sie abgestiegen und stand nun als Teil des großen Kreises der Kräutermenschen unter dem Wildgratsch, geschah etwas Seltsames.

Ein helles violettes Licht erstrahlte rings um den Thingsplatz herum und erfasste schlagartig die an seinem Rand Stehenden. Seine Helligkeit steigerte sich allmählich zu einem grellweißen Schein, der als gewaltiger leuchtender Ring die gesamte Lichtung einschloss. Dann wurde ein abgrundtiefes Brummen hörbar, ein tiefer Ton, der langsam an- und abschwoll. In den Herzen aller Brukas fing das Licht ebenfalls zu pulsieren an. Als ob ein riesenhaftes Gefäß zum Schwingen gebracht worden war, durchströmten Klang und Leuchten kraftvoll das Innere jedes einzelnen Kräutermenschen. Dann erschollen zwei machtvolle Worte:

„Selinqua Baruka“

Das Gleißen schwächte sich allmählich ab. Allen anderen kam es so vor, dass der Glanz komplett verlosch; die Brukas jedoch hatten den Eindruck, dass jeder von ihnen zu einer kleinen violetten Flamme wurde, die auch nach dem Verglühen des Lichts weiterbrannte.

Beeindruckt starrten alle auf die Kräutermenschen am Rand des Platzes. Jeder andere erinnerte sich sofort daran, dass ihm vor einiger Zeit etwas sehr Ähnliches widerfahren war. Das war eindeutig eine

Klangründung gewesen! Nun also gab es den Klan der Brukas auch offiziell wieder!

Auch Ama und Sus, die beieinanderstanden, sahen sich ergriffen an. „War dies das, was ich denke ...?“, brachte die jüngere Bruka überwältigt hervor.

Ama brauchte eine Weile für die Antwort. Bewegt sagte sie: „Ich glaube schon. Zwar habe ich nicht begriffen, was gesagt wurde, aber es war dieselbe Stimme wie damals an der Küste, als die große Welle kam. Wir sind nun offenbar alle hier versammelt.“

Sus verstand. Das also war der Grund dafür, weshalb die Gleiterin ihre Schwester hatte holen müssen. Nun erst war ihr Klan vollständig auf dem Thingsplatz anwesend. Und offensichtlich nicht nur ihrer ... Ein merkwürdiges Gefühl kroch ihre Wirbelsäule empor und bemächtigte sich erst ihres Bauches, dann des Herzens. Von Schrecken gepackt, riss sie die Augen auf und rief: „Ama! Er hat alle Begabten hier zusammengebracht!! Was hat er vor??“

Fest war die Stimme der Ersten Bruka, obwohl sie nur leise sprach: „Als er die Ersten Reiter vorhin zum Schweigen brachte, hat er dafür ein Wort der Alten Sprache benutzt. Auch was soeben gesagt wurde, waren Worte in der Alten Sprache. Erinnerst du dich an die Legende vom Turnok, dem fast allmächtigen Hohepriester? Mit erscheint es so, dass es sein Ziel ist, diese Gewalt zu erlangen.“ Sie machte eine Pause, betrachtete das namenlose Entsetzen in den Augen ihrer Freundin und ergänzte: „Was immer nun geschieht, das Ende ist nahe. Denk aber an Kol Noramak: Unser ist das Licht, keine Finsternis vermag es zu verschlingen!“

Triumphierend grinsend und mit ausgebreiteten Armen verkündete nun der Keysor in die allgemeine Erregung hinein: „**Sieh an, sieh an! Wie wunderbar! Ist es nicht schön? Nun endlich sind alle eingetroffen und wir können mit dem offiziellen Teil beginnen! Bitte begebt euch doch alle wieder auf eure Positionen. Die beiden Gleiter mögen bitte nah an diesen Felsen herankommen. Ein bisschen Beeilung wäre angebracht.**“

Das Ende

Alle Anwesenden spürten die ungeheure Anspannung, die sich über den Thingsplatz gelegt hatte. Etwas Gewaltiges, Monumentales lag in der Luft, alle konnten es spüren. Lia schwebte mit ihrem Gleitbrett in Richtung der Säule und dann an Solt vorbei, der bereits bedrückt in die Nähe des Felsens geschlichen war. Furcht irrlichterte in seinen Augen, als sich ihre Blicke trafen.

Auch die Erste Gleiterin wusste, dass etwas Ungeheuerliches bevorstand. Das Gespräch mit ihrer Schwester hatte ihr jedoch Vertrauen zurückgegeben. Kara war diejenige, die Dinge sah, die niemand anders wahrnehmen konnte. Wenn sie überhaupt einmal gefehlt hatte, dann, weil das Gesehene nicht klar zu interpretieren gewesen war. So erwiderte Lia zuversichtlich den Blick ihres Klanmitglieds, landete anschließend auf der gegenüberliegenden Seite des Felsens und sandte danach das Gleitbrett zurück zu der Mulde, über der es schmelzen konnte.

Nach und nach begaben sich auch die anderen wieder dorthin, wo sie nach dem Willen des Keysors stehen sollten. Gedankenverloren trottete Ben von seinem Bruder fort. Er verstand überhaupt nichts mehr. Die kleine Leja wankte niedergeschlagen auf ihre Position zurück. Auch Saia, die sich ein wenig von Lutz trösten lassen hatte, taumelte ebenso verzagt wieder auf ihren Platz. Die Reitterersten hatten sich die ganze Zeit über nicht von der Stelle gerührt. Sie waren ebenfalls von den Ereignissen der letzten Langzeiten in einer Weise überrollt worden, die sie an ihrem Verstand zweifeln ließ. Girn hatte es schon lange aufgegeben, zu begreifen, was hier geschah. In seinem Kopf kreisten die Gedanken um einen einzigen dunklen Punkt in der Geschichte des Landes Nian. Es sollte, durfte, konnte einfach nicht sein, dass dieser Mensch ...

„Gut. Ganz hervorragend! Jetzt müssen wir nur noch dafür sorgen, dass ihr auch bleibt, wo ihr seid! Ihr wisst ja schon, wie das geht, nicht wahr? *Stamatök!*“

Nun konnten also auch die anderen Begabten am eigenen Leibe erfahren, wie es war, wie angewachsen auf der Stelle stehen zu müssen. Ein paar Kurzzeiten lang wusste niemand etwas zu sagen. Dann aber hörte man erst leise, dann immer lauter ein krächzendes Kichern, welches sich schließlich in brüllendes Lachen verwandelte. Alle sahen in die Richtung, aus der es kam.

„Ha, ha, ha!! Und ihr nennt mich irre?“, rief Art, der Erste der Kastanienreiter. „Wie grotesk! Schaut euch *ihn* an! Dort oben, da steht der Wahnsinnige! Ich habe es immer gesagt! Dioblas! Baumschänder! Menschenquäler!! Zum Turnok will er sich erheben, dabei kann er schon jetzt nicht ertragen, was er ist! Ha, ha, ha!“

Unbeeindruckt hob der Keysor wieder zu reden an: „**Es gibt immer noch Leute auf diesem Platz, die begriffsstutzig genug sind, nicht nach den Regeln zu spielen. Nun gut. Von jetzt an möge bitte klar sein: Wer reden möchte, der hebe die Hand! Und damit sich das auch jeder merkt: *Siopök!***“

Augenblicklich wirkte der Bann von neuem. Totenstille senkte sich über den Thingsplatz. Kein Lachen, kein Reden, nicht einmal ein Zwitschern oder auch nur ein Windstoß in den Blättern – nichts war mehr zu vernehmen. Abermals hielt die Welt den Atem an.

Kai rutschte das Herz in die Hose. Er hatte alle Hoffnung fahren lassen. Was immer der Keysor vorhatte – nun würde es geschehen. Atemlos starrte er auf die Felssäule, als er plötzlich leises Wispern in sich vernahm: *„S... Seid ihr noch da?“*

Der Großen Mutter sei Dank, der Fluch wirkte nicht auf das Flüstern! *„Malu! Was für ein Glück! Wenigstens wir können noch miteinander sprechen!“*, erwiderte der Erste Federer mit einem Anflug von Erleichterung.

„Puh, das kann man wohl sagen“, ließ sich Lutz vernehmen. *„Mal schauen, was uns das in dieser Situation nützen wird!“*

„**Kommen wir nun also zum einzigen relevanten Programmpunkt dieses Things!**“, rief der Keysor gebieterisch. In seinen Augen blitzten

Triumph und Siegesgewissheit. Mit euphorischem Lächeln zog er eine herausgerissene Buchseite aus seiner Robe, hielt sie vor sich ins Sonnenlicht, das durch das Blattwerk der Kuppel hindurchschimmerte, und begann laut zu lesen: ***„Selinqua Baruka!“***

Überrascht starrten alle Anwesenden den Mann auf dem Felsen an. Diese Worte – hatten sie sie nicht gerade eben schon einmal gehört?

Am Rande des Platzes entstand ein violettes Glühen. Die dort stehenden Brukas wurden in Gänze davon erfasst und blickten sich verdutzt an. Denn noch etwas geschah: Plötzlich sausten Worte durch ihren Kopf, die von vielen verschiedenen Stimmen gesprochen wurden – von verwunderten, entgeisterten und verängstigten Stimmen. Erst nach ein paar Kurzzeiten wurde ihnen klar, dass es die Gedanken der anderen Kräutermenschen waren, die jeder von ihnen wahrnehmen konnte. „Was ist das?“ – „Wer ist da?“ – „Seid ihr das?“ – „Wie ist das möglich?“

Der Chor von Stimmen redete und rief durcheinander, bis eine einzelne davon sich gegen die anderen durchsetzte: „Haltet ein! Hört mir zu!“

Fast alle Brukas richteten augenblicklich ihren Sinn auf diese Stimme aus. Es war diejenige ihrer Ersten, die nun in ihrem Kopf sprach: „Er spricht die Alte Sprache, deren Macht dieselbe ist wie schon vor vielen Dekazyklen. Lasst geschehen, was geschehen muss. Fürchtet euch nicht! Wie ihr hört, ist niemand allein!“

„Ama, was bedeutet das?“ Das Durcheinanderreden wollte wieder einsetzen, als eine andere, hellere Mädchenstimme laut rief: „Leise! Hört doch, was weiter geschieht!“

Ama schmunzelte. Dies also war das Mitglied ihres Klans, das als Letztes dazugestoßen war – die Schwester der Gleiterin. Ihr Wille und ihr Vertrauen waren stark, das konnte sie spüren. Sie hatte sie noch niemals vorher getroffen, wusste aber bereits, dass ihr bei allem, was noch geschehen sollte, eine besondere Rolle zukommen würde.

Selbstzufrieden schmetterte die Stimme des Alleinherrschers die nächsten Worte: ***„Terlinda Lavuka!“***

Ein grüner Wirbel aus Licht bildete sich kreisförmig innerhalb des violetten Leuchtens und hüllte die Ersten der Reiterklans ein. Diese erschraken – so etwas hatten sie noch nicht erlebt. Natürlich war das Grün der Blätter schon seit Dekazyklen ihre Farbe, aber ... was war das? Wer sprach dort in ihren Köpfen? „... Alte Sprache, woher kann er sie so gut sprechen?“ – „Was bedeutet das?“ – „Wo kommt das Licht her?“ Verdattert stellten auch sie fest, dass sie gegenseitig ihre Gedanken hören konnten.

„Dikasel Spalimba!“, entfuhr es dem Mund des Keysors. Immer noch lächelte er überheblich und blickte auf das Papier in seiner Hand.

Ein gelber Kranz aus Licht blendete den Zirkel der Federer, die überrascht waren, als sie feststellten, dass sie nicht mehr zu flüstern brauchten, um sich zu verstehen. „Das ist ja ein Ding!" – „Donnerwetter! Seid ihr das?" Alle blickten in die große Runde und redeten in Gedanken durcheinander. Nur Linn und der Philosoph schwiegen und wunderten sich offenbar, was plötzlich mit den anderen Federern los war. Nach einer Weile flüsterte Linn: *„Was habt ihr denn auf einmal alle?"*

„Ja, merkst du es denn nicht? Unsere Gedanken! Hörst du sie denn nicht alle auf einmal?"

Linn blickte verständnislos hin und her. *„Natürlich! Das tue ich seit langer Zeit und habe mir angewöhnt, sie normalerweise auszublenden. Sagt nicht, ihr erlebt das jetzt auch? Große Mutter, ihr Ärmsten!"*

„Ogda Pynimba!" Die beiden Worte der alten Sprache, die der Herrscher mit Genugtuung in die Weite des Platzes gerufen hatte, hallten von den Stämmen der Bäume wider.

Rotes Glühen senkte sich auf die im Kreis stehenden Brenner herab. Zeg und die Seinen zuckten zusammen. Das waren doch die Worte, die erklungen waren, als im Konferenzraum des Hotels vor einigen Tagen ihr Klan gegründet worden war! Und auch damals waren sie von kupferfarbenem Licht eingehüllt gewesen. „Das kenn ich doch!" – „Bei allen bösen Wettern!" – „Ja verreckst doch!" Verwirrt schauten sich die Männer gegenseitig an, als auch sie bemerkten, dass jeder ihrer Gedanken im Kopf des anderen widerklang.

„Qua Watala!"

Den Gleitern und Wandlerinnen war inzwischen klargeworden, worauf das Ganze hinauslief. „Na, da bin ich ja mal gespannt, was passiert, wenn er ganz innen angekommen ist", dachte Dila gerade, als orangefarbenes Licht sie umgab und blinzeln ließ. „Hätte ich mir ja auch gleich denken können, ist ja nicht umsonst unsere Farbe." Nanu, wer sprach da? „Jele, bist du das?" – „Dila! Ich höre euch!", ertönte Lejas Stimme in ihren Köpfen. „Na so was!" Das war Umas raue Stimme.

„Da Sligala!"

„Merkwürdiges Gedicht", dachte Lia noch, als sie zur selben Zeit Solts Stimme in ihrem Kopf hörte: „Das waren genau die Worte, als ich sie traf ..." Blaues Licht ergoss sich über die beiden Gleiter und leuchtete hell um die Felssäule herum.

Ein seltsamer Wind war aufgekommen. Die Blätter des Daches hatten angefangen, sich zu bewegen, und rauschten nun bereits heftig in einem immer stärker werdenden Wirbel, der sich über dem Thingsplatz erhoben hatte. Eine Kurzzeit später zerrte er bereits an den Ästen der Bäume. Direkt oberhalb der Säule war der Sog so stark, dass alle dortigen Blätter mitsamt ihren Zweigen abgerissen und in die Höhe gesaugt wurden. Sonnenschein strömte herein und erhellte kurzzeitig das Zwielicht des Platzes. Dabei blieb es jedoch nicht. Eine riesenhafte Blase aus Schwärze hatte sich um den Mann auf dem

Felsen gebildet. Der Wirbel riss an dieser Finsternis, lang gestreckte Auswüchse bildeten sich, die wie Fangarme strudelförmig gen Himmel strebten. Die Sonnenstrahlen wurden zunächst verdunkelt, dann aber schien weit oben am Himmel eine zweite Sonne zu entstehen. Grellweißes Licht flutete auf das sich immer noch ausdehnende schwarze Wabern über der Säule herab.

„Der Skorpion mit seinen Tentakeln aus der Prophezeiung“, hörten alle Brukas die Stimme Amas in ihrem Kopf. „Gleich ist es vorbei …“

Der Keysor hatte sich in Pose geworfen. Mit ausgebreiteten Armen, geschlossenen Augen und zurückgeworfenem Haupt reckte er seine Handflächen gen Himmel und schrie die letzte Zeile des alten Textes auf der Seite aus sich heraus:

„Onza Matana!“

Augenblicklich erstarb das sausende Dröhnen des Wirbelsturms. Zwei Kurzzeiten lang lag vollkommene Stille über dem Thingsplatz, dann donnerte ein ohrenbetäubender Knall darüber hinweg. Die schwarze Blase, in der sich der Herrscher befunden hatte, war explodiert; die Druckwelle riss sämtliche Anwesenden von den Füßen. Niemand fiel auf, dass diese nicht mehr am Boden hafteten, denn was nun geschah, verlangte den Begabten die letzten Reserven ab: Wie Schneeflocken wurden sie durcheinandergewirbelt. Auch die farbigen Lichtkreise, die die Säule umgeben hatten, wurden davongeblasen.

Der grelle Lichtkegel über der Säule hatte nun keine Mühe mehr, sich durch den Rest des schwarzen Nebels hindurch bis zur Plattform herabzufressen. Mit fulminanter Urgewalt gleißte die Säule im weißen Licht auf.

Der Keysor schrie. Erst ganz leise, kaum hörbar für die immer noch vom Knall der Explosion betäubten Ohren der anderen, dann immer lauter. Gellender, schriller und verzerrter wurde sein langgezogener, durchdringender Schrei. Unwirklich, ja unmenschlich klang er nun, abgehackt und gestückelt, als ließe ein Drehflügel immer nur kurzzeitig den Schall durch. Mit aufgerissenen Augen starrten die Begabten, die sich berappelt hatten, zur Felssäule hin und mussten mit ansehen, wie der Körper des Herrschers langsam in die Höhe schwebte und dem vom Sturm gerissenen Loch in der Kuppeldecke zustrebte, durch welches immer noch das blendende Licht auf den Felsen fiel. Teile der Robe lösten sich ab und rieselten in Fetzen seitlich herunter. Auch ein Stück Papier segelte durch die Luft und sank unbeachtet zu Boden. Das Licht wurde noch intensiver, niemand konnte mehr direkt hineinsehen – der Körper des Keysors verschwand im Lichtkegel und verschmolz damit.

Abrupt verschwand das helle Leuchten. Die Säule stand wieder allein im Dämmerlicht wie vor dem Thing, die Sonne stand inzwischen so tief, dass ihre Strahlen den Dom aus Ästen nur noch spärlich erhellten. Stille fiel auf den Thingsplatz, jedoch nicht für lange, dann wurde sie durch ein anschwellendes Rascheln ersetzt. Riesige, braungrüne Blätter fielen von der Kuppel herab – erst wenige, dann immer mehr, bis alle Bäume des Platzes ihr Laub vollständig abgeworfen hatten. Dabei blieb es jedoch nicht, das

Fallen der Blätter setzte sich über den Rand der Lichtung hinaus fort. Wie eine riesenhafte Welle rauschte es durch den Maininger Baumwald, bis dieser in Gänze unbelaubt dastand.

Von alledem bekamen die Menschen auf dem Thingsplatz jedoch nichts mehr mit. Sie waren längst bewusstlos auf den Boden gefallen und lagen nun reglos dort, bedeckt von einer Schicht aus riesigen welken Blättern.

Fallen

Zusammen mit seinen Lekuren, Intaren und Ragnoren stand Jorn Belawak, der Erste Rengat der Jeslerreiter, am Fuße des ältesten Jeslers im Lande Nian. Es war bei seinem Klan Sitte, am Thingstag in Abwesenheit ihres Ersten vor diesen Baum auf der Logenwiese zu treten, ihm eine Gabe darzubringen und danach in Stille zu warten, bis der in der Luft befindliche Späher die Rückkehr des Ersten meldete. An diesem Tag jedoch wurde auf dem Thing offenbar etwas Besonderes besprochen: Schon seit zwei Langzeiten harrte der gesamte Klan unter den Zweigen des Logenbaumes aus. Selbst der erfahrene Rengat bekam allmählich steife Beine.

„Immer noch nichts zu sehen?" Jorn hatte mittlerweile aufgegeben zu zählen, wie oft er diese Frage bereits seiner Lekur in der Luft zugerufen hatte. Sie war an diesem Tage bereits der dritte Späher. So oft hatte der Rengat noch niemals einen Wechsel befohlen.

„Nein", erklang die gedämpfte Antwort. „Es nähert sich niemand von Osten her."

Die Sorgenfalten in Jorns Stirn wurden noch tiefer als zuvor. Lange würden es die Seinen hier nicht mehr aushalten können. Nicht nur, dass es für die jungen Ragnore unerträglich sein musste, so lange still zu stehen, die Sonne neigte sich auch deutlich erkennbar dem Horizont zu und es würde trotz des bevorstehenden Sommers empfindlich kühl werden. Überhaupt kam es ihm bereits außergewöhnlich kalt hier draußen vor. Nun gut, offenbar musste es sein, auch wenn so etwas noch niemals zuvor passiert war: „Jeslerreiter – Rühren!“, befahl er.

Erleichtert bewegten die Anwesenden ihre schmerzenden Gliedmaßen. Stöhnen und Ächzen erklang, als die Reiter sich reckten oder versuchten, ihre Beine zu massieren. Einige Kurzzeiten später erscholl noch einmal die Stimme des Rengats: „Zur Versammlung im Ornatssaal wegtreten!“ Langsam setzten sich die Klanmitglieder in Bewegung und gingen, teils humpelnd, auf ihr Logengebäude zu. Sie hatten gerade die Hälfte der Strecke zurückgelegt, als etwas Unerwartetes geschah.

Ein seltsames Rascheln ertönte hinter ihnen. Der Rengat fuhr herum und wurde leichenblass. Kaum hatte er nämlich begriffen, dass die Blätter des Jeslers eine bräunliche Färbung angenommen und teilweise bereits zu vertrocknen begonnen hatten, da fielen sie auch schon in Scharen zu Boden. Schreckensstarr musste der Klan der Jeslerreiter mit ansehen, wie sich sämtliches Laub ihres Logenbaumes von seinen Zweigen löste, so dass er ein paar Kurzzeiten später kahl vor ihnen stand.

Die jüngst geweihte Logenwiese der Hauptloge der Lindenreiter zu Medriana war frisch gereinigt und gemäht worden. Stolz blickte der Erste Rengat, zugleich oberster Jelnor der Keysorischen Armee, von einem erhöhten Fenster aus auf sie herab. Nicht nur, dass er es in kürzester Zeit geschafft hatte, das neue Gebäude zu einer Loge mit traditionellem Aussehen und klassischer Raumaufteilung umzugestalten, nein – auch die neue Mooswiese davor war von störenden Gebäudeteilen sowie Schmutz und Unebenheiten befreit worden. Sein Erster würde stolz auf ihn sein, dass er nach der Umwandlung der alten Hauptloge in den Keysorenpalast so rasch ein würdiges Nachfolgegebäude hatte herrichten können. Etwas wehmütig war ihm allerdings doch zumute, wenn er den Blick nach links richtete und dort in der Ferne die gewaltige Linde auf der ehemaligen Logenwiese erblickte. Es würde Dekazyklen dauern, bis der neu gesetzte Sämling vor diesem Gebäude auch nur annähernd ihre majestätische Gestalt erreichte.

Plötzlich entfärbte sich das Gesicht des Rengats. Er rieb sich die Augen und blickte ein weiteres Mal zum entfernt stehenden Lindenbaum. Träumte er? Die Farbe des Laubes hatte sich geändert, statt in frischem Sommergrün leuchtete es nun herbstgelb im Schein der langsam untergehenden Sonne. Schon hingen einige Blätter kraftlos herab. Etwas Derartiges war zu dieser Zeit des Zyklus einfach unmöglich.

Von Schrecken erfasst, rannte der Rengat schreiend die Treppe herunter. Sein Geheul ließ auch dann nicht nach, als er bereits kopflos durch den Ornatssaal und zwischen Dutzenden verblüfften Klanmitgliedern hindurch in die Vorhalle rannte und durch das neue Portal auf den Vorplatz hinausstürmte. Erst dort war er wieder zu klaren Worten fähig: „Lekure – auf die Blätter, folgt mir!“ Kaum hatte er sich auf sein seitlich am Gebäude lagerndes Lindenblatt geschwungen und sich in die Luft erhoben, ritt er auch schon in höchster Eile in Richtung des Keysorenpalastes davon. Als seine Lekure einige Kurzzeiten später hektisch folgten und kurz nach ihm den Palast erreichten, wären sie beinahe von ihren Blättern gefallen.

Die gigantische Linde vor dem Palast stand unbelaubt da. Ihre sämtlichen Blätter lagen nun gelb und schlaff auf der riesigen ehemaligen Logenwiese verteilt. Niemand der mit Müh und Not Gelandeten vermochte ein Wort zu sagen, alle starrten mit offenem Mund auf das Desaster. Nur dem Siebten Lekur schoss es durch den Kopf: „Wie gut, dass ich nicht derjenige bin, der nun auch noch diese Wiese reinigen muss."

Am Rande von Legardshausen im Gebiet Hangward des Areals Tokbergen lebte in einem alten Haus ein ebenso alter, bärtiger Mann namens Bernd. Tagaus, tagein verbrachte er einen Großteil seiner Zeit damit, auf seiner Veranda zu sitzen und den Blick über die Bergwelt schweifen zu lassen. An schönen warmen Tagen wie diesem, wenn der Frühling sich dem Ende zuneigte und der Sommer beginnen wollte, konnte man mühelos mit bloßem Auge den Gipfel des Man Tok erkennen, der sich in Richtung Südwest in der Ferne gegen den stahlblauen Himmel abzeichnete. Hier lohnte es sich zu leben. Das Gebiet Hangward bestand zum größten Teil aus Hochhügelland, man konnte sowohl die frische Luft genießen, die oft vom Hochgebirge herüberwehte, als auch innerhalb kurzer Zeit mit dem Zug oder dem Auto die Große Flussstadt erreichen, wenn man darauf Wert legte.

Dies war bei Bernd jedoch nicht der Fall. Ihm reichte es aus, wenn von Zeit zu Zeit sein Sohn oder seine beiden Töchter vorbeischauten und ihn mit dem Notwendigen und den neuesten Nachrichten aus der Stadt versorgten. Gemütlich saß er auf seinem Wippsessel und erfreute sich des wie immer wunderschönen Anblicks, als ihm aus dem Augenwinkel heraus etwas auffiel. Ein schneller Blick ließ ihm die weißen Haare zu Berge stehen. Er traute seine Augen kaum: Der eben noch sommergrüne Baumwaldgürtel am Fuße des Gebirgsmassivs hatte damit begonnen, sich von Nordwesten her zu verfärben. Zusehends wurden die Kronen der Wildgratsche, Bergahorne und Ferdans gelbbraun; lediglich die Nadelbäume waren nicht betroffen. Mit unglaublicher Geschwindigkeit zog die Front der Verfärbung über alle Baumwälder hinüber in Richtung Südost, wenige Kurzzeiten später waren auch die Bäume hinter dem Randhügel von Legardshausen betroffen. Dann begannen die Blätter überall scharenweise herunterzufallen.

Bernd sprang wie vom Worger gebissen aus seinem Wippsessel auf und fing an zu rennen. Weder dachte er daran, in seine Schuhe zu schlüpfen, noch sich etwas überzuziehen. Im Morgenmantel stürzte er die Verandatreppe herunter und vergaß dabei sogar sein Rheuma, das ihm dieses Tempo eigentlich nicht mehr gestattete. Wieso war es bloß auf einmal so kalt? In Panik nahm er Kurs auf den Weg zum

Dorfplatz, lief mit vor Schreck geweiteten Augen frierend am Bahnhof vorbei und erreichte schließlich außer Atem das alte Wartshaus, in welchem nun jedoch der vor wenigen Tagen als Verwalter eingesetzte Larnek der Keysorischen Armee weilte. Mit schmerzendem Knie stolperte er durch die schwere Holztür und stieß in alter gebirgsländischer Mundart atemlos hervor: „Laub werft's ab – im hoib'n Areal!"

Der Empfangsherr musterte ihn, als wäre er ein Riese. Was wollte dieser Knarzbart denn hier, barfuß und im Schlafanzug? Er legte den Kopf schief und fragte ein wenig mitleidig: „Haben Sie einen Termin?"

Bernd konnte es nicht fassen und legte los: „Do legst di auf den verreckst Teppich nieda mi host g'haut und nimma stehst auf! Schoit amoi's Hirn ein, Bua, i sog dia: Oi Bamm, wie im Herbst! Guckst selbst!"

Verblüfft starrte ihn der Mann hinter dem Tresen an. Als gebürtiger Mittelländer war er noch nicht lange vor Ort und hatte praktisch nichts verstanden. Die meisten jüngeren Leute sprachen nicht mehr so intensiven Dialekt. Eins allerdings war ihm klar: Wenn dieser Alte nicht vollständig durchgerädert war, überbrachte er mit Sicherheit eine ernste Botschaft. Vielleicht würde sein Chef mehr mit dem Gebrabbel anfangen können, immerhin stammte der ebenfalls aus dem Gebirgsland ... Also stand er auf und winkte dem Besucher, ihm zu folgen.

Der Larnek gönnte sich gerade eine Brotzeit. Er hatte Glück bei der Vergabe der neuen Posten gehabt – andere Offiziere aus Hangward hatten Aufgaben im Mittel- und Küstenland übernehmen müssen, er dagegen hatte in Legardshausen bleiben dürfen. Lächelnd lehnte er sich auf seinem bequemen Drehstuhl zurück. Kaum hatte er aber herzhaft in sein Doppelbrot gebissen, als es an die Tür klopfte.

Bernd wartete nicht auf die Aufforderung einzutreten. Er schob sich energisch am empörten Empfangsherrn vorbei in die Amtsstube, baute sich vor dem Larnek auf und bedachte ihn mit einem erregten Wortschwall. Es dauerte nicht lange, bis dieser begriffen hatte, dass es womöglich klug sei, einmal aus dem Fenster zu sehen.

Wenige Kurzzeiten später kam Bewegung in das Wartshaus. Kommandos wurden gebellt, Menschen liefen hin und her und ein roter Umschlag wurde geöffnet. Inmitten dieses Durcheinanders stand Bernd im Empfangsraum und kratzte sich am Kopf. Warum musste man eigentlich immer erst so deutlich werden, bevor man ernstgenommen wurde? Manche Dinge änderten sich wohl nie.

Erfüllung

Als Dila zu sich kam, begriff sie zunächst nicht, wo sie sich befand. Etwas lastete schwer auf ihrer rechten Schulter, während sie mit der linken Seite auf bemoostem Boden lag. Schwaches Licht erreichte ihre Augen, dennoch konnte sie außer einer dunkelbraunen Fläche praktisch nichts erkennen. Leichter Druck darauf bewirkte nichts; was immer es war, es knackte leicht und ließ sich nicht dauerhaft verformen. Schließlich begriff sie, um was es sich handelte: Ein großes, halb vertrocknetes Platanenblatt hatte sich auf ihren Körper gelegt. Vermutlich lagen weitere oben darauf, sonst wäre es nicht so schwer gewesen. Auch neben ihr befanden sich Blätter. Zum Glück schien genug Luft zum Atmen zwischen ihnen hindurchströmen zu können, ansonsten wäre sie erstickt.

Siedend heiß fiel Dila ein, was geschehen war. Der Keysor ... das Licht ... die Gedanken der anderen ... heranwogende Schwärze ... und dann – nichts. Damit aber musste sie sich später beschäftigen, denn wenn sie hier unter Laub begraben lag, dann ging dies auch den anderen so; die kleine Leja aber würde sich niemals aus eigener Kraft befreien können!

Mit äußerster Kraftanstrengung stemmte sie sich nach oben und schaffte es, den Blätterstapel von unten zu durchdringen. Sie stolperte, fiel zur Seite und musste sich erneut aufrichten. Dann aber schaffte sie es, auf die Laubschicht hinaufzuklettern und sich umzusehen.

Die gesamte Lichtung war mit Blättern unterschiedlicher Art bedeckt. Dort lagen Kastanien-, Eschen-, Garleschblätter – von jedem Baum gab es welche. Alle sahen unterschiedlich aus, doch eins hatten sie gemeinsam: Sie waren allesamt welk, einige sogar verdorrt.

Dilas Gedanken rasten. Dies konnte unmöglich sein. Es war der sechste Mond, kurz vor Sommerbeginn – der Platz jedoch sah aus wie im Spätherbst! Und kalt war es geworden! Hatten sie etwa fünf Monde lang hier gelegen? Nein, das war unmöglich, dann wären sie längst verdurstet ... Wie also war dies möglich?

Der Platz wirkte nun noch weitläufiger als vorher. Mehrere Langmaße weit konnte man über das Laub hinweg in alle Richtungen in den Baumwald hineinsehen. Tageslicht fiel ungehindert durch die unbelaubten Baumkronen hindurch auf die Blätterdecke. Nur der große Ring aus vielen verschiedenen, kahlen Bäumen und der einsame Felsen in der Mitte waren untrügliche Zeichen dafür, dass es sich bei dieser Lichtung um den Thingsplatz handelte.

Allmählich kam Bewegung in die dicke Laubschicht. An mehreren Stellen raschelten und knackten die Blätter, bis Menschen darunter zum Vorschein kamen. Dila erkannte in ihrer Nähe den Ersten Brenner und kletterte über Stiele und Blattflächen hinweg zu ihm hin. „Schnell, Sie müssen mir helfen! Leja, unsere Jüngste, liegt unter dem Laub, sie wird es allein nicht schaffen! Und Uma bestimmt auch nicht, sie trägt viele Dekazyklen!"

Zeg schüttelte sich noch Pflanzenreste von der Kleidung, als er sich verdattert umsah. Sein erster Blick galt seinem Bruder. Zwar stand auch er selbst nicht mehr dort, wo er sich vor der Explosion befunden hatte, aber nach einer Weile konnte er Ben in der Ferne erspähen, wie dieser gerade jemandem dabei half, unter Blättern hervorzukriechen. Dann erst bemerkte er die kreidebleiche Wandlerin, die ihn flehentlich ansah, und erwiderte: „Was sagen Sie, jemand liegt gefangen darunter? Wissen Sie denn, wo?"

Nein, das wusste Dila nicht. Der Brenner dachte kurz nach. Die Seinen waren allesamt erfahrene Bergleute, für sie sollte es ein Leichtes sein, sich zu befreien und anschließend zu helfen. Auch für die Reiterersten war dies sicherlich sehr einfach, sie hatten mehr als genug Erfahrung mit Blättern. Gedanken machen musste man sich um die jungen Federer, vielleicht die Gleiterin und eben die Wandlerinnen. Außerdem um die Brukas – das waren aber bei Weitem zu viele, als dass er es hätte allein in die Hand nehmen können. Womöglich hatte der Knall viele von ihnen bis in den Baumwald hineingeschleudert. „Trann, Merl!“, rief er zwei Brennern zu, die in seiner Nähe soeben aus der Blätterdecke herausgeklettert waren, und ergänzte geistesgegenwärtig: „Schlagwetterexplosion, Kumpel verschüttet, keine Einsturzgefahr mehr! Suchen und bergen!“

Die beiden verstanden sofort und begannen damit, anderen von Laub Bedeckten in ihrer Nähe zu helfen. Nun erst wandte Zeg sich wieder Dila zu, die ängstlich mal hierhin, mal dorthin blickte und vorsichtig einen Fuß vor den anderen setzte, um auf niemanden zu treten. Kopfschüttelnd meinte er: „Hören Sie, so finden Sie niemals jemanden. Rufen und lauschen Sie! Wenn jemand von unten antwortet, rufen Sie um Hilfe und beginnen mit dem Wegräumen!“

Dila nickte und befolgt den Rat. Nach und nach erschienen immer mehr Menschen oberhalb der Laubdecke, die rufend herumliefen. Von Zeit zu Zeit sammelten sich drei oder vier Helfer und holten einen weiteren Verschütteten hervor. Dila fand Solt, der unter einem Eichenblatt auftauchte, erklärte ihm kurz die Situation und bat ihn, sich an der Suche zu beteiligen. Als jedoch nach einer viertel Langzeit immer noch keine Spur von Uma und Leja zu entdecken war, steigerte sich ihre Unruhe allmählich zur Panik. Gerade wollte sie verzweifelt anfangen, im Laub zu graben, als zwei Mädchen auf sie zukamen. Die ältere von ihnen erkannte Dila sofort, es war die Erste Gleiterin. „Wie viele der Deinen fehlen noch?“, wurde sie von ihr gefragt.

„Alle drei“, antwortete sie sorgenvoll. „Uma, die ältere Dame, Leja, das junge Mädchen und Jele, die Frau aus dem Gebirgsland. Es ist zum Verrücktwerden!“

Das andere Mädchen mit den schwarzen Haaren ergriff Lias Arm und schloss die Augen. Nun wusste Dila auch, wer sie war – ganz eindeutig handelte es sich um ihre Schwester, die Bruka. Nicht zu fassen, dass der Keysor Lia dazu gezwungen hatte, sie hierherzubringen ...

Eine Kurzzeit später hob Kara ihre Lider und zeigte in eine bestimmte Richtung. „Dort, etwa dreißig Kurzmaße entfernt. Warte, ich führe dich hin.“ Leichtfüßig sprang sie über die Blätter, als hätte sie niemals etwas anderes getan; Dila konnte ihr kaum folgen. Gemeinsam mit dem Federer Lutz, der gerade diese Gegend absuchte, bargen sie Uma aus der dichten Laubdecke. Kaum war dies gelungen, deutete Kara in eine andere Richtung und rief: „Etwa fünfunddreißig Kurzmaße!“ Schon bald erschien die keuchende und nach Luft schnappende Leja an der Oberfläche. Dila hatte Freudentränen in den Augen, sie beugte sich zu der Kleinen herab und sagte: „Mein lieber Kobasch, wir haben solche Angst um dich gehabt!“

Leja lächelte ihre Erste immer noch außer Atem an. „Ich wusste, dass ihr mich findet! Aber ein bisschen knapp war es schon. Habt ihr Mama und Papa auch schon gefunden?“

„Es geht ihnen gut“, antwortete Kara zum Erstaunen der Wandlerinnen. „Sie sind dort hinten unter dem Merkantus und werden bestimmt gleich herkommen!“

Lange dauerte es nicht, bis auch Jele gefunden war. Inzwischen hatten sich auch die Reitersten entweder selbst oder mit fremder Hilfe aus dem dicken Blätterteppich befreien können. Auch der alte Art hockte bereits fröstelnd darauf, allerdings hatte es diesmal selbst ihm die Sprache verschlagen. Lia kam es merkwürdig vor, dass mancher Erste der Laubreiter so lange dafür gebraucht hatte, den Weg ans Tageslicht zu finden. Offenbar konnten sie tatsächlich nur die Blätter ihres eigenen Baumes zum Schweben bringen …

Eine Menge Brukas, Reitererste und Brenner liefen rufend und suchend zwischen Gleitern, Wandlern und Federern hin und her. Auch Saia kletterte gerade hastig über ein Buchenblatt hinweg. Sie hatte in einiger Entfernung ihre Mutter entdeckt, die bereits auf der Suche nach ihr gewesen war. Allerdings sah die kleine Federin nicht so fröhlich und zuversichtlich aus wie sonst. Schluchzend fiel sie Mona in die Arme. Nach einer Weile presste sie mit zugeschnürter Kehle hervor: „Mama, was ist hier bloß geschehen? Wie konnte es so weit kommen? Wieso stehen alle Bäume kahl? Und – wohin ist der Keysor denn nur verschwunden?“

Mona sah ihre Tochter fast ebenso verzweifelt an. „Ich kann es dir auch nicht sagen“, brachte sie mit belegter Stimme hervor. „Vor dem großen Knall sprach unsere Erste von der Erfüllung einer Prophezeiung. ‚Er ist gefahren in die Höhe und Tiefe seiner Herkunft‘, steht wohl darin geschrieben. Vielleicht finden wir noch heraus, was das alles zu bedeuten hat.“

Kara hatte sich inzwischen gemeinsam mit den beiden Gleitern an den Rand des Thingsplatzes durchgekämpft. Dort half Ama bei der Suche nach Verschütteten. Kaum hatte Lias Schwester sie erspäht, rief sie laut: „Erste Bruka!“ Als die Angesprochene sich zu ihr umwandte, deutete sie eine Verbeugung an.

Müde lächelnd blickte ihr Ama ins Gesicht. „Ich glaube nicht, dass ich dir erklären muss, dass wir so nicht verfahren. Schon gar nicht unter diesen Umständen.“

Kara erwiderte das schwache Lächeln. „Dennoch wollte ich nicht unhöflich sein. Schließlich sind wir uns vorher noch niemals begegnet, auch wenn ich immer wusste, wo in Nian Sie sich gerade befanden."

„In deinem Gesicht erkenne ich großes Leid", sagte die Erste Bruka sanft. „Dies ist vermutlich der Grund, weshalb du nicht früher zu uns gestoßen bist. Wie ist eigentlich dein Name?"

„Kara. Und es war meine Aufgabe, am Schluss hier zu erscheinen."

Ama nickte wissend. Sie hatte sich in diesem Mädchen nicht getäuscht. „Und was ist nun deine Aufgabe?"

„Ihnen zu sagen, dass alle Begabten geborgen wurden. Es befindet sich niemand mehr unter dem Laub."

Anerkennend nickte ihr die Erste Bruka zu und wandte sich dann an alle, die in der näheren Umgebung standen und zuhörten. „Danke, es ist sehr gut, dass alle nun wieder frei die Luft der Großen Mutter atmen können! Da die Sprachverstärkung hier augenscheinlich nicht mehr funktioniert, lasst uns die Nachricht auf die herkömmliche Art verbreiten. Danach sollten wir uns versammeln und gemeinsam diesen Ort verlassen, an dem es weder Nahrung noch Wasser gibt. Offenbar haben wir eine Nacht lang hier gelegen, die Sonne steht im Osten und steigt höher, auch wenn es sich anscheinend nicht erwärmen will." Nach einer Pause fuhr sie mit einem Seitenblick fort: „Es sind zwar merkwürdige Umstände, aber ich freue mich dennoch, deine Schwester und ihren Gefährten kennenzulernen, die Gleiter Nians! Und du", sie sprach nun leiser und nur noch zu Kara, „trägst große Gaben in dir. Ich möchte dich bitten, mich ebenso wie deine anderen Geschwister Ama zu nennen. Vielleicht kannst du in der Nähe des Platzes einen Bach oder eine Quelle unter dem Laub sehen?"

Unschlüssigkeit

Vor vielen Zyklen schon hatte die Arealverwaltung Tokbergens entschieden, ihren Sitz in die Große Flussstadt zu verlegen. Zwar gehörte diese formell nicht zum Gebirgsland, allerdings auch nicht zum Mittelland – ihre genaue Zugehörigkeit war in keiner offiziellen Verordnung festgeschrieben. So kam es, dass Mittelländer häufig behaupteten, die Flussstadt sei die östlichste Stadt ihres Landesteils, während mancher südliche Bewohner Nians von ihr als von einem Teil des Gebirgslands sprach. Die meisten Einwohner der Flussstadt, insbesondere die gebürtigen, hätten beiden Aussagen jedoch energisch widersprochen.

Das hohe Gebäude, von dem aus Tokbergen verwaltet wurde, lag in einer ruhigen Seitenstraße des Stadtzentrums. Viel zu verwalten gab es selten, die verschiedenen Gebiete des Areals legten großen Wert darauf, die meisten Angelegenheiten selbst zu regeln. So hatte Trol Kerlash, der Vizejelnor der Keysorischen Armee, der die Amtsgeschäfte im Auftrag des Keysors übernommen hatte, in letzter Zeit nicht viel zu tun gehabt. An diesem Tag sollte sich das jedoch ändern. Unvermittelt flog die Tür zu seiner Amtsstube auf und sein Dritter Larnek Jörg Telamek stürzte herein. Dieser war dermaßen erregt, dass er sogar den militärischen Gruß versäumte und ohne Umschweife hervorstieß: „Herr Jelnor, Sie müssen unbedingt kommen! Es ist etwas passiert!“

„Disziplin, Larnek! Wo kommen wir denn hin?“, kläffte der Vizejelnor gebieterisch. Er kannte Jörg zwar privat, hatte aber keine Lust, dem Keysor bei dessen bevorstehendem Besuch erklären zu müssen, weshalb das Benehmen in der Arealverwaltung derart zu wünschen übrig ließ.

Jörg hingegen wollte sich damit nicht aufhalten. „Trol, wenn du nicht sofort kommst, werden sie dich absetzen, bevor die nächste Flut kommt! Die Teleskriptoren stehen seit fünfzehn Mittelzeiten nicht mehr still, wir kommen kaum hinterher, Papier nachzulegen! Und alle Nachrichten haben die höchste Priorität!“

Nun sprang der Vizejelnor wie vom Bären getreten auf. Wenn sich sein Untergebener im Dienst zu

einer solchen Äußerung hinreißen ließ, musste die Angelegenheit wirklich sehr ernst sein. Gemeinsam mit ihm eilte er durch die Korridore zur Teleskriptorzentrale. In der Tat herrschte dort ein heilloses Durcheinander. Niemals seit seinem Amtsantritt hatten mehr als zwei Maschinen gleichzeitig Nachrichten empfangen, nun aber spien alle fünf Geräte zur selben Zeit Bogen um Bogen aus. Obendrein trugen alle eingehenden Teleskripte oben rechts die Kopie des Keysorischen Prioritätssiegels und wurden sogleich von drei Mitarbeitern hektisch auf die zugehörigen Stapel sortiert, damit sie von Boten verteilt werden konnten. Auch auf der anderen Seite der Zentrale erging es den Mitarbeitern der Verwaltung nicht besser: Die drei Sprachmodule befanden sich sämtlich in Betrieb. An den Mienen der Angestellten war mühelos abzulesen, dass es um eine nicht alltägliche Angelegenheit ging.

„Was ist hier los?“, rief Trol ärgerlich. Ihm schwante Böses.

Der Erste Larnek trat von hinten an ihn heran. „Jelnor, aus allen Teilen des Landes laufen Botschaften ein, dass eine große Kältewelle sich ausbreitet und sämtliche Laubbäume ihre Blätter abwerfen! Die Arealverwaltungen von Pfahlheim, Mederland und Fluvingen melden dies ebenso wie die Hauptlogen diverser Reiterklans. Auch die Obstplantagen sollen schwer betroffen sein, besonders die großen am Elvon und im östlichen Gebiet Hangward! Dazu kommen Hilferufe aus den westlichen Gebieten Tokbergens, dort sieht es nicht anders aus."

Das Gesicht des Vizejelnors entfärbte sich. Nicht nur, dass er nach wie vor auch Lekur der Lindenreiter war und sich nicht erklären konnte, warum Bäume im beginnenden Sommer ihre Blätter darniederlegten – nein, er begriff schlagartig, was dies für die Bevölkerung des Landes bedeuten konnte. Ohne Blätter würde kein Baum reife Früchte tragen, ganz im Gegenteil – sie konnten alle absterben und ein hungerndes Land hinterlassen, denn es wurden in Nian nicht genug Feldfrüchte angebaut, um den landesweiten Ausfall einer Obsternte aufzufangen.

Es war still geworden in der Teleskriptorzentrale. Alle Anwesenden richteten den Blick auf ihren Chef, nur die ratternden Maschinen durchschnitten noch das Schweigen. Doch Trol war genauso ratlos wie seine Untergebenen. Seine Gedanken rasten, drehten sich jedoch immer und immer wieder im Kreis. Erst eine knappe Mittelzeit später vermochte er wieder etwas zu sagen: „Weitermachen. Berichte auf meinen Tisch, alle fünfzehn Mittelzeiten gebündelt im Kurzformat. Teleskript an den Keysorischen Palast senden mit einer Zusammenfassung und Anforderung neuer Befehle. Und schließen Sie die Fenster, man friert sich ja die Füße ab!"

Alle nickten und setzten ihre Tätigkeiten fort. Jörg kehrte zunächst in seine Amtsstube zurück, schickte dann aber einen Mitarbeiter auf die Straße, der ein paar Teigrollen mit gebackenem Fisch und einen „Nianianischen Boten“ besorgen sollte. Mal sehen, ob wegen dieser Sache bereits eine Extraausgabe verkauft wurde.

Es sollte ein langer Tag in der Verwaltung werden. Bereits am frühen Abend gingen Meldungen ein, die besagten, dass die Ersten der Reiterklans nicht wie erwartet vom Thing zurückgekehrt waren. Ganz besonders vermisste man in Medriana jedoch den Keysor, auch er war nicht in seinem Palast erschienen. Teleskripte stapelten sich bereits fast anderthalb Kurzmaße hoch beim verzweifelten Hofmarschall und auch beim nicht minder ratlosen Ersten Jelnor in der Hauptloge der Lindenreiter. Niemand wusste, was zu tun war, es herrschte allgemeine Hilflosigkeit.

Auch am nächsten Tag hatte sich die Lage nicht gebessert. Immerhin konnte man nach vielen Krisensitzungen und Hunderten weiterer Teleskripte inzwischen davon ausgehen, dass es in ganz Nian etwa dreißig Kalons kühler war als gewöhnlich zu dieser Zeit des Zyklus und dass kein einziges Blatt mehr an irgendeinem Laubbaum hing. Diese Ausnahmesituation hatte in den Zeitungen des Landes bereits einen Namen erhalten, es wurde vom „kalten Herbst im Sommer“ geschrieben. Über die Ursachen konnte jedoch nach wie vor nur spekuliert werden.

Es klopfte zum wiederholten Mal an der Tür von Trols Amtsstube. Der Dritte Larnek salutierte zackig vor seinem Vorgesetzten und überbrachte wie befohlen nach einer viertel Langzeit den neuesten Bericht: „Keine besonderen Vorkommnisse." Traurig wartete er darauf, dass der Vizejelnor ihn wegtreten ließ. Ach, hätten diese Worte doch nur die Bedeutung gehabt, wie man sie im Zivilleben verstand ...

Trol blickte seinem Untergebenen ebenso bedrückt in die Augen. „Danke, Larnek. Sie können gehen." Entmutigt sah er vor sich auf seinen Schreibtisch. Keine besonderen Vorkommnisse, pah. Alles war derzeit ein besonderes Vorkommnis. Seit er erfahren hatte, dass sein Erster verschwunden war und dass auch die große Linde an der neuen Hauptloge keine Blätter mehr trug, war ihm noch unheimlicher zumute als vorher. Für einen Lindenreiter war dies praktisch das schlimmste mögliche Vorzeichen. Außerdem wurmte es ihn, dass ihm niemand sagen konnte, was nun zu tun war. Wie sollte man sich angesichts solcher Schreckensnachrichten nur verhalten?

Jörg seufzte, während er die Tür zur Amtsstube von außen schloss. Auch er war Reiter, allerdings Lekur bei den Obskalusreitern, und machte sich Sorgen um seinen Ersten und um die Bäume. Weshalb bloß war eine solche Katastrophe ausgerechnet am Thingstag geschehen? Zwar waren bedeutende Ereignisse in den vergangenen Zyklen nicht selten diesem Tag gefolgt, aber dieser würde wahrlich als etwas Besonderes in die Geschichte eingehen.

Rückweg

Eine Ewigkeit lang marschierten die Begabten nun schon über die dicke Blattschicht auf dem Baumwaldboden. Die Suche nach Wasser und Nahrung war wegen der dichten Bedeckung erheblich schwieriger als sonst. Glücklicherweise hatte sich das Gespür Karas erneut als untrüglich erwiesen: Schon in der Nähe des Thingsplatzes hatte sie unter der Laubdecke die Quelle eines kleinen Baches ausfindig gemacht. Dieser war zwar zu klein gewesen, als dass alle zugleich daraus hätten trinken können, aber schließlich war es jedem von ihnen gelungen, den größten Durst zu stillen. Dabei hatte es sich ausgezahlt, dass die edlen Rittmäntel der Ersten nicht nur wärmten, sondern auch eine wahre Fundgrube für wichtige Gegenstände zum Überleben in der freien Natur waren: Traditionsgemäß führte jeder Erste eines Reiterklans ein scharfes Messer, einige Verbandspäckchen und auch ein paar dünne, verschließbare Beutel zum Transport von Flüssigkeiten mit sich.

Nach kurzer Beratung hatten alle beschlossen, nach Norden in Richtung des Lagers der Brukas am Baumwaldrand zu ziehen. Der Weg war beschwerlich, besonders für Uma und Art. Die beiden benötigten ständig Hilfe, nicht nur beim Überwinden der Hindernisse, die sich den Brukas und Federern bereits auf dem Weg zum Thingsplatz in den Weg gestellt hatten. Einige Reitererste hatten versucht, auf den welken Blättern zu reiten, ihr Vorhaben dann aber sehr schnell wieder aufgegeben. Dila und die Ihren hatten sich mit dem Boden verbunden und eine Heilung versucht; die graue Dunkelheit, die ihnen entgegengewogt war, hatte aber die orangefarbene Energie einfach aufgesaugt und nichts war geschehen. Auch Lia und Solt waren daran gescheitert, mit dem Wasser der Quelle zu singen. Irgendwie war nichts mehr so, wie es sein sollte.

Saia trottete traurig neben Kai, Malu, Herk und Mona her. Zwar waren nun die Baumkronen für das Licht der Sonne durchlässig, aber die Luft war seltsam neblig und filterte einen großen Teil der Wärme heraus. Auch ansonsten war es für diese Zeit des Zyklus viel zu kalt. Bibbernd hüllte sie sich in ihre dünne Sommerjacke. Nicht einmal federn konnte man hier, stattdessen musste man ständig über Blätter und Stiele kraxeln.

Auch die acht Brenner hatten stumm die Wanderung nach Norden aufgenommen. Meist hörte man von ihnen nur hin und wieder einen Fluch, wenn einer von ihnen in die Blätterschicht eingesunken oder über einen Ast oder eine Ranke gestolpert war. Ihre Gabe nützte ihnen hier nichts: Außer den Messern der Ersten und einigen Gürtelschnallen, Schmuckstücken und Münzen, die die Wandernden mit sich führten, gab es dort praktisch kein Metall.

Lediglich die Brukas kamen einigermaßen mit den Umständen zurecht. Zwar hatten auch sie ihre Schwierigkeiten, aber sie waren diejenigen, die am besten auf einen solchen Fußmarsch vorbereitet waren. Finn, Ron, Mark und Greg hatten vor einiger Zeit die Aufgabe übernommen, die beiden ältesten Mitreisenden zu unterstützen. Zu diesem Zweck hatten sie zwei Tragen angefertigt, die häufig zum Einsatz kamen. Uma bedankte sich jedes Mal mit einem Lächeln und nahm die Fürsorge der Kräuterkundler freudig an, Art war von der Hilfsbereitschaft dieser Menschen hingegen vor allem schwer beeindruckt. Wie konnte dies nur sein? Dekazyklen lang hatte man ihm und auch allen anderen Reitern eingebläut, wie verschlagen, hinterlistig und bösartig diese Wesen seien. Angeblich würden sie jedermann mit einem Zauberbann belegen und ihm seine Lebenskraft rauben. Was er aber nun hier erlebte, war das glatte Gegenteil davon.

Auch die anderen Ersten nahmen die Freundlichkeit der Brukas mit Verwunderung zur Kenntnis. Waren diese nicht schon seit grauer Vorzeit als ihre Feinde verrufen? Wieso halfen sie ihnen dann nun? Und wo waren sie überhaupt hergekommen? Zwar hatte es in den letzten Zyklen immer wieder Gerüchte von fahrenden Kräutermenschen gegeben, aber eine Bestätigung dafür war bis zu dem Zeitpunkt ausgeblieben, als die Brukas zusammen mit den Federern überraschend vom Keysor auf dem Thingsplatz empfangen worden waren.

Ama und Sus führten die Wanderung an. Der anstrengende Weg hinderte sie daran, viel miteinander zu sprechen. Auf dem Hinweg hatte die Gemeinschaft aus knapp achtzig Menschen etwa drei Langzeiten für die Strecke gebraucht, nun jedoch war es bereits später Nachmittag und noch immer kam der nördliche Baumwaldrand nicht in Sicht. Die Richtung stimmte zwar, verlaufen hatten sie sich nicht, aber mit dieser noch größeren Schar über das Blattwerk zu klettern erwies sich als sehr zeitaufwändig. Hoffentlich mussten sie nicht noch eine Nacht im Freien verbringen, sonst war die eine oder andere Erkrankung womöglich nicht zu vermeiden ... „Sag, Schwester, was glaubst du, können wir so viele Menschen überhaupt in unserem Lager beherbergen?“, fragte Sus ihre Erste.

„Das wird sich zeigen“, erwiderte diese. „Wir haben im Moment gar keine andere Wahl. Niemand kann von hier aus mit irgendeinem Gefährt Hilfe holen – wir wüssten auch gar nicht woher – und das Verweilen im Baumwald ist keine Möglichkeit. Die besten Chancen haben wir, wenn wir uns dort am Feuer aufwärmen und die Schwächsten unter uns in den Wagen schlafen lassen. Am nächsten Tag können wir uns dann ohne langes Erkunden auf Nahrungssuche begeben, das Gebiet um das Lager herum kennen wir ja bereits.“

Sus nickte. „Du hast recht. Vielleicht könnte sogar Herk mit seinem Auto zu ein paar Bauern fahren und Eier oder Milch besorgen, wenn wir vorher dafür sammeln."

„Wenn die Ersten Reiter einen der Ihren mitschicken, wird bestimmt jede Hilfe gewährt", sagte Ama. „Sie haben ja inzwischen erkannt, dass wir nicht diejenigen sind, für die sie uns hielten. Vielleicht ist dies eine der wichtigsten Lehren, die wir alle aus dem Verhängnis ziehen können: Fast alle Gegensätze zwischen Menschen sind nur eingebildet, meist benötigt es aber leider eine Notsituation, um sie zu überwinden. Das Licht wird durch die Dunkelheit verdeckt, kann aber glücklicherweise nicht davon ausgelöscht werden."

„Die Dunkelheit ...", murmelte Sus, während sie über einen Kräuterbusch stieg, der unter einem Blatt hervorragte. „Meine Gedanken wollen einfach nicht stillstehen. Die ganze Zeit grübele ich über das nach, was auf dem Thingsplatz geschehen ist. Der Keysor muss das alles von langer Hand geplant haben – auch, dass sich alle Begabten des Landes dort trafen. Er wusste sogar, dass noch eine Schwester von uns fehlte. Woher konnte er bloß die Alte Sprache sprechen? Und wo mag er jetzt sein?"

Das wusste Ama auch nicht. Sie antwortete: „Als Erster der Lindenreiter hatte er vermutlich Zugang zu Schriften, die selbst uns verborgen sind. Aber dass er das Gelesene so machtvoll einsetzen konnte, das ist wirklich rätselhaft. Es geht ja das Gerücht, dass unsere Vorfahren ähnliche Dinge vermocht haben. Er ist aber überhaupt kein Bruk. Womöglich ist er tatsächlich ein direkter Nachfahre des letzten Turnoks und bezog daraus seine Kraft. Wohin er allerdings verschwunden ist, kann ich auch nicht sagen. Irgendetwas muss ihm bei dem, was er vorhatte, gründlich misslungen sein. Ich glaube kaum, dass es das hier war, was er erreichen wollte." Sie hielt mit dem Sprechen inne, um einem großen Haufen von Blättern auszuweichen, die sich über ein Dornengehölz gelegt hatten.

„Erste Bruka!", erklang Lias Stimme von hinten. „Bitte warten Sie!"

Ama hielt an und wandte sich um. Gemeinsam mit ihrer Schwester näherte sich die Gleiterin und blieb drei Schritte vor ihr stehen.

„Du brauchst dich nicht zu verbeugen", sagte Kara leise. „Außerdem kannst du sie Ama nennen. Habe ich dir doch schon gesagt!"

Lia zögerte kurz, ergriff dann aber wieder das Wort und sagte: „Als ich unter den Blättern erwachte, habe ich etwas gefunden, was möglicherweise wichtig ist. Meine Schwester wusste auch nichts damit anzufangen, glaubte aber, dass Sie vielleicht mehr dazu sagen könnten." Mit diesen Worten zog sie ein Stück Papier aus der Tasche und überreichte es der Ersten Bruka. Diese nahm es entgegen und betrachtete es.

Ein kurzer Blick, dann wusste sie, um was es sich handelte. Fast unmerklich wanderten ihre Augenbrauen nach oben. Wortlos hielt sie Sus das Papier hin. Auch diese nahm es in Augenschein, sah aber nach kurzer Zeit ihre Freundin verständnislos an. „Das sieht aus wie eine herausgerissene Buchseite mit fremden Schriftzeichen darauf. Kannst du das entziffern?“

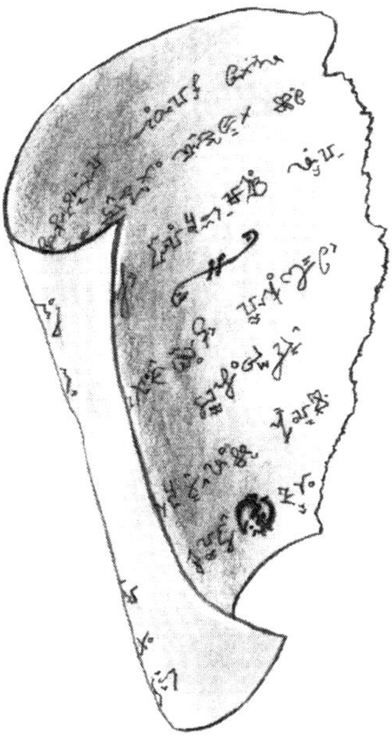

„Sieh genau hin“, erwiderte Ama. Und dann sah Sus es auch: Es handelte sich um alte Buchstaben, wie sie früher im Lande gebräuchlich gewesen waren. Sehr viel früher. Mit etwas Mühe schaffte sie es schließlich, die erste Zeile zu lesen. Nun zog auch sie die Augenbrauen hoch. „Ama, das ist das, was der Keysor oben auf dem Felsen zitiert hat, als die Farbkreise entstanden und wir gegenseitig unsere Gedanken hören konnten!"

„Und zugleich auch das, was zu hören war, als wir Brukas erstmalig alle auf dem Thingsplatz versammelt waren." Ama nickte bedeutsam. „Dies ist das Papier, von dem er die Worte abgelesen hat. Sieh hier: ‚Baruka'. Dieses Wort kennen wir, so wird unser Klan in der Alten Sprache bezeichnet."

„Das ist Alte Sprache?" Ehrfürchtig blickte Sus erst Ama, dann Lia und Kara an, die sprachlos und staunend danebenstanden. „Und was bedeuten die anderen Zeilen?"

„Ich weiß es nicht", erwiderte die Erste Bruka. „Außerdem ist der Text nicht vollständig. Schau, hier unten fehlt ein Stück, wo die Seite herausgerissen wurde. Da steht: ‚Onza Mat…', dann kommt der Riss. Ich erinnere mich aber daran, dass der Keysor zum Schluss etwas anderes sagte."

„Das stimmt", schaltete sich Kara ein. „Er schrie ‚Onza Matana'."

Nachdenklich wiegte Ama ihren Kopf hin und her. „Da würde mich doch interessieren, woher er wusste, wie die Zeile endete … Nun, dies wird nicht das letzte Rätsel sein, das wir zu lösen versuchen. Und jetzt ist auch die falsche Zeit dafür. Die Sonne sinkt immer tiefer – ich schlage vor, dass wir weitergehen. Vielleicht fällt uns später noch etwas dazu ein. Erste Gleiterin, dürfte ich das Papier vielleicht behalten?"

„Mein Name ist Lia", erwiderte die Angesprochene schwach lächelnd. „Und: ja, gern!"

„Dann nenne mich bitte auch Ama." Das warmherzige Lächeln der Ersten Bruka blitzte kurz auf, bevor sie sich nach Norden wandte, um die Wanderung wieder aufzunehmen.

Lichtblick

Beunruhigt saß Phil auf dem Sofa in seinem Haus in Dohrlegen. Er, May und Marc hatten sich bereits am Vortage darüber gewundert, dass Kai sich nicht mehr gemeldet hatte. Eigentlich hatte er versprochen, nach dem Federertreffen im Maininger Baumwald per Teleskript Bescheid zu geben, wann er zurückkehren werde. Nun jedoch war bereits Wochenbeginn und niemand von ihnen wusste, wo er steckte. Was konnte dem Jungen und den Seinen nur passiert sein?

Dazu die Sache mit den Bäumen. An und für sich hatten die Schulen an diesem Tage wieder öffnen sollen. Als dann jedoch das Fallen der Blätter über das Land gezogen war, hatte sich rasch die Nachricht verbreitet, dass diese Entscheidung zurückgenommen worden war. Mit Straßen, Wiesen und Kräuterwäldern voller Blätter zu Sommerbeginn – einem Zeitpunkt, zu welchem kein Räumdienst auf so ein Ereignis eingestellt war – konnte man niemanden auf den Schulweg schicken. Ein Windstoß und die Heilstationen wären voll gewesen. Dazu kam, dass sich niemand, auch kein Reiter, erklären konnte, was die Kälte und das Abwerfen des Laubes zu bedeuten hatten.

„Niemand ist zu erreichen – nicht im Wartshaus, nicht bei den Spitzeichenreitern und auch nicht beim

Rhevon-Anzeiger“, seufzte May. „Ob der Teleskriptor defekt ist? So lange war noch nie irgendwo besetzt und jetzt gleich überall ständig!“

„Wir könnten ihn suchen“, schlug Marc vor. „Mit unserem Wagen.“

„Keine gute Idee“, brummte Phil gedankenversunken. „Wir fahren weg, während er womöglich auf dem Weg zu uns ist. Wenn jetzt überall die Teleskriptoren heiß laufen, vielleicht konnte er uns bisher einfach keine Nachricht schicken! Nein, mein Sohn – ich fürchte, wir müssen hier ausharren. Es ist aber schön, dass du dir auch Gedanken um ihn machst.“

Marc presste die Lippen aufeinander. Ja, er zog seinen Bruder oft auf und ärgerte ihn. Mochte dies unter Geschwistern so üblich sein, vielleicht war er auch ein wenig neidisch auf das, was Kai mit Gras anstellen konnte – aber einfach zu verschwinden, das wünschte er sich nicht von ihm. Gerade wollte er etwas entgegnen, als May plötzlich aufhorchte. „Hört ihr das?“, fragte sie.

„Ja, das ist ein PET. Vielleicht werfen sie wieder Flugblätter ab. Kommt, wir schauen mal raus.“ Phil war bereits aufgestanden und ging zur Tür. Nach einer Weile kam er mit einem Blatt Papier und sorgenvoller Miene wieder herein. „Es ist wirklich schlimm“, begann er. „Sie vermissen nicht nur den Keysor, sondern auch sämtliche Anführer der Reiterklans. Niemand von ihnen ist wohl vom Thing wieder zurückgekommen. Auch sonst scheint vollkommenes Chaos zu herrschen. Kein Wunder, dass unsere Teleskripte nicht rausgehen. Jedenfalls haben sie den Notstand ausgerufen, wir sollen alle bis auf Weiteres zuhause bleiben."

May verbarg das Gesicht in ihren Händen. So viele schlechte Nachrichten ... Gab es denn in dieser verrückten Zeit überhaupt keinen Trost und keine Hoffnung mehr?

„Schon wieder nichts Neues", sagte Gers bitter, als er die Küche seines Hauses am Rande Bursigas betrat, in der Ena und Ran gewartet hatten. „Weder hat jemand seit ihrer Nachricht aus Elsendorf irgendetwas von Dila gehört, noch ist Fen aufgetaucht. Die Jeslerreiter erreicht man zurzeit auch nicht. Dazu das Durcheinander auf den Straßen. Alle sind verrückt geworden und reiten kann man auch nicht mehr, zum Gerlan!" Ärgerlich hieb er mit der Faust auf den Tisch.

Ran verstand seinen Vater gut. Er war nun schon zwei Zyklen lang Intar und stand kurz davor, seine erste Ehrenprüfung abzulegen. Das war für einen Zehnzykler etwas ganz Besonderes – noch nie war jemand bei den Rundeichenreitern vor dem Erreichen des zwölften Zyklus zum Ehrenlekur ernannt worden. In den nächsten Tagen aber würde niemand geprüft oder zu etwas ernannt werden. Keine Frischblätter waren mehr von den Rundeichen im Norden Bursigas zu bekommen und die letzten für den Beritt geeigneten Altblätter wurden nur noch für Noteinsätze herausgegeben. Keines von ihnen hätte den langen Ritt zum Maininger Baumwald für eine Suche nach dem Ersten ausgehalten.

„Sie trägt siebzehn Zyklen", ließ Ena ihre Stimme vernehmen. „Bestimmt passt sie gut auf sich auf."

„Natürlich tut sie das!", herrschte Gers sie an, beruhigte sich aber gleich wieder. „Es tut mir leid. Ich kann mit so etwas schlecht umgehen. Siebzehn oder nicht, stell dir bloß vor, wenn sie irgendwo unter einem Ast liegt oder sonst was."

„Sie hat mit fünfzehn eine Wanderung unter widrigsten Bedingungen überstanden", entgegnete Ena. „Da wird sie das, was gerade passiert, schon auch nicht umhauen." Insgeheim aber war ihr Herz ebenso voll Sorge wie das ihrer beiden Männer. Hoffentlich würden sie bald ein Lebenszeichen von Dila erhalten.

„Das kann einfach nicht wahr sein, das kann es einfach nicht!" Per schlug verzweifelt mit der Faust auf den Tisch. Jock und Rick saßen ebenfalls in der Küche und starrten ins Leere. Nur Jörn hatte genug davon gehabt, Trübsal zu blasen, und war in den Schuppen verschwunden.

Wieder und wieder hatten sie ungläubig den Zettel gelesen, auf dem in Karas Schrift geschrieben stand, dass ihre Schwester sie zu einem wichtigen Treffen abgeholt habe, aber ansonsten alles in Ordnung sei. Sorgenvoll bedeckte Per sein Gesicht mit den Händen. Die hatte gut reden, von wegen „alles in Ordnung"! Woher wollte sie das wissen? Reichte es denn nicht, dass Lia sich seit Tagen irgendwo herumtrieb? Mussten wirklich alle Frauen des Hauses auf Abenteuer gehen, um womöglich nicht wiederzukommen? Zum Dioblas mit den ganzen Begabungen, er wollte eine normale Familie haben!

Am Vortag war Sam, der Stiefsohn der Nachbarn, über die Schwelle des Hauses gepoltert, um die Botschaft zu überbringen, dass irgendetwas Schlimmes mit allen Bäumen geschehen sei und deswegen Schulen und Betriebe zunächst geschlossen bleiben würden. Jede Hilfe sei willkommen. Per hatte ihn zunächst kaum registriert, dann aber doch Jock zum Weiterleiten der Nachricht geschickt und war anschließend aufgestanden, um sich ein Bild von der Situation zu machen. Was er gesehen hatte, war nicht gerade dazu geeignet gewesen, seine Stimmung zu heben. Alles, einfach alles schien den Fluvon runterzugehen. Wann endlich würde es wieder einen Lichtblick geben?

„Wirf mal das andere Ruder her“, rief Martin, im Boot stehend, seinem Freund am Ufer zu. Nachdem er es gefangen hatte, setzte er sich und führte es in die zweite Dolle ein. In diesem Fall war es ausnahmsweise ein Segen, dass hier am südlichen Strand Atalans so viel angeschwemmter Schrott herumlag – ohne das eine oder andere Teil hätten sie es niemals geschafft, diese Schaluppe zu bauen. Ein Kunstwerk war sie zwar nicht, jedoch immer noch deutlich stabiler als das Floß, mit dem er einst nach Kippstadt zurückgekehrt war.

„Und du glaubst wirklich, dass diese Nussschale uns alle drei trägt?“ Daniel klang alles andere als zuversichtlich.

Leichtfüßig sprang Mariana hinein, nachdem sie das Gefährt vom Ufer abgestoßen hatte. Es schwankte zwar etwas, vor allem, als es von einer Welle erfasst wurde, machte aber keine Anstalten zu zerbrechen oder umzukippen. Martin ruderte heftig und es gelang ihm, durch die strandnahen Brecher hindurch einige Meter aufs Meer hinauszufahren.

„Haut hin!“ Marianas Stimme erreichte den am Ufer stehenden Daniel. „Und ist dicht. Kannst umkehren, morgen fahren wir los!“

Daniel ließ die frische Brise durch sein Haar fahren. Immer noch zweifelnd sah er zu, wie das kleine Boot wendete und sich von den Wellen wieder an den Strand tragen ließ. Niemand von ihnen wusste, wie weit es über das Meer bis nach Nian war. Sehen konnte man es von hier aus nicht, also musste es entweder ziemlich weit weg oder sehr flach sein – oder beides. Was für eine durchgeknallte Idee, dorthin zu fahren! So verrückt es ihm aber erschien, so viel Lust hatte er auch, sich diesem Abenteuer zu stellen. Bald schon würde er selbst sehen, wie es in jenem kleinen Land mit den winzigen Menschen darin aussah.

Danksagung

Ganz herzlicher Dank geht erneut an alle Fans und Supporter der Serie. Danke für Eure Unterstützung – sei es durch das Lesen und Vorlesen der Geschichten aus Nian, durch Hilfe bei Veranstaltungen, Webpage-Pflege oder durch den Einsatz sonstiger Energie. Danke, dass Ihr da seid!

Namentlich möchte ich gern folgenden Wesen explizit danken.

Jan: Durch dick und dünn sind wir in den letzten Monaten gemeinsam gegangen. Es ist so schön, dass es Dich gibt, mein großer Lindenreiter!

Meggy: Auch dieses Mal wieder bringst Du Dich ein und hältst mir den Rücken frei beim Erschaffen dieses Werkes. Möge SELINQUA BARUKA auch Dich von Herzen erfreuen!

Thomas L. Hunter: Danke Dir so herzlich, dass Du immer wieder bereit bist, mit mir auf die Zielgerade zu gehen – ob bei E-Books, Prints oder dem Hörbuch. Möge Dir großer Erfolg zuteilwerden.

Astrid: Wie wundervoll, dass Du auch diesmal wieder die Geschichten aus Nian mit Deiner herrlichen

Kunst mitgestaltest und verschönerst! Hab herzlichen Dank!

Dem Pixabay-User jplenio: Ein riesengroßes Dankeschön für Dein frei zur Verfügung gestelltes Werk! Von allen möglichen Coverfotos kam dieses der Atmosphäre des Thingsplatzes am nächsten. Super!

Conny: Hab herzlichen Dank, dass Du auch dieses Mal wieder die Lektoratsarbeit übernommen hast. Du bist auf jeden Fall ein Teil der Geschichten aus Nian.

Meike: Danke Dir – Euch – erneut ganz herzlich für die Plattform nichtohnebuch.blogspot.com und die dortige Rubrik „Neues aus Nian“. Auch Ihr helft, die Kunde zu verbreiten. Ich freue mich sehr darüber!

Ilona: Ganz herzlichen Dank für Deine Unterstützung beim Bekanntmachen der Geschichten aus Nian im Sauerland. Das ist so schön und wichtig!

Der Großen Mutter: Ob Reiter, Federer, Bruka, Gleiter, Wandler, Brenner, Riese oder was auch immer – wir leben auf und in Dir und Du in uns. Danke für Deine universelle Liebe.

Paul M. Belt, im Februar 2021

Ausblick

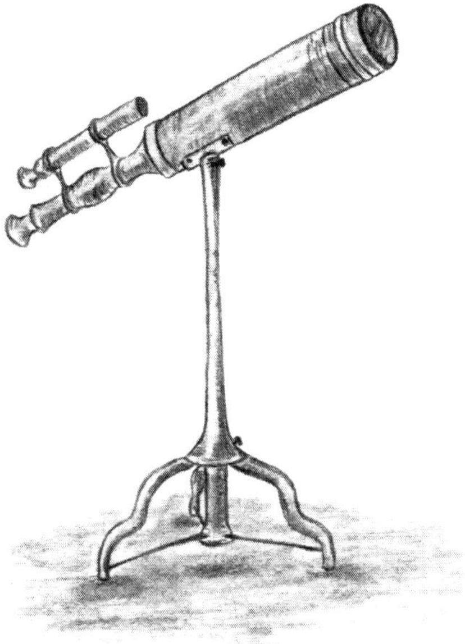

Band 7, „Licht“

Das Land atmet durch, die Begabten stehen jedoch vor den Trümmern dessen, was Nian einst ausmachte. Jedoch gibt es Einzelne, die die Hoffnung nicht verloren haben: Eine geheimnisvolle Spur führt die Begabtesten des Landes zum weit in der Vergangenheit liegenden Grund für das, was geschah und geschieht. Inwieweit ist die Beteiligung der Riesen nötig, um finale Klarheit und vollkommene Bewusstheit zu erreichen?

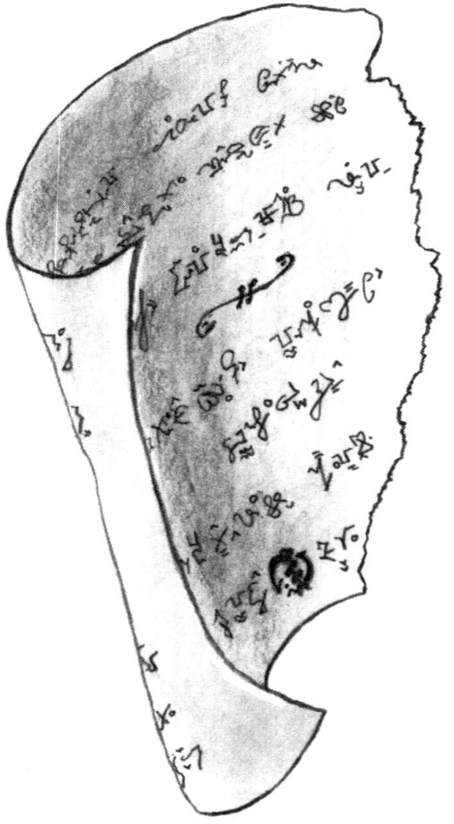

Rückblick

Band 1, „Lindenreiter“

Ein Land mit winzigen Menschen und riesigen Bäumen. Das ist Nian, Heimat von Kai aus dem Mittelland und Lia aus dem Gebirgsland. Eine alte Legende vom Lindenreiter, einem Jungen, den eine geheimnisvolle Verbindung zu einem uralten Baum antrieb und der als erstes auf einem Blatt schweben konnte, hat die Kultur des Laubreitens und viele verschiedene Reiterklans hervorgebracht. Können Lia und Kai mit ihren besonderen Begabungen dabei helfen, Nian vor einer dunklen und mächtigen Bedrohung zu bewahren und das Gleichgewicht wiederherzustellen?

Band 2, „Landwandlerin“

Dila ist die Tochter eines hochgestellten Eichenreiters aus der Hauptloge seines Klans im nianianischen Mittelland. Eine geheimnisvolle Beziehung verbindet sie mit dem Wandern in der Natur und besonders mit einer jungen Pappel. Ein schmerzhaftes Erlebnis und ein Streit mit ihrem traditionsverhafteten Vater führen sie auf eine lange und beschwerliche Wanderung, in deren Verlauf sie ihr inneres Wesen besser kennen und verstehen lernt. Kann ihre seltene Gabe dabei helfen, nicht nur zu sich selbst zu finden, sondern auch die Bedeutung einer alten Geschichte zu entschlüsseln und ganz Nian in einer schwierigen Zeit Kraft zu geben?

Band 3, „Atalan“

Ein einzelner Riese kehrt mit einer Botschaft zurück in sein Land, welches schon lange nicht mehr dasselbe ist. Alte und neue Freunde und Bekannte lassen ihn jedoch begreifen, dass es kein einfaches Zurück mehr gibt. Und wer ist die undurchsichtige Karnola, die ihn zu verfolgen scheint? Was geschieht währenddessen in Nian?

Band 4, „Erzbrenner“

Eine Welt aus Erz und Stahl – das ist die Kranzthaler Ebene, das größte Bergbaugebiet Nians. Ein Unfall beim Roheisenabstich lässt Zeg unvermittelt eine seltsame Fähigkeit an sich entdecken. Weshalb aber verhalten sich seine neuen Bekannten so, als wüssten sie längst Bescheid? Und wer ist der nebulöse „Älteste“?

Eine kleine Hommage an das Ruhrdeutsche und die Bergmannssprache.

Band 5, „Der Keysor“

Die Zeit der Keysore – ein dunkles Kapitel der Vergangenheit Nians, an das niemand gern denkt. Dann aber geschehen unglaubliche Dinge, die besondere Maßnahmen erfordern. Muss die Macht über das Land erneut in die Hände eines Einzelnen gelegt werden? Und was hat es mit dem seltsamen „Letzten Federer“ auf sich?

Geschichten aus Nian
Selinqua Baruka